青　春　风

青春风编辑部　编

山河远阔，一梦芳华，

为你花开满城，为你明灯千重。

万般故事，长安少年知我意。

乱世繁华，只为你倾尽天下。

• • •

倾城

漓江出版社
·桂林·

图书在版编目（CIP）数据
青春风．倾城 / 青春风编辑部编．-- 桂林：漓江出版社，2025．8．-- ISBN 978-7-5801-0483-0
Ⅰ．I247．7
中国国家版本馆 CIP 数据核字第 2025EX2678 号

青春风·倾城

QINGCHUN FENG · QINGCHENG

青春风编辑部　编

出 版 人　梁　志
出版统筹　文龙玉
责任编辑　龚改林
助理编辑　潘潇琦
书籍设计　张芳芳
封面绘图　眠　桃
责任监印　黄菲菲

出版发行　漓江出版社有限公司
社　　址　广西桂林市南环路 22 号
邮　　编　541002
发行电话　010-85891290　0773-2582200
邮购热线　0773-2582200
网　　址　www.lijiangbooks.com
微信公众号　lijiangpress

印　　制　河南文华印务有限公司
开　　本　787 mm × 1092 mm　1/16
印　　张　10
字　　数　280 千字
版　　次　2025 年 8 月第 1 版
印　　次　2025 年 8 月第 1 次印刷
书　　号　ISBN 978-7-5801-0483-0
定　　价　25.80 元

声明

基于对知识和创作的尊重，本书向所选文章、图片的作者给予补贴。因条件所限未能及时联系的作者，我们在此深表歉意，当您看到本书时，请与我们联系，以便我们向您支付补贴和赠送样书。因篇幅有限，部分文章有删节，敬请谅解。

联系方式：0371-68698015

目录

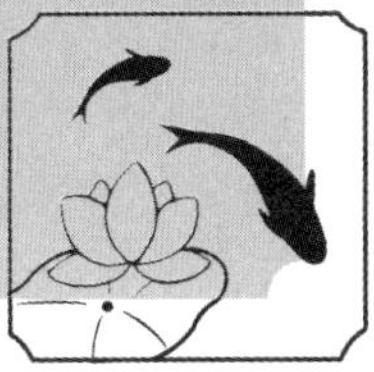

临渊不羡鱼

朝槿随雨落

浮生一尺雪

西风惊绿衣

梦里花已开，只愿卿归来

临渊不羡鱼

游鱼争衔相思字，他偏垂首数涟漪。

凤栖劫

✲ 萧四娘

楔子

大梁纪王谢乔，端庄温柔，腰细貌美，克夫无敌。

第一次被女帝指婚给边境羌国国主和亲，送亲路上大梁与羌国开战，羌国国主战死。

第二次与平叛羌国立下赫赫战功的镇北大将军成婚，当夜镇北大将军心疾发作，猝死。

第三次纪王自己看上了户部尚书齐放，恰逢户部联合朝臣贪污案曝出，齐放在大牢里，一根腰带吊死。

自此适婚男子皆不敢看纪王那双眼，就怕一个不小心，成为下一个被克死的悲情人物。

在如此大环境下，端庄温柔的纪王谢乔，心灵彻底扭曲了。

一

上个月今科科考落幕，宫中举办的嘉奖宴上，我以迅雷之势看上了探花郎江寒。

十日后他正式入朝为官，被派到刑部，我请旨赐婚，女帝，也就是我的皇姐谢玉，意料之中地没有答应。

从前我请她赐婚让我嫁给齐放时，她也是直接拒绝，等我绝食相逼时才松了口。

虽是如此，江寒听到消息后还是跳进了长安城的流水河，幸好被人救了下来，但因深秋时节，寒气入体，还是病了。

呵呵，这么烈性，我喜欢。

他这病半个月也不好，说是连床都下不了。然而今日黄昏时分，我派出去的暗卫十安说江大人偷偷摸摸地出门了。我冷冷一笑，命令两队暗卫暗中随行，直直冲去江寒去的红绡馆。今日丞相杜安在这儿开宴，宴请这届留在长安的进士。

红绡馆前，丞相府的护卫把守着，我转身走到暗处找来十安："本王要在江寒面前惊艳亮相。"十安点头。

一刻钟后我被他带到屋顶，两队暗卫手脚麻利地掀开一大片瓦，我紧了紧腰间拴着的细绳，直直地跳了下去。

彼时里面丝竹环绕，舞姬步步轻移，一派祥和。我本来打算落在舞姬中间，用我的倾城之貌震惊江寒。奈何现实很不完美，我跳下的地点有点儿歪，再加上我近日稍丰腴，跳到一半那绳子就断了，我猛地掉在了大堂的右侧，还拉了个"肉垫"垫在身下。

"肉垫"淡淡的眼、淡淡的唇，生得十分清秀，遭受如此劫难也没有开口骂我，真是非常有礼貌了。

我轻轻地笑了笑，从他身上爬起来，对着一屋子目瞪口呆的人随意地摆摆手："本王本来在房顶上看星星，不想这瓦如此不结实，打扰各位的雅兴，实在是抱歉。"我拎着把椅子擦过刚站起来的"肉垫"的肩，目不斜视地坐到江寒的身边："丞相不介意本王讨一杯酒水吧？"

杜安皮笑肉不笑地拱手："王爷客气了。"

江寒小肩膀止不住地抖，我和善地给他夹菜，斜对面有人目光凉凉地瞟了过来，我摸了摸鼻子，离江寒稍微远一些。

我的到来让席间的和谐变成尴尬，我淡淡地瞄了一圈，视线在"肉垫"身上顿了顿，又移开，最后对着杜安举起酒杯："下次丞相再想拉拢人记得长点儿心眼，别把本王的人算上。"

再不看杜安铁青的脸，我将杯中酒一饮而尽，随后将杯子往地上一摔，起身大步往门外走。

月上中梢时，窗外有人影一闪。

我眼力向来好，再加上对那人实在是太熟悉，瞄一眼我就认出了他是谁。我有些纳闷，他一向不会越界和我多来往的，怎么突然过来了？

我翻身下床开了门，还未说话就被人抱住，一把抵在门扉上。寒光映照，落在他本来就淡淡的眉眼上，显得气质越发清冷。

"江寒长得很好看吗？红绡馆里你这双眼睛就差贴到他身上了。"他的长指在我眼角边移动，忽而俯身咬上我的脸，我疼得失声骂道："沈之洲你变态啊！"

"我变不变态，你不是最清楚吗？"沈之洲眸色亮得有些妖异，"得亏你是掉在我身上，若是掉在江寒身上，我保证你明天就会参加他的追悼会。"

一向天不怕地不怕的我，最怕的就是沈之洲这副模样。

我喘了口气，忽而眼珠子一转："你，吃醋了？"

话音刚落，我的手腕就被他猛地掐住，举在头顶，他亲了亲我红透的脸颊："下次别这样了，可好？"

我忙不迭地点头。他满意地笑了笑，开门消失在黑夜里。

今科状元沈之洲，如今在文渊阁任职。

我恼怒自己的不争气，怎么他一吓唬，我就听了呢，明明今时不比往日了……但摸了摸脸颊，忍了忍，还是没忍住，捂着脸傻笑出声。

"啪"的一声，门猛地又被打开，沈之洲去而复返，将我这副呆样子尽收眼底。他眼底终是见了笑意，大手覆上我的手，将我的脸挤变形："睡去吧，我的姑娘。"

二

这一日过后，红绡馆的事情就在长安城里传开了，说什么"纪王一怒为探花，问你丞相怕不怕"。

你别说，还挺顺口。

一夜好眠后，我去了刑部。因着昨晚被我直接撞上，今日江寒“风寒痊愈”，人也来了刑部。一见到我，他那张脸上展现的痛苦，完全可以写一篇小文章。

我跷着二郎腿，嗑着瓜子，道：“本王可是大梁有名的美女，我说探花郎你到底怕本王什么？”

江寒闭上眼，冷漠对待。

“圣旨到！”外头尖细的声音高喊着，江寒先一步出去，我慢悠悠地跟上，瞥见传旨太监身边的沈之洲，立刻直起腰身快步跪过去。

陛下圣旨，提拔江寒为刑部左侍郎，官居从三品。我顺势靠近江寒，手刚想搭上去，对上沈之洲的眼立马又缩回来，轻咳一声，道：“若不是本王的关系，陛下怎么会这么做？”

谢玉和我皆是母妃早亡，不受母皇重视。许是同病相怜的缘故，我们在宫中颇有些相依为命的意味。后来谢玉意欲夺嫡，我也是拼尽全力去帮她。

那些岁月里，只有谢玉全心全意地对我好，她身边也只有我一个可全然信任的帮手。是以谢玉登基之后，便对我恩宠有加，宠到没有底线。

江寒脸本来就白，这下更是苍白如纸，可怜兮兮。

“本王这就要走了，沈大人可是要回文渊阁？本王大度，顺路载你一程。”

沈之洲点点头：“那就多谢王爷了。”

马车行得慢若蜗牛，沈之洲抱起我放在他的腿上，就这么静默着不说话。我仰头看着他的下巴，抿抿唇开口：“江寒胆小怕事，为人迂腐，依我看不堪大用，你会不会看走眼了？”

沈之洲垂眸，静静地望着我的眼，像是在看我，又像是在看什么我不知道的东西：“江寒不过是行事谨慎。”

我没再问，反正自打认识他开始，我的行为准则就是：沈之洲说的都是对的。

下巴骤然一痛，我回过神来，沈之洲阴着脸，不知道我又哪里惹他不痛快了：“我都听你的还不行吗？别绷着脸了，看得我害怕了。”

“你横行长安城的纪王爷还有怕的？”他的语气还是冷漠，好在脸色没那么难看了。我时常觉得他就是个巨婴，非要哄才行。

“嗯，怕你离开我呀！”我仰着俏生生的脸，甜甜地笑着。沈之洲放在我腰际的手骤然收紧，把我死死地搅住：“我永远不会离开你……你也不要想着再丢下我。”

咦，他为什么要说“再”？

我还是觉得江寒是个草包，这一评价在不到半个月后就得以印证。

长安城出了件抢劫古玩店的案子，嫌疑犯被抓住。这案子由江寒这个刑部左侍郎负责，本来是一件再普通不过的案子，但在审问过程中嫌疑犯居然被弄死了。陛下龙颜大怒，呵斥江寒为官凶狠，残暴不仁。

事情发生得太突然，让我措手不及。回过神来时，江寒已经被押入天牢候审，任何人不得进入。我实在着急，刚出了门，迎头就看见匆匆而来的沈之洲。

“这回怎么办？要不弃了江寒吧，反正……”

“江寒一定要保。”沈之洲蹙了蹙眉，“他是被人陷害的，如果能保得下他这一次，他就会心甘情愿跟着你。”他眸子微眯：“你府中有多少府兵都叫出来。”

“你，你要干吗？”

“抢人。”

我谢乔也算是经过大风大浪的人，但劫狱这事儿我还真是头一次干，而且还是大摇大摆，连脸都不遮的那种，好刺激啊！狱卒都认得我这个横行无忌的王爷，只能举着刀一边往后退，一边哭丧着脸道：“纪王，您别让小的们为难啊！”

我下巴一扬：“少废话，快把江寒放出来！”

谈判就此崩裂，狱卒们硬着头皮冲上来，我动都没动，自我身侧就有人飞出，一脚踹中一个人，一圈下来，前面便倒了一大片人。沈之洲虽戴着面具，却丝毫不影响他在我心中的帅气。

江寒被这闹腾的声音吵醒，难以置信地看着我：“王……王爷……”

“你放心，本王会救你出去的。”语毕，我一挥手，身后跟着的府兵便与狱卒缠斗开来。门外闻声而来的侍卫越来越多，混乱中一道寒刃白光直直地冲我飞来，我大脑麻木，都想不起来要动一下。

电光石火之间，有人拉着我的手腕将我拥进他的怀中，动作一如既往地娴熟，可那刀剑入肉的声音却让我心中大骇。

“沈……”

“嘘，”大手覆在我的嘴上，他微喘着在我耳畔低语，“我没事儿……收网了。”

三

这夜最后，侍卫们一拥而上将我和府兵们围住，却也不敢拿我们怎么样，只等着天亮之后送我到陛下面前，府兵暂放回王府听候发落。沈之洲自有能力逃走，但我还是有些担忧，虽说昨夜简单包扎了，可伤口万一裂开，流血不止怎么办……

“谢乔！朕在和你说话呢，你在想什么？”一个茶杯随之在我脚边碎开，我一个激灵，猛地回神，上首的谢玉美目圆瞪，像是要把我吃了一样。

“臣妹在想江寒，他在天牢里都瘦了。”

这下连茶盖儿都扔下来了。谢玉怒道：“你真的是胡闹！平时就算了，劫狱这种事你都敢做，你……”

“臣妹感情不顺，先后三位夫君都惨死。好不容易碰上一个真心喜欢的，皇姐……你就当成全你的妹妹吧。”

谢玉神情一滞，放在桌案上的手捏得骨节泛白。

我那三个夫君到底是如何死的，只有我们知晓。这是我的痛处，也是谢玉的逆鳞。半晌，她拳头一松：“你先回去吧！”

我转身而出，没看见身后谢玉神色狰狞的脸，也没看到她砸碎身边所有东西的癫狂：“朕不许你丢下朕！”

出了皇宫大门，天上下了今年第一场雪。宫道的青石板上落了一层白雪，我依稀记得第一次见沈之洲，也是这样一个初雪天。

我那时刚失了第二个夫君，从镇北大将军的墓前独自走到长安城的街上。

说不上难过，只是有些无力。

我唾手可得这世间所有，却没办法像寻常女子一样求一段普通的姻缘。

绕了两条街，我停下脚步，踩着的影子跟着一停，我回头，发现是个眼生的男子，生得倒是好看，就是气质太过冷冽：“你跟着我干吗？”

他似是在笑，但又像是在忧心，说道：“怕你伤心过度投了河。”

真是咸吃萝卜淡操心，我不想理他，转身继续走，他就在后面亦步亦趋地跟着，从午后跟到夜幕降临。我拎着酒壶坐在桥边放荡不羁地喝着，风中衣角飘荡。有人坐在我身边，他道：“我愿意做第三个，更想做最后一个，纪王若以后没有更好的选择，不妨考虑一下我。”

我有些震惊，我还是第一次见到主动想被我克死的人，这倒是很新鲜。

我扭头看着他认真的神色，没好气地说了一句：“你是哪位啊？”

他眸中有我看不懂的悲戚，但转瞬即逝。他凑近，鼻息搔着我的面颊：“王爷不识，我叫……”

“王爷……王爷……”身后的叫喊打断了我的思绪。谢玉身边的内侍捧着东西过来：“陛下说天凉了，王爷怕冷，方才说话忘记了，让奴才拿着这刚制好的狐裘来，王爷路上披着，免得受寒。”

这些年，她事无巨细地照顾我，只是嫁人这一样……总不依我的心。

这夜太静谧，我竟翻来覆去想我这几段姻缘，想到最后心下一片凉意，索性起身去慰问下伤员。从王府到沈之洲家看着隔了好几条街，其实直接跳墙的话离得很近。十安带着我在半空中飞着，将我放到沈之洲卧房门口后便消失了。门没锁，我蹑手蹑脚推门进去，沈之洲还没有睡，半倚在床头，右肩膀那里已经被血染红了。

我冲过去将他的衣裳解开，咬着牙道：“你怎么不换药啊？”

“你不来，没人给我换，胳膊抬不起来。”

我心头一颤，动作也缓了缓：“我若是不来，你就打算今夜血流而亡吗？”

“我知道你会来的。”

这种被人吃得死死的感觉，真的是让我很想

打人。

手上换药包扎，嘴里嘟嘟囔囔责怪他不懂得爱惜自己，半晌耳畔没有动静，我看过去他竟就这么睡着了，受了伤还撑着眼皮等着我来，想来也是困极了。

在我记忆里的这些年，除了皇姐，没有一个人像他这样，时时刻刻护着我，以我为重。

外面入了冬，我心却犹在春日。我弯了弯唇："睡吧，我的夫君。"

四

那个在刑部审讯中被弄死的嫌疑犯，经验尸说是其事先服了毒，他的死和审讯没有任何关系。怕尸体毒素满溢，当日他就被火化下葬，因其获罪的江寒也被放了出来，调任到户部。

他出狱的那一日，我亲自过去迎接。

平日里对我避之不及的江寒，第一次目光灼灼地看着我，暗流涌动，最后跪在地上："臣多谢王爷相救。"

我知晓，他以后再也不会和我瞎闹腾了，遂摆摆手："户部是要职，你要多留神。"

快到年关，日子平淡如水地过，我为我马上又要老一岁而深深担忧，决定要做点儿年轻人该做的事情。

入夜之后，我换上一身男装，踏进一家茶楼，彼时那说书人正吹着胡子讲到激动处："只见那纪王一脚踹开牢门，将那江寒背到肩上，与一百狱卒对峙，真真是一夫当关，万夫莫开。她大喝一声：'呔！谁敢过来我就嫁给谁！'狱卒顿时四散如鸟兽……"

"噗——"我一口茶水喷了出去，一只手递来了一块帕子，我连忙接过："谢谢。"

我擦了擦嘴，觉得不对劲，侧过头正对上沈之洲淡淡的眼，顿时咳得更厉害了："你，你怎么在这儿……"

"我跟了你一路，是你自己玩得太开心压根儿没有注意到。你怎么出来也不带上十安他们？"冷冰冰的话，一如既往带着关心。我心头发甜，语气也学着他一贯的模样："就知道你会来找我，还用他们干吗！"

沈之洲微敛了眉眼，低低地笑了出来。

出了茶楼，我在摊子上买了两个鬼面面具，我和沈之洲一人一个。虽是寒冬，街道两旁还是很热闹。我们十指相扣，能多慢就多慢地从街头走到街尾。

只有在戴着面具时，我们才敢这么光明正大地肩并肩，站在所有人面前。

多少个日日夜夜，我都在想他。真的见了面，我却要装作和他不熟，擦过他的肩时也不能多看他一眼，只能独自演着喜悲不明的戏。

"乔乔，一切都还在计划中，再忍一忍，我们终是会等到那一日的。"他的声音有些哑，却犹如春风一般抚平了我近日越发忐忑难安的心。

我乖巧地点了点头，面具下却是泪流满面。

走到街道的尽头，我没再看他，扯下面具独自回了王府。刚入门管家就迎了上来："王爷，户部左侍郎在前厅等候多时了。"

我脑中反应了一会儿才想起这个户部左侍郎是江寒，心下一凛，快步走到前厅。进厅后，江寒定定地看着我，随后颇有些慌乱地拱手作礼："王爷，臣最近在查户部之前的账目，发现了一些不太对劲的地方……"

窗外又下了雪，这是大梁晋安十年冬最大的一场雪。有多少曾被尘封的肮脏又被掀起，有多少曾走了又来的人，再次别离。

谢玉即位以来，每年的除夕都过得很热闹。百官汇集长安殿，君臣同乐。一入大殿我便坐在了江寒的身边。群臣脸上都是一副"我懂的"的表情，和我关系不错的几个居然不要脸地问我几时四婚。

我拎起手边的筷子便扔了过去："滚！本王最近不想杀人，四婚啥的以后再说。"

只要不嫁给他们，他们是很乐意玩儿我的克夫梗。殿中一片哄笑中，丞相杜安带着几位朝臣进了殿，视线瞥到他身后的沈之洲，我下意识地缩了缩脖子。

不知道方才我们这番话他听没听到，若是听到了，以后逮到机会又要和我闹。

这个小心眼儿的！

众臣落座，谢玉也坐在了上首，君臣融融，推杯换盏期待着国富民强、万事如意的又一年。我斟了杯酒，轻轻地对着沈之洲的方向举起。四目相对间，我笑了笑，转过身子撞上江寒的酒杯："本王敬你。"

江寒微怔，拿起他的酒杯一饮而尽。随后他站起，走到大殿中央："臣为我大梁担忧，若顶梁柱石内里破烂，又怎么撑得起我大梁的社稷重任？是以今日盛宴，臣不得不站出来。"

殿中的喧闹随之安静。

我垂下的视线里，沈之洲的长指摩挲着酒壶的纹路。

江寒一字一句、掷地有声的话灌入殿中每个人的耳朵里："我大梁柱石丞相杜安，勾结臣下，买卖官职，草菅人命，罪不容诛！"

五

长安城人人都知道江寒是纪王看上的人，在刑部时就闹出那么大的事情，是以江寒调任到户部之后，户部尚书不敢再让他做什么麻烦的活计，只让他去档案库整理历年的账目。

江寒虽然胆小，但做事很谨慎，就这么发现了三年前一些账目的不对劲。

他来找了我，扮演深情人设的本王当然全力支持他查下去。江寒来了劲头，也有了依仗，这一查竟查出了惊天的大案。

三年前原户部尚书齐放勾结几个朝臣，将户部的银子以高利私自借出去，贪污渎职。这件案子以齐放自尽、其他几个朝臣被流放而终结。

账目上借出去的银子连利息一并交回到户部，然而实际上这银子并未入库，而是继续在外借贷，且数额比之前还要庞大，是有人在账目上做了手脚，瞒天过海。

齐放已死，事情却没终结，他或许有错，但也只是幕后真正黑手推出去的替罪羊。

"臣在第一时间就把事情告诉了户部尚书李大人，当夜臣在家里就遭杀手刺杀，侥幸逃出。臣想李大人肯定与此事有关，之后无意中撞见李大人私自会见丞相，臣自知势孤力薄，只能恳请陛下下旨彻查。"

江寒伏身，头磕在地上。杜安怒喝："一派胡言！你这人竟走些邪门歪路，令人不齿！"

呵呵，这怕是在说本王吧！

我嗤笑一声，道："本王看丞相这模样倒是想起个成语——狗急跳墙，多贴切。"

"你——"

"都闭嘴！"谢玉开口，目光穿过人群看向我，我直直地迎上去，这片刻工夫多少纠葛过往一一闪过，最终她闭了闭眼："查。"一个字落下，我那颗悬了多时的心也随之落地。

杜安为相多年，又是擅长拉拢人心的角色，这一夜注定有许多人不能成眠。

我坐上马车，去了城郊的乱葬岗，找到了一块青石碑。指尖摩挲着"齐放"二字，太凉了，凉得我浑身打战。

身后有脚步声靠近，下一刻敞开的斗篷将我从后拥住，他手摸到我的脸上，擦去我满脸的冰凉："这里面又没有真的葬着你的心上人，哭什么？"我吸了吸鼻子，反过身子紧紧地拥住他。

我抬起头，泪眼婆娑，颤着手遮住他下半张脸，他的眉眼一如往昔，淡然出尘。那昔年的声音穿过时空，在我耳畔回荡——

"王爷不识，我叫齐放，是现任的户部尚书。"

户部尚书齐放，是我的第三任夫君，也是唯一一个真正走进过我心里的人。

当时我克夫的名头已经很响，所有男子都对我避之不及，只有他对我死缠烂打，百般追求。那个冬日，因为身边总多出个人显得格外暖。面对齐放的再一次表白，我心里的防线微微松动，冷着脸道："本王想看满院的桃花，做得到我就嫁给你，如何？"

这当然只是托词，这时候哪还有桃花。

五日后齐放才再次出现，将我带到齐府的后院里，入目便是一片粉红之色，寒冬之中竟是一院的桃花。走近一看，那花竟是用纸做的，一朵一朵被绑在了树上。

"乔乔，嫁给我，可好？"

我眼眶通红，点头答应下来，但谢玉不同意。她不同意的原因我知晓，就好像一开始我也没想过真的嫁给齐放一样。最后谢玉还是妥协了，春日桃花真的开放时，我和齐放成了婚。

幸福温馨的一个月之后，谢玉带我到九安山去祭拜母皇，不过走了三日，户部的案子便曝了出来。

本来只是账目上有异，但大理寺那边定案极快，我赶回长安城之时齐放已经被押入地牢。我信齐放不会做这样的事，求谢玉彻查。

谢玉应了下来，却不想当夜齐放便在狱中畏罪自尽。

听到这个消息后，我想要跟着去死，却收到了一封信。字迹是我最熟悉不过的，上面只有一句话：等我两年。

齐放没死，死的是代他入狱的替身。

我本来如死水般的心，在见到替身的尸身时惊得狂跳。因罪而亡的人不能下葬陵墓，只能埋在乱葬岗。初春时草木初生，可埋替身尸身的地方寸草未生。

他是被毒死的。

有人不想让他活。

两年后，齐放削骨换脸来到我面前，他是参加科考的学生，和纪王谢乔没有任何关系的沈之洲。两年时间，足以让他查清楚陷害他的人。他高中状元，进了文渊阁，在暗中将整理好的线索一点儿一点儿放给江寒。

杜安家中有账本，还有和其他朝臣勾结往来的书信，这些早就准备好的东西，只要大理寺的人过去就能轻易找得到。这一切，终是要有个结果了。

他轻轻拍着我的后背："乔乔，等明年桃花开的时候，我再娶你，我们永远不会再分离。"

六

一切正如我和沈之洲所计划的那般，大理寺从杜安家中搜出了铁证，包括户部尚书李大人，朝中大小官员涉案者多达二十人，把持朝政数十年的丞相杜安一夜之间沦为阶下囚。

齐放早就死了，清白与否早就无所谓了。只要杜安能有应得的下场，我们便能安心过我们的日子。

元宵节宫宴之后，我留了下来。女帝的迁安宫里，我和谢玉提了我跟沈之洲的婚事。

"沈之洲？不是江寒？"

我摇头道："我最近发现沈之洲长得比江寒好看，臣妹就是这么一个肤浅的人，皇姐就成全了我的肤浅吧！"

"乔乔，你从前不是说，要一辈子陪着皇姐，帮着皇姐？"

我笑了笑："那时候皇姐受人欺负，现下皇姐君临天下，哪里还要我这小丫头帮衬。皇姐也赶紧迎个皇夫入宫才好。"

谢玉扯开嘴角似是笑了，眸中情绪却晦暗不明，最终还是依了我的话，婚期定在三月十五，桃花开得最好的时候。

从前我想嫁给齐放时，她费尽了手段阻拦，只等我绝食把自己饿得去了半条命才心软。如今我只说了几句话她就答应了，当真是让我惊讶，但即将和心上人厮守的喜悦冲去了这短暂的不安。

我终是能光明正大地和沈之洲站在一起，像是要把过往的三年时光补回来。我们发了疯般地凑在一起，走过长安城每一处，吃红绡馆的醉香鸡，听如意茶楼说书人新编的话本。

这时光可真好，好到我心里总是难安，就好像偷来的一般，唯恐某一日会被拿走，再也不给我。

一月之后的一日，因着快到二月二的大日子，祭奠天地的文书、下发到各个省府台的文书都要提前准备好，负责这些的文渊阁忙得厉害，沈之洲不能再像前些日子那样陪我疯、陪我耍。

我一个人正无聊呢，江寒忽然递上帖子。

红绡馆二楼的雅间里，各式珍馐摆满了桌案。江寒替我斟满酒："这些日子户部事忙，今日臣才有时间感谢王爷。臣能有今日，多亏王爷提携。"

见他没有在意我之前的针对，我放心下来，接过酒杯一饮而尽："你能这么想最好，日后若有什么事尽管来和本王说。"

又扯了几句，我准备去文渊阁接沈之洲，可刚起身我就觉得浑身酸软无力，小腿竟是站都站不稳，只能撑住桌案，骨节都泛起了青白。小腹中热流涌动，游走全身，竟是难以抑制的燥热。

"王爷……"江寒的手抓着我的胳膊，有些凉凉的，让我忍不住想靠近……电光石火间，我意识到是怎么回事儿，用尽全力甩开他，身子却软绵绵滑到地上："你……你给我喝了什么？"

"你不是说过喜欢我？可到头来为何弃我于不顾，要和沈之洲在一起？我哪里不如他？"江寒咬牙切齿地扑过来将我压在身底，蛮横地撕开我的衣衫。

我挣扎着，脑中几近空白。眼前是大片大片的血色，红得刺目，红得让人辨不出前路。

杀了他……

脑中有个声音不断地回响，我浑身像是又有了力气，一把推开江寒，抓住他的手，力道大到捏碎他的筋骨。那痛苦的呻吟声让我更加兴奋，我随手抓过一把椅子……

身下的人细细喘息，最后再没了动静。

眼前的红变成黑，我动作一顿，倒在地上，再没了知觉。

我醒来时，世界都变了个模样。

江寒死了，是被我亲手打死的。红绡馆的小二进去时，我倒在江寒的身上，而江寒已然断了气。

江寒乃户部尚书，一部之主，这事儿不会像之前那样轻易就被翻过去。长安城突然炸开了锅，有人不满我多年为非作歹，横行无忌，借着这件事情发动游行，高喊着请陛下杀纪王，以正大梁之风。

外头闹哄哄的时候，我人在迁安宫。

谢玉端了碗药坐在我旁边，我蜷着身子，轻声开口："我以为这些年我帮你的已经够了，我已经二十四岁，为什么不能放过我？难道这些年……还不够吗？"

我杀江寒时浑身兴奋，显然是有人下了药。江寒死了，外面沸沸扬扬的，我人却还在这里。睁开眼的那一瞬间，我仿佛什么都懂了。

谢玉有可以让我全身而退的法子，她在等。

为什么杜安在户部诱发的案子那么大，却除了齐放再无人发现端倪。

为什么当年我刚随着谢玉去九安山，假的齐放便被毒死了。

……这些我仿佛都懂了。

我是她的妹妹，也是她这么多年拿捏在手中的棋子。

我们相依为命，她偏执成狂，她不许我从她画下的圈子里走出去一步。从前我未有心爱之人，次次都听她的。

第一次，我嫁给羌国国主。我偷了羌国的排兵布阵图，致羌国大败，国主战死。

第二次，嫁给手握重兵的镇北大将军。新婚当夜，我在合卺酒中下了药，使他心疾发作暴毙，兵权顺利回归谢玉手里。

我本以为这就够了，可她不想放过我，一个女子最好的利用点便在于嫁人。

是我太傻，以为她当年只是担心齐放不是良人，不晓得从一开始她就没想让齐放活。如今江寒的事，我能确定，她是想把沈之洲牵扯进来。

她不会放过我，她怎么舍得放过我这枚这么好的棋子？

我笑着笑着，终是控制不住，一把将那药碗打翻在地，嘶声尖叫："谢玉！我也是人！我不是你养的一条狗！"

谢玉不怒反笑："都无所谓，只要你还能帮朕就好。这事儿好办得很，只要有人站出来说在你吃食里下了药，诱你发狂，才杀了江寒，一切就都解决了。"

我心下一凛，外头太监总管匆匆来报："陛下，沈之洲来了。"

沈之洲来了……来送死了。

七

我永远也忘不了这一日天边的残阳，忘不了那一身血迹提着刀步步靠近我的沈之洲。以沈之洲的心性和计谋，他可以全身而退，可以用更容易的方法解决这一切。可他偏偏用最傻的办法，拼了这一条命冲了过来。

侍卫们提刀冲杀而上，沈之洲虽武艺高强，但到底是双拳难敌四手。他们一刀一刀砍在他的身上，就像是砍在了我的心里，疼得鲜血淋漓。

“不要再打了，沈之洲你走，你不要再管我，沈之洲你走啊！”他听到我的声音，遥遥望过来，居然还在笑。

“后面，小心后面！”话音刚落，那斜斜刺过来的刀插进他的腰际，我嘶声大哭，无力地跪在地上，紧紧地攥着谢玉的衣角，不管不顾地低头哀求：“你日后让我做什么我都去做，你放过他，你放过他……”

“一个他，让你骗了朕三年，这样的人朕怎么可能放过？傻姑娘，你一直都最听我的，以前是这样，以后也只能是这样。”

一番话把我所有的希望尽数打碎，散在风中。我摸了摸发髻，拔下金簪，猛地刺入拦住我的侍卫的眼，趁他大痛之际推开他，直直地跑了下去。

“快将她拦住！”谢玉的嘶吼，冲天的杀声，我仿佛都听不见了。我像是疯了的豹子一样，不管不顾地冲进人群中。谢玉不会杀我，那些侍卫也不敢真的往我身上招呼。

沈之洲像是撑不住了，跌进了我的怀里。我啜泣着将他死死抱住，颤着手擦着他脸上的脏污：“你怎么这般傻气，一点儿也不像你……”

沈之洲眉头舒展开，笑着看我：“十年前你去江北，从山匪手里救下个书生，你可还记得？”我依稀有些印象，却又不甚清晰。

见我愣神，他笑意更深：“我想以身相许，可翌日你就离开了。虽然十年前你丢下了我，可我……可我这辈子都不会丢下你。”

十指相扣，十年纠葛。

我爱的他，爱我的他。

沈之洲以刀抵地，踉跄着站起身：“陛下让臣做什么臣都心甘情愿，只是刀剑无眼，不要伤了纪王，臣可否与陛下进殿细谈。”

谢玉不置可否，我搀着沈之洲艰难地上前，我不知道这一步步，是将他往地狱里推。

殿门之前，他将刀扔下。

“乔乔，你会记得我吗？”

他兀自开了口，还未等我回答便俯身吻了吻我，接着他猛地一个用力，我被使劲儿推进了殿中，殿门被掩上，从最后的缝隙里看出去，红日金光之下，他眼中是一如既往的如海深情。

“乔乔，不要忘了我。”

自宫门前传来的杀声震天，掩住的门外是一场实力悬殊的厮杀。我用尽全力拍着门扉，可他以身子堵住门，堵住所有可能会伤害我的人。

我嗓子喊哑，眼中血泪滚着流下：“沈之洲！”

尾声

那一场逼宫中，女帝谢玉被乱臣贼子沈之洲残杀。皇家谢氏这一代子嗣不少，但除了谢玉和谢乔，其他人都在那几年激烈的夺嫡中或被圈禁，或被流放。此番谢玉突然驾崩，只有纪王即位，才名正言顺。

大梁晋安十一年冬，年号改为元顺。他们都说我很幸运，做王爷时潇洒恣意，做皇帝时万人敬贺。

可沈之洲，他们都不懂。没有你的我，就什么都没有了。

那日在来皇宫之前，沈之洲在文渊阁模仿了谢玉的笔迹下了圣旨，说有羌国奸细伙同守卫皇宫的御林军作乱，调了长安城外驻扎的从前镇北大将军的军队，来皇宫平叛。

那样的混乱中，谢玉以为有人谋反，阵脚大乱，沈之洲就用尽了最后的力气，除去了将我人生彻底毁了的人，也除去了他自己。

后来我听谢玉身边的内侍说，沈之洲死前说：“是我给纪王下了迷幻药，控制她的神志，借刀杀了江寒，一切……和纪王无关……”

——一切和纪王无关。

这是沈之洲留在这世上的最后一句话。

他让我后半生顺遂无虞，也让我后半生再无所依。

乱葬岗起了风，酒意散了大半。迷蒙里，我好像又回到了流水桥，又见到了我自认为初遇时的他，他倚在流水桥边，对我一笑。

“金风玉露一相逢，便胜却人间无数。”

从晋安七年的那一场相遇开始，风在吹，雪在下，桃花开满地。

多少风景在眼里，沈之洲，我却没了你。

弟子诵

✲ 楚阿房

楔子

车轮滚动，陆仪柯掀开车帘擦了擦额角的汗。时近六月，一路鸟语花香，越往南行她越觉得衣服厚重。遥望了一眼近在咫尺的城门，这座原本属于泗国的城池已经划入祁国版图。她脑海中再度浮现出那张青涩瘦削的脸庞，心里突然有些陌生和失落。

她一度以为他死了。

及至城门下，她还未将腰牌递给随从，车外已有铿锵列队的脚步声传来。马车随之一顿，她听到心腹侍婢苏澄隔着车帘道："大人，祁帝亲自来迎！"

陆仪柯的心一窒，手便握成了拳。

她心下陡然惴惴不安，鼻子有些发酸。平复良久，她终于从容地掀帘而出。她以使臣的姿态昂然立于马车上，他骑在骏马上向她望来。此时的他，玉冠华带，锦袍加身。

她从未见过如此俊朗威仪、不怒自威的他，就像他从未见过如此大气端庄、沉静从容的她！

再不复当初的青涩与狼狈，他们都变了！

一

用人物，须明求，倘不问，即为偷

那年春尽夏中，暑气炽盛，质子府圈在墙内的桃树浓荫蔽日，累累果实点缀其中。那年的陆仪柯还不叫陆仪柯，她有一个如她草莽般性格的响亮名字——陆小丫。家里丫头太多，爹娘随口起的。

在民风豪放、尚武力的泗国，姑娘们很多亦流窜于街井，尤其是小丫这种缺乏管教的市井小民之女。

她仰望了桃树片刻，这等斑驳的府墙内大概也没什么厉害角色，随即便撸起袖子爬墙而上，隐在树枝间，将衣裙扎起来做兜，好一阵扫荡。突然一个手松掉下一颗，随即传来一句清澈的男声："用人物，须明求，倘不问，即为偷。你知道吗？"

陆小丫一愣，循声望去，这才发现树下斜躺着一个白衣少年，手中握卷，一色的白丝束发，素净且一丝不苟。他正斜眸望着她，惺忪的睡眼和淡然的神色与清瘦俊朗的脸相得益彰。

陆小丫的第一反应是"他打不过我"，堂堂泗国全民尚武，她虽未入武馆，却也是个风一样的女子。于是她摇了摇头："不知道！"转身就想逃之夭夭。

奈何贪心不足，桃子太多，她脚下一滑失去平衡，整个人便以"天女散桃"的姿势嘶吼而下："啊！"然后，她看到弱不禁风的少年一个撩袍的动作便以迅雷不及掩耳之势翻身闪开。

陆小丫落在他方才的位置，吐出一口草。

宋卿怀气定神闲地俯视她，看她狼狈地爬起来，贼溜溜地四处观望的模样，忍不住"扑哧"一笑，唤道："青衣，打水。"

一个年纪稍长的男子打了一盆水过来，面无表情地看她一眼。

冰冷的气场，陆小丫吓得一个哆嗦！毕竟是她理亏，不知他们想干什么！

宋卿怀悠然地坐进凉亭喝茶，淡淡地命令她："把手和脸洗干净。"

"全民尚武力，以为蛮力就是武功？都把自己当牛使吗？"

陆小丫从未听过这番言论，她愣愣的，在青衣的监督下心不在焉地撩水洗脸。

"你们泗国的人，上至皇帝、下至平民都这么邋遢粗鲁吗？"少年看了她一眼，命令道，"过来。"

陆小丫谨慎地问："干吗？"

"你偷了我的桃，砸了我的地，你说干吗？"

当然是惩罚了！

少年的目光清冷，又带了一丝戏谑，他扬起一本书："把这本书背下来。"泗国民风野蛮，连学堂都少有，让她干不擅长的事，这就是在惩罚了。

陆小丫愣了一下，眼里的惊喜一闪而逝。她果断地接过书，想了想又加上一句："我不识字。"

少年坐在一旁，拿起另一本："青衣，教她。"

那是陆小丫第一次真正地读书识字，她跟着青衣一字一句地念。在夏日的浓荫下，斑驳的凉亭中，陆小丫一念就是一个下午。到最后，她背诵得竟如行云流水般顺畅，令白衣少年眉毛一挑，刮目相看。

青衣示意她可以走时，陆小丫却嗫嚅地抱着书走到宋卿怀面前："你……可以把这本书送给我吗？"

他有些诧异地看着她："你喜欢……读书？"

陆小丫一双眼睛闪闪的，与之前的疯丫头判若两人："城外有个卖崔饼的老爷爷时常念书，我常去听。"

家里姊妹众多，炕都不够挤，陆小丫一直处于被放养的状态。被忽略的她时常跟着守城门的父亲去值岗，偶尔还会跑出城门戏耍，听那老爷爷摇头晃脑地念书、讲故事，这本《弟子规》她早已听过多遍。

少年的眸子微微一动，很快便归于平静。他微笑着点了点头，拿了银两给她："我也爱吃崔饼，明日你帮我买些回来，我便将书送你。"

她愣愣地接过，木然地点头，还未反应过来，就觉得肩膀一紧，人已凌空而起，反应过来时已越墙落地。

青衣一阵风似的跃了回去，留下呆若木鸡的陆小丫。她有点蒙，这就是他口中的武功吧？

问题是，武功高强就不可以走门了吗？

她被伤了自尊，气哼哼地围着墙转了一周。突然，她愣在了那里，原来正门被人从外面锁着！

二

他的性命将离愁冲淡

第二日，陆小丫如约而至。她不仅带来了崔饼，还带来城外三里坡的果子请他尝鲜。十岁的黄毛丫头很天真，表达的谢意和目的都直爽如清水游鱼。

宋卿怀看着这个女孩，将书递给她，淡淡地问："你叫什么名字？"

"陆小丫。"语毕，陆小丫就见他皱了皱眉。

宋卿怀沉思片刻，突然提笔写下几个字："如不嫌弃，你以后可以叫这个名字。"

陆小丫垂首望去，只见白色的宣纸上墨笔写出三个遒劲的大字，赏心悦目。

"陆仪柯！"宋卿怀一字一字地念给她听。

陆小丫心花怒放，笑得见牙不见眼："真好听，也好看，小哥哥，你可以教我写吗？"

宋卿怀点了点头，嘴角微勾，清润的眸子浮上一丝笑意："好！"虽只大她两岁，宋卿怀却高出她一个头，他将她搂在胸前，握着她的手，一笔一画地教她写。

那时，她还不知他的用意，仪柯，移颗，愿她如一颗移性改情的种子，越来越好。

自那以后，陆仪柯果真如改了性情一般，她每日都要跑来宋卿怀这里。每日飞进飞出，一晃几年过去，她在他这里学会了写字，遍览了他的博古架。她知道了他是祁国的质子，来到泗国遭受的并非礼遇。质子府刚开始还有人严守，后来皇帝看祁国势微，便刻意轻慢他，只命人每月送两次食物，便将他如丢弃般不问不管，就连把守的门卫也去偷懒了。不过这样刚好成全了她，她可以日日与他相见，对他暗生的莫名情愫也与日俱增。

那日，她刻意打扮了一番，欣喜地来找宋卿怀："快出来，我带你去个地方。"

宋卿怀被囚在此地，从没外出过。他自书间抬头，只觉今日的陆仪柯格外不同，规规矩矩地绾了发髻，还擦了胭脂，尤其是那双溢满笑意的眼睛分外明媚。他不由得一怔，问道："去哪儿？"

陆仪柯神秘兮兮地说："去了不就知道了。"

宋卿怀竟不忍拒绝。

待他置身遍野鲜花中时，听到陆仪柯自豪地问他："我听说你们祁国地处南方，花能开四季，如今这里春暖花开，像不像你们南国？"她灼亮的目光望着他，充满喜悦和期待。

宋卿怀心间漫过微酸之感，目不转睛地盯着陆仪柯，点了点头。

陆仪柯整张脸灿若春花："那你喜不喜欢？"

他又点了点头。

"太好了，那你跟我来。"陆仪柯仿佛受到鼓舞般，一把拽住宋卿怀，"我找了一个绝佳的位置来赏花，是我砍柴时发现的，路陡不好走，所以很少人来。不过你放心，我会拉着你的。"

柔和的话音传入宋卿怀耳中，他看着她以一副"我保护你"的姿态认真地在前面披荆斩棘，嘴角微勾，突然一手搂着她的腰，足尖轻点，须臾便跃上了山腰。

陆仪柯瞠目结舌地望着他，反应过来，犹不敢信："你这么厉害……你这么厉害爬墙还用梯子？"她知道他是个书生，不想他才是名副其实的文武全才。

"谁说用梯子就不能武功高强了？"宋卿怀忍俊不禁，那一笑媚若朝阳，灿烂至极。

他们站在崖石上许久，山间遍野春花，山川河流化作风景尽收眼底，而他白袍随风，飘然若仙。他眉间笼着一层忧郁，俯瞰着异国大地，令陆仪柯怦然动情。

宋卿怀凝思许久，重重地舒出一口气，缓缓道："仪柯，我教你一首诗吧。"

她恍若回神般点点头，目光落在他开合的薄唇上，听着他铿锵有力地吟出心底胸臆："岱宗夫如何？齐鲁青未了。造化钟神秀，阴阳割昏晓。荡胸生曾云，决眦入归鸟。会当凌绝顶，一览众山小。"

那是一种从未有过的凌云之感，陆仪柯竟亦觉胸中磅礴豪气油然而生。

她陪他安静伫立，听闻风声鸟语，目视山河大地，她不明他心中所思，却知自己所想。她想这一刻，亘古万年，不腐不变。

不到半日时间，等他们匆匆赶回质子府，质子府竟被精兵团团包围。

见他们回来，为首的宫人一脚将宋卿怀踹倒在地："来人哪，教教殿下怎么做个质子！尤其是怎么做个被囚的质子！"

下一秒，棍棒加身的声音此起彼伏。陆仪柯心底一颤，差点急呼出声，却被一旁的青衣捂住嘴巴。她的眼泪夺眶而出，连呼吸都在颤抖，而宋卿怀自始至终一声未吭。

不知过了多久，人群散去，质子府静得可怕。陆仪柯随青衣跃下，看到一身白衣被血染红的宋卿怀趴在地上，一缕鬓发被汗浸湿，被青衣扶起时犹自喘息。

她不知所措地去握他的手，哭道："你怎么样？你不要有事，不要有事。"

他回握她的手，虚弱地摇头："莫哭，无碍。"

这一下，陆仪柯哭得更凶了，抽噎着问："你明明会武功的，为什么不还手……"

宋卿怀本就惨白的脸一凝，严肃地道："仪柯，这种话以后不可再说，你可记住了？"

陆仪柯不明就里，犹自愤恨，义愤填膺地说："你既不能还手，那我就替你报仇。"他们市井小民损招最多，即便不能解恨也能出口气。

岂料宋卿怀脸色突变，一把甩开她的手，严肃地看着她道："你以为逞匹夫之勇便是英雄吗？"

"你……"已虚弱起身的宋卿怀努力挺直脊背，别过头去冷声道，"果然朽木不可雕，我这些年来的教导算是白费了。你我道不同不相为谋，你走吧，以后不必再来，你我也不必再见。"

他如此轻易地与她绝交，陆仪柯瞬间泪眼蒙眬，终究还是倔劲上涌，赌气道："走就走！"

那时有着小女儿情怀的陆仪柯，负一时之气离去，却在青衣送她出墙后告知她"公子身负家国重任，跟你划清界限是不想把你卷入危险之中"时，瞬间回心转意。

她偷偷拿了伤药送给青衣，自己在院外不安地徘徊，只为问他的情况。

不过几日不见，她辗转难眠，夜夜坐在院子里，扳着手指数天数。他愿意见她了吗？她要好好斟酌再见时的措辞，切不可再让他失望。

……

突然——"砰！"发呆的陆仪柯被从天而降的树枝惊了一下，她惊魂未定地环顾四周，骤然发现隐没于黑暗中的青衣焦急地向她示意。

陆仪柯提步便往门外跑，心提到了嗓子眼。未及问话，青衣便一把抓住她的胳膊如抓住了救命稻草般，带着她跑回质子府。

看到昏迷中脸色苍白的宋卿怀，陆仪柯的眼泪毫无征兆地一颗颗掉下来。她焦急地问："这几天都没有好转吗？"

"丫头，公子有难，只有你能救他！"

她这才发现武功高强的青衣竟也有些虚弱，她急切地追问："他怎么了？"

"公子伤势未愈，又中了新毒！"

如一记闷雷炸在陆仪柯心上，她瞬间慌了神。

"送他出城！"他是祁国的质子，被困泗国多年看似相安无事，但泗国将慢性毒药下在他每日的食物中已有一段时间，幸亏此次受伤发现，否则等到毒入骨髓，就算药王在世也回天乏术。

其中的利害关系陆仪柯还是明白的，她有些犹豫不决。

"难道你要看着公子死吗？"

青衣的声音在耳边响起，看着宋卿怀苍白无血色的唇，她的心终究软了。她不能眼睁睁看着他死，她做不到。

陆仪柯对城门守卫的换班时间颇为了解，她带了食盒给守城门的叔叔们，很简单的一招"调虎离山"就让他们轻易脱了身。

但她仍旧担心得很，宋卿怀昏迷了那么久，会不会有危险？

在他的性命面前，这份离愁也被冲淡了！

三

此生虽死，她却不服

她可以权衡离愁与他的性命孰轻孰重，却承担不起私放邻国质子的罪名。

质子府人去楼空，陆仪柯全家被以通敌叛国之罪投入大狱。

斩首的圣旨下达时，她猛地扑了过去，颤抖着捡起来反复确认后，终于号啕大哭。

泗国陛下残暴，嗜杀成性，他本想杀了宋卿怀，只为挑起两国之间的战事。宋卿怀何其无辜，可她救了一个无辜之人，自己却变成了叛国之人！

这个世界不该是这样的！她手握成拳，指甲深深地嵌入肉中。此生虽死，她却不服。

事情发生的转变很陡然，行刑三天前，陛下酒后斗武突然暴毙，朝堂陷入混乱。唯一的公主继承皇位，举国哗然。

女帝为了收买人心，大赦天下，连他们这等重刑犯也得到了改过自新的机会。

走出天牢，望着久违的日光，陆仪柯只觉得刺眼。父亲已在重刑之下含恨而终，家不能回，她梦游般地走在街上。她看到公告栏前挤满了人，就待人散了走近去看。原来是女帝要复立文官，并开举了女官制度。

在他人眼中可笑至极的改革，在她眼中却成了光芒和希望。

她跟着宋卿怀的这些年，识得字，也读过一些书，且耳濡目染了一些治国之理念。

最后，她以一篇慷慨激昂的文赋引得女帝的赞不绝口，成为泗国第一位女官。

那都是宋卿怀教她的。

女帝开明，不赞同父皇的野蛮，她崇尚德治天下。从初入朝堂的不真实感到成为女帝的心腹，最后官居宰相，以德育教化野蛮民众，陆仪柯用了七年时间。

这七年，她也从一个稚子逐渐成长为一朝重臣。辛苦吗？必然。多少个深夜里，她一手执笔，一手拿书，恍然间，她会想起宋卿怀教她识字的场景。

她以为他们此生将再不会相见，直到他突然发兵速占泗国两大城池并掳走南下游玩的太子。

“大人，祁帝点名要你去议和！”苏澄的话如一记惊雷贯耳，她未收的笔尖倏然停顿，重重地压在纸上。

四

她不相信，他是为了她

宋卿怀未曾以迎接谈判使臣的礼仪迎接陆仪柯，自然也未曾以招待使臣的方式招待她。他将她安排在一处别致清雅的院落。

知他站在身后不远处，陆仪柯淡淡地站在园中。她貌似平静地欣赏与北国截然不同的风景，心里却暗潮涌动。

良久，她终于开口：“祁帝有什么条件，不妨直说。”他突然截了泗国太子，攻陷泗国城池，又点名要她来议和，这些绝非一时的巧合。

隐在花树后的白袍微微踟蹰，举步走出站在她身边。就是这样简单的比肩而立，熟悉又陌生的气场竟令陆仪柯心里微微一颤。

“我给你写的信，”宋卿怀顿了顿，声音低下来，“你为何从来不回？”

陆仪柯微微一愣，淡淡地道：“你是祁国国君，我是泗国宰相，你我之间有何立场通信？”她偏头，嘴角微扬笑望着他，那笑却浮在表面，未达眼底半分：“通敌叛国之罪我可担当不起。”

宋卿怀只觉得那笑刺眼，他看着她清秀明目却布满忧郁的面容，心蓦地一滞。

“对不起”三个字脱口而出。

陆仪柯的笑容加深，目光却更加幽深：“你我各自为政，祁帝何出此言？”他们本就不该有交集，也不该再有交集。

宋卿怀深深地望着她：“仪柯，你我当真要如此说话？”他的语气恳切，又像承受了莫大的心酸。

“太子是我国之根本，一直关在你祁国大牢内有失体统。祁帝有什么条件，不妨直说。”陆仪柯一副拒人于千里之外的架势，却不知这句话刺痛了宋卿怀的心。

“我也是一国太子，也曾在泗国为质，被困囚笼。”而他当初什么也没做，只是因为国力衰弱，便被扣在泗国做质子。如今泗国太子恶意潜入祁国，扰乱民心，被他逮了，顺便拿下他泗国两座城池以示警诫。

一时无语，他们并肩而立，静静地站着。陆仪柯心中的异样一闪而逝，却佯装云淡风轻，依旧是一副官方口吻：“那祁帝不是要我前来议和吗？既是议和，便有交换，还望祁帝有话直说。”

宋卿怀的肩膀微微一颤，默然良久：“你当真要我现在说吗？”她不知他的心意，不知他的愧疚，不知他的忐忑，不知他掳太子、掠城池，都只为要她前来。不知他一个大男人虚拟了多少场景，想要和她好好谈谈，带她赏祁国美景、诵诗作词……也许是他忘了，她早已不是当年的她！

她听到他说：“那好，仪柯，嫁给我，还你太子，归你城池！”

五

那一刻，所有恨意喷薄而出，随水流散

将太子安全送回泗国，宋卿怀便下令撤回国都。陆仪柯的心却乱了，她不懂他的意思，他为什么要娶她？

南方的花满香溢，她独自坐在院子里，对他几次三番的邀请刻意推托。那年的情景逐一呈现，她心底刻意尘封和忽略的情绪也随之浮现。

他们都知道，他们之间，厘清了国仇，还有私怨。就像一根针扎在喉咙间，吐之不出又吞之不下，欲罢不能。

这日，宋卿怀闯了进来。屏退随从，只身一人站在她面前。

陆仪柯未曾抬头，开门见山问道：“宋卿怀，你为何要那么做？”江山是他的，太子也是筹码，他竟用娶她一事轻易交换？到底为何？

“你为何不回我的信？”他执着于此，旧事重提。他将情义悉数封于其中，她却像从未看见一般无知无觉。

陆仪柯的声音沉沉，淡淡地道：“不是不回，而是看也未看，便……付之一炬。”

宋卿怀的心骤然一痛，声音中显出一丝哀伤：“你果然恨我。”

“恨？”陆仪柯反问，既是反问他，也是反问自己。恨又如何？不恨又怎样？她终究是遭受了那些不公，可她却一直不觉得自己有错。若说恨，她最恨的大概是自己。她以信义为本救了当时是弱者的他，她明明做了对的事，却遭千夫所指、众叛亲离，几欲灭门。

在对错得失之间迷茫徘徊，才是最痛苦的。

“宋卿怀，我是死过一次的人。”若非先帝暴毙，她岂有生还的可能？

“对不起。”

她听到他哀伤的声音传来，眼泪突然不可抑制地滚落下来。多年来，她一直隐忍，一直压抑，今日终于得以宣泄而出。她别过脸去，却固执地问出积郁已久的问题：“我问你，初见那日你许我次日送书给我，是不是因为卖崔饼的爷爷是你们的暗线？”

宋卿怀点点头，陆仪柯的心蓦然抽痛，恨也就多了一分：“无心非，名为错，有心非，名为恶。宋卿怀，你从一开始便在利用我。”

她猛地起身：“我再问你，你逃离当日可曾考虑过我、我的父亲和我的家人，以及那些守门将士的性命？”

宋卿怀静静地沉默不语。

“泛爱众，而亲仁。”陆仪柯转身，边走边背，背影窈窕却寥落颤抖。

“凡出言，信为先，诈与妄，奚可焉。”她蓦地止步，霍然转身逼视他，“你说的这些，是真正融入骨髓的信要，还是只是说说而已的空话？”

宋卿怀看着她，仿佛明白了。此时，他便是她的一根救命稻草，人生信仰就在他的一念之间。他的目光突然变得认真：“当日青衣将我打晕，我不知他去找了你……”这不是他的本意，可即便是在陈述事实，这样的话语也显得太过苍白无力。青衣是他的人，是他管教无方。那日他醒来追问他、痛斥他，却仍然于事无补。那时的他力量太过渺小，太多事都有心无力。

可无论如何，他确确实实伤害了她。她说得对，若非泗帝暴毙，她早已命丧黄泉。

宋卿怀的眼眶晕上一层水汽，他不再解释，打住了话语，目光幽深地望着她，再度点了点头。

陆仪柯仰望着他，眼角噙泪，却笑着点头：“好，好……”她拖着广袖襦裙一步一步徐徐行至他身前，投入他怀中。近到咫尺，她蓦地翻手将一柄利刃刺入他的胸口。清明的眸子一眼望去，其中的难以释怀一清二楚。

宋卿怀闷哼一声，大手覆上她的手摁在胸口，

血汩汩地冒出。他身形晃了一下，轻声叫她："仪柯。"他握着她的手，急切地表达，"我给你写的信只有一个意思，我喜欢你……喜欢你……那日你带我登崖赏花，我便想，有朝一日也要带你赏南国美景。"

"当时我受制于人，不知何时才能脱身，害怕耽误你，只能隐瞒心意推开你！"

"若我当日清醒，绝不会容许青衣利用你……"他疼得全身微微颤抖，却始终脉脉含情地望着她，"仪柯，原谅我！"

宋卿怀垂眸，温柔地望着她："我害你失了家，只想再给你一个，你可愿意？"

他的声音弱了下去，倒进陆仪柯怀里。她捂着他的胸口，抱住他，眼泪滚滚而落。她对他本就怨大于恨，此时他字字锥心，在生命的流逝前，她才知道自己有多想拥抱他，多怕失去他。她本就没有做错，只要他亲口向她解释，坚定她的信仰，她一定不会执着于仇恨。她突然失声痛哭，惊惶地喊人。那一刻，所有的恨意喷涌而出，随水流散。

六

她不忍也不能伤害他，那就只能再见

宋卿怀一直握着陆仪柯的手，待到宫人出现，昏过去前的第一道命令是不准动她，不准伤害她。

所幸陆仪柯扎得并不深，宋卿怀脱离危险后虚弱地躺在床上。她像个透明人一样被人忽视，木然地坐在床边等着他醒来。

那些时日，她心底的恨意如烟消散，露出祈求的目光。在那些瞬间里，她看清了自己内心深处的渴求，是那般害怕失去他。

"仪柯！"

她被一句呼唤惊醒，那是宋卿怀醒来的第一句话。

陆仪柯喜出望外，她扑过去偎依在他床边，眼角挂着晶莹的泪。他轻轻拍着她的肩膀，宠溺地叫她："傻丫头。"

那一刻，他们心照不宣，冰释前嫌。

宋卿怀心情愉悦，伤恢复得也快。他带着她看南国的风光，体验民情，收集诗篇华章，跟她描述宏大的前景。他告诉她，他的国家必定文治武功，以德化育为先，却又根基深厚，铁蹄铮铮，护一方国土。

那日，他带她来试穿宫人赶工制成的凤冠霞帔，附在她耳畔轻喃："做我的皇后，这份辉煌与你共享！"

陆仪柯的心怦怦直跳，她嘴里说着"我才不试"，晚上却命苏澄将那红装捧了来，偷偷试穿。

她看着镜中的自己，红装曳地，明艳照人。

她问苏澄："好看吗？"

苏澄点点头，走近她，凑到她耳边说了些什么。她的笑容突然僵住，又一分一分地逝去。

苏澄走后，她默默地坐到深夜，烛火发出啪的一声，她突然推门而出，一身红装地在灯火朦胧的祁宫奔跑。她用尽全力，衣袍纷飞，钗环散尽。最后，她狼狈地跑上城楼，背对着被惊动的宫人道："请祁帝过来。"

宋卿怀来得很快，他眉心深蹙，不明所以地看着陆仪柯，心里隐隐有些不安，柔声唤她："仪柯，你怎么了？"

见她没有反应，他又道："明日我们便要成婚了，别闹了，我们回去吧。"

陆仪柯终于有了反应，她缓缓转过身来直视他，额角垂落了一绺乱发，更衬得眸中落寞和疲倦一览无余。

她声音沙哑地叫他："宋卿怀，我知道你为什么要娶我了！"

他担忧地望着她，听到这一句，舒出一口气，笑容绽开，向她伸出手："那就好，乖，快过来，城楼上风大。"

陆仪柯一动不动，仿佛未曾听到他的话。良久，她突然道："你是不是想在成婚后，借归省一由，带兵攻入泗国内部？"这的确是个好借口，自古两国和亲引发的血腥，历史上并非没有先例。

"没有，仪柯，我从未想过……"宋卿怀果断否认，缓缓摇头。他的眸子里突然溢出悲伤，哀伤地反问她，"为何到了此时，你还是不信我？"他脸上的神情仿

佛被刺痛了心扉。

陆仪柯转过身去背对着他，不看他，却突然呜咽出声，哭得像个孩子："没错，宋卿怀，我还是不信你！"她哭得浑身颤抖，伤心至极，又无助至极，"我因你失了家，绝不能再为你失去国！宋卿怀，开城门！"

"求你开城门！"

"仪柯，别这样！"宋卿怀颤抖不已地向她伸出手，她站在那样危险的地方，但这几十步的距离他却无论如何也走不过去。她终究还是不信他。

陆仪柯猛地转身，满脸泪痕地逼视他："你开城门，还是我跳下去？"

他的心陡然悬起，全身都跟着战栗。他欲言又止，堂堂一国之君，任泪滑落。终于，他声音颤抖地一字一字吐出三个字："开——城——门！"

那一夜，陆仪柯骑在马上，拼命逃离，心中如同被凌迟般的痛楚令她几乎不能呼吸。苏澄的话清晰地在耳边回响："女帝有命，完婚之后，尽快归省将宋卿怀引入国都击杀！"

不是宋卿怀要借归省一由带兵攻入泗国内部，而是女帝要杀他。

这令她不寒而栗的密令，一字一句地冲击着她的人生信仰。她以为女帝尚文，是泗国百姓的福祉；她以为自己终于可以像书中所学那般，一展抱负德育国民！可原来一切都是她的一厢情愿，女帝将德化变为奴役，骨子里杀戮的野心从来都在。

她不忍伤害宋卿怀，她相信他一定会是个好皇帝，这天下需要他这样的帝王。她不忍，亦不能！那就只能……再见。

她忍痛轻声道："再见！"

七

那一刻，她只余蓬勃有力的心动

陆仪柯一回到泗国便被收监候审，理由和七年前的如出一辙——通敌叛国！

物证便是那些信，宋卿怀写给她的，那些还未开启的，当初她想付之一炬却因一时念转从烛火上抢下来的信。

陆仪柯戴着枷锁昂首跪在殿上，跪在她以为可以助她改变天下的明主面前，跪在她忠心侍奉的君王脚下，嘴角露出一丝不屑的笑。

女帝命人将那些信一封一封读出来，以儆效尤。

陆仪柯认真地听，原来那信中写着宋卿怀对她无尽的情思；原来他对她的心意那样早，早到令她心花怒放；原来从很久以前开始，他们就已心意相通。她听一句，心间便暖一分，那人的笑貌便清晰一分。

这样的内容也能被扣上通敌叛国的帽子，欲加之罪，何患无辞？

那日天朗气清，是个好日子。面对迟来七年的断头时刻，她反倒十分平静。她扫视着台下的民众，心生丝丝怜悯。她缓缓背起了宋卿怀当年教她的"弟子规，圣人训……"。他曾说这本圣贤书下至三岁小儿上至八十老翁，皆可引以为照，反躬自省，他说这便是天下大道。

砍刀扬起时，她缓缓闭上了眼睛，有泪须臾而落。这一刻，她心里没有家国天下，没有忧国忧民，只有记忆中那书声琅琅和那清晰的面容，以及不可忽略的搏动有力的心动。

她不知道，这一次他来了，来救她，只为救她。

世人传颂那是祁国国主最为戾气的一战，那场血流成河的刀兵劫，祁国以少敌多险胜铁蹄铮铮的泗国铁甲，手刃女帝后一统山河。

许多年后，仍有人对那炼狱般的画面心有余悸，不敢相信那就是当今怀柔的陛下所为。如今的祁国上下皆依《弟子规》施行政令，德育民众，律法分明。在宋卿怀的治理下，路不拾遗、夜不闭户，天下太平。

宋卿怀在帝王之位上呕心沥血，常常废寝忘食。偶尔在难眠的深夜，他也会忆起当年。他亲赴泗国救人，却终究是迟了一步。那一抹刺目的血红让他脑中骤然一片空白，心间剧痛几乎令他站立不稳。他是抱着必死之心赶来的，却莫名得来了天下。他在墓前铭记她的夙愿——

"弟子规，圣人训……"

她要的天下，他给了她；他要的天下，她也给了他。

临渊不羡鱼

✲知 临

一

汴梁三月正繁华，此时恰逢飞花莺啼之时，最是一年春好处。

街道上一贯人群熙攘，从十八里铺子绕过半圈可以见到一处罕见的僻静之地，道路两边儿长了一排排合欢，刚抽了嫩芽尚未开花。

我坐在院中晒太阳，忽闻有人叩门。

等我奔去开门后看见一位胖小姐站在门口，见我出来，她挥手屏退了身后随从，晃着肉脸蛋儿大摇大摆进门了。

我暗笑一声，好哟，来生意了。

这胖小姐的爹姓许，是汴梁有名的暴发户，三年前发了笔横财，顺带全家腰杆都直了。他的独生女更是任性跋扈，邻里间私下都叫她许肥婆。

“听闻全汴梁数你这里消息八卦最灵通，”许肥婆舔舔嘴角，“我想跟你打听个人。”

“不知许小姐想打听谁？”

许肥婆扭捏了一下：“顾临渊。”

她话音刚落我便忍不住笑起来，手指点了点桌子提醒她：我们这一行也是有行规的，顾临渊乃汴梁第一名捕，他的八卦消息可是很不好挖的。

许肥婆点点头表示：“我出五十两。”

“来人，送客——”

“黄金。”

“成交！”

当天晚上我便往许家送了封信函，里面内容涵盖了顾临渊衣食住行相关的所有习惯和喜好。比如他喜甜，最爱吃登喜楼的蜜糖枣糕；比如他每日卯时都会绕着护城河跑步，风雨无阻。

最关键的是，顾临渊单身。

从我开始做这档子营生以来，向我买顾临渊消息的少女数不胜数，但往往她们到手的消息与所付的报酬是成正比的，像许肥婆这样人傻钱多的，还是第一个。

师父曾告诫我，可以贪，但不能太贪。

他说这话时正在用他的僧袍擦着一锭一锭的银子，那些钱是他卖木梳挣的，他忽悠人家木梳是开过光的，卖了比成本高几十倍的价格。

如此看来我是继承了师父的优良衣钵，谁能跟钱过不去呢。

一周后，又是一个春光明媚的晌午，我家的大门被人“砰”一声撞开了。

我正盘算着被撞坏的门需要补贴多少钱修，顾临渊已经抿着嘴角气势汹汹地站在我面前。他顶着一对熊猫眼，精神状态很差。

我盯着那张铁青的俊脸笑得前仰后合，顾临渊却突然上前一步，单手提着我的衣领便把我薅起来：“顾羡鱼，”他沉着嗓子斥我，“你还有完没完？”

二

我跟顾临渊曾是师兄妹，说白了，我们俩有同一个师父。

师父当年是庆云寺的高僧，后来犯了戒律被逐出寺，过上了闲云野鹤的日子。他先后收养了两个弃婴做弟子，第一个是顾临渊，第二个是我。

我们都跟了师父的俗家姓氏姓顾，吃在一起长在一起，却远远没有普通青梅竹马那般平和友善。顾临渊少时喜欢欺负我，处处压我一头，到了懂人情世故的年纪，他渐渐变得沉稳，我却鬼点子越来越多。看他出糗成了我最大的乐趣，也算弥补了我幼年时的遗憾。

十八年后师父将我俩带至汴梁，他说我们到了独自闯江湖的年纪，不应再随着他四处云游。师父领进门，修行在个人，于是顾临渊去做了捕快，而我将自己的事业发展得风生水起。

既然做了卖消息的营生，又怎能没点专长呢。

术业有专攻，顾临渊学到师父一身好武艺，因此他去惩恶扬善；我的拳脚与顾临渊自然无法相比，可我的轻功却是上乘，飞檐走壁，雁过无痕。

顾临渊曾拿这点嘲笑过我：“顾羡鱼，你这专长也就只适合小偷小摸，无法成器。”

我翻着白眼回敬他：“小偷小摸怎么了，能赚钱就成。”

所以说，我跟顾临渊的三观差得天南地北，根本无法做朋友。

自从许肥婆从我这买消息后，便对顾临渊展开了疯狂的攻势。她像牛皮糖一样黏着顾临渊，跟在他身边阴魂不散，他预感再这样下去迟早神经衰弱，于是他找上了我。

“许小姐的事情是你搞的鬼吧，”顾临渊似乎觉得一直薅着我一个姑娘家有失风度，他慢慢放开我，憋了很久才闷声道，“顾羡鱼我跟你有仇吗？”

“我们有没有仇你还不知道吗？”

“只要你能让她离我远一点，不管你用什么方法，”顾临渊恶狠狠地咬咬牙，“之后随便你想怎样。”

我心情大好地对顾临渊上下其手，跳起来捏了捏他的脸：“真的吗？顾神捕居然也有开口求我的一天，这样吧，先叫声师姐来听听！”

这样近的距离，即使我跟顾临渊相识近二十载，也鲜少有过。顾临渊额角垂下的发丝轻飘飘地刷过我的手指，他用那双琥珀色的瞳仁盯了我一下，突然笑了，笑容好看得有点儿犯规，我的心没来由猛跳了一下。

“顾羡鱼，”顾临渊龇起小白牙，“她出了多少钱，我付你便是。”

可恶，竟然让他看穿了我的软肋。我悻悻地松开手，估计顾临渊身上那点油水都不够他填饱肚子的，之前那么多姑娘跟他示爱他都不曾在意，看来这次是真的被纠缠怕了。

就在我犹豫着要不要用“顾临渊有隐疾”的谎言来阻止许肥婆时，她倒先找上门来了。

许肥婆抬手“啪”地往桌子上一拍：“我要投诉你！你欺骗了我的感情！顾大人有未婚妻，你为什么不告诉我！”

我想了半天才想起来，顾临渊那个所谓未婚妻，其实是他十来岁时，被师父开玩笑般定下的娃娃亲。

顾临渊的娃娃亲对象是定国侯家的小郡主，小郡主自小体弱多病，当年师父曾被定国侯请去为小郡主调理身体，我们曾在定国侯府住过一阵子。

小郡主性子温吞，顾临渊对待我和小郡主的态度可谓天壤之别。顾临渊少年英才，长得又好看，定国侯喜欢得紧，开玩笑说等他长大后，便把小郡主嫁给他。

这件事其实早已在我的记忆中淡化，我也没想到他会拿这个理由来拒绝许肥婆。事确有此事，可就算许肥婆投诉我，我也无话可说。

没想到峰回路转，许肥婆见我半天没吱声，轻咳一声：“算了，事已至此，本小姐也便不再为难你。不过作为补偿，你要免费再为我打探一个人的消息。”

我痛心疾首地捂住胸口，怪不得许肥婆的“情伤”好得这么快，敢情是换主了！

三

许肥婆的新目标听起来要比顾临渊好攻略多了。

数月前街上新开了一家茶油鸭店，从开张起便顾客不断，生意好的时候排队的人能从店门口一直排到十八里铺尾。鸭子好吃是一个原因，最主要是因为那个美貌的店花。

店花是个唇红齿白的美男子，只是性子有点冷，整日板着脸，除工作外几乎不说话，俨然一朵高贵的冰山雪莲。

做茶油鸭的冰山雪莲……

我听了许肥婆的叙述后狠狠打了个哆嗦，终于洞悉了许肥婆出嫁困难的原因。其实不单单是她貌丑，而是她不但貌丑，还“颜控”。

可是为了保持我业绩上百分百的好评率，这一单我是绝对要做的。

于是我破天荒地耐着性子排队买了一只茶油鸭。

等好不容易排到我时，店花正提着一把小尖刀，冷脸片鸭肉。我默默吞了吞口水，这场景真能称得上秀色可餐，但是我套近乎的效果并不好。

当时我对着店花那张漂亮的脸蛋儿问："请问你为什么烤鸭做得这么好？"

店花抬起眼皮，行云流水地把我的那份鸭子片好打包再丢进我怀里，硬邦邦地启唇："下一个。"

我决定使出自己的看家本领，当晚我等到店花关店，跟着他去到家中。天色已暗，我抬头望了望月朗星稀，神不知鬼不觉飞上房檐，轻车熟路地掀开一块房顶砖。

一阵疾风忽然沿着房檐吹过，我甚至还来不及反应便从房顶上直直摔了下来，直到一个熟悉的怀抱戏剧性地接住了我，接着我听见头顶上方一声戏谑的讥笑："离老远就看见你在上面偷偷摸摸，活该掉下来！"

顾临渊明明从下面接住了我，却不忘嘲讽我几句，好在他没有良心尽失，没有幸灾乐祸地看我摔在他面前。我愤怒地扬起头，眼睁睁地看着顾临渊离我越来越近，弯起嘴角嗅了嗅："顾羡鱼，你嘴角一股烤鸭味儿。"

顾临渊的眼睛在黑夜里灿如明星，我在那一瞬间慌了，猛地从他怀里跳下去。我抬手理了理头发，正色道："顾临渊，你别小人之心了，月色正好，我来这里聊以相思，你不懂。"

我当然不能告诉他许肥婆抓了我的把柄，这关乎面子。

顾临渊皱皱眉："稀奇了，一向只跟钱打交道，从不谈论风月的顾大老板也会聊相思，聊哪门子相思？"

他这话听起来就是在讽刺我啊，这我就不乐意了，怎么，只兴他把未婚妻挂嘴边，不许我找美人聊以相思啊！

我指了指一旁店花的家，没再说话。或许聪明如顾临渊已经明白了我的意思，或许是没有，但他似乎有些生气，抿着嘴巴一言不发地盯着我。

顾临渊从小如此，生气时往往比平时更沉默。

当时我的脑子也有点混乱，甚至没有留意为何他会恰好在此地出现，总之，那个夜晚，我跟顾临渊不欢而散。

四

我怀疑自己进入了职业生涯的瓶颈，也可能是店花本身太简单，我没有收获什么实质性的内容，只能把我了解到的大致讲给许肥婆。

店花名字叫沈昱，外地人，数月前才落户汴梁，开了这家茶油鸭店。下无小，上只有一个盲眼老母亲。茶油鸭大概是他们家的祖产，我倒是搞到了他家的烤鸭秘方，然而并无用处，况且这属于商业机密，也不能随便说给别人听。

还不待许肥婆继续提要求，屋外突然传来一阵人群和车马的喧闹："快看快看，是定国侯，定国侯进京来啦！"

我刚刚喝下的一口水全喷到了许肥婆的绣鞋上，许肥婆尖叫着咒骂我，我却只能听见耳边嗡嗡作响。巧了，还真是巧了。

我在汴梁混迹许久，一直过着小老百姓的普通生活，自然不晓得朝中之事。

定国侯这次进京是要常住的，原来当时顾临渊不是无缘无故提到他的未婚妻，他应该早就知道了，小郡主的婚事也是目的之一。

车马声由远及近，定国侯进京，绕城一圈的巡视是例行公事。顾临渊骑着高头大马进入我的视线，我隐在人群中轻微地张开嘴，他竟连瞧都没有瞧我一眼。

倒是顾临渊身旁的轿子，在经过我面前时停下了。

一双纤纤玉手掀开轿帘，露出一张清丽的面孔："鱼姐姐，你不记得晴婉啦？"

数百双眼睛一齐盯着我，我吞吞口水，艰难地把步子移到轿子前，讪笑道："分别时婉妹妹还是个小姑娘，如今出落得这般水灵标致，我这脑瓜子一时没反应过来。"

顾临渊挤出一声轻笑，我飞快地侧头瞪他一眼。

晴婉郡主有些兴奋，还准备继续同我叙旧，却被顾临渊迅速制止了。于是她只能惋惜地同我告别，强调她很快就会跟顾临渊一起来找我。

我心中默念，可别来了，我这座小庙可供不起你们两尊活菩萨。

队伍绕出十八里铺，街坊邻里也就散了，大家都开始各忙各事。许肥婆噘着嘴酸溜溜地点点头："原来小郡主就是顾大人的未婚妻，果真郎才女貌，不是吾等平民百姓高攀得起的。"

难得许肥婆有此觉悟，可我为什么一点都开心不起来呢。

我的心底涌上一股酸涩，这股酸涩，跟我小时候偷偷在窗外看到顾临渊拿着一本古诗，温柔地念给小郡主听时，味道是一样的。

顾临渊从没给我念过诗，他以前说过给我念诗是对牛弹琴，被我扑在地上狠狠地揍了一顿。那时他没有还手，只是眨巴着眼睛平静地望着我，说他就算念了我也听不懂。

那时我压根没注意到顾临渊眼睛里那一点儿幽怨从何而来，只是想，我也想懂啊，可是他连这样的机会都没给过我。

我满怀心事地沿街闲逛，走着走着居然饿了，被一阵香味儿吸引着停下脚步。茶油鸭店今天意外地没人排长队，我抬起头，店花正透过橱窗，面无表情地看着我。

我心情糟糕，也顾不上其他，张嘴便叱道："看什么看，没见过美女啊！"

店花脸上难得有了别的表情："你一个姑娘家，怎么这么凶。"

我凶吗？其实我还可以更凶！

于是我提起路边的大石块，砸坏了沈昱家的烧鸭架。

五

我自愿留在茶油鸭店帮工，为了赔偿被我砸坏的烧鸭架，为了我的粗鲁。

我当时是气昏头了，我自认为是可以控制好情绪的，可是只要一遇到顾临渊，冷静便全被我抛诸脑后了，他果然是上天派来克我的。

沈昱的母亲虽然眼盲，却分外慈善和蔼，他母亲好像很喜欢我，大概是欣慰她儿子对女子的冷淡还没有病入膏肓，俨然按照自己的意愿把我们当成了一对。

我在沈昱家做了些许时日的工，倒也觉出了点门道来。

茶油鸭店的好生意有一半是靠着沈昱"刷脸"，但纵使那些姑娘再喜欢他，也架不住一次又一次碰壁。为了留住客源，第二天我便在店门口立了个牌子：茶油鸭店半年庆活动，从即日起到店的第一百名顾客，将获得"店花专属拥抱一个"，机不可失，不容错过！

牌子刚立上没多久便起了效果，不大一会儿队伍便排得老长，若师父还在，定会夸赞我继承了他的商业头脑。

我百无聊赖地发了许久号码纸，等到终于发出第一百号，我哭笑不得地指了指告示牌，又从顾临渊手里抽出那张被他捏得皱巴巴的纸："顾临渊，口味可以啊。"

顾临渊额角泛起青筋，若不是晴婉郡主也在，他可能会跳起来打死我。

晴婉郡主亲热地拉起我的手："鱼姐姐，说好要来看你的，我跟临渊哥哥去你家中寻你未果，见街边热闹便来瞧瞧，想不到会在这遇见你！"

"这阵子你一直待在这儿？"

我很讨厌顾临渊总是拿出一副正义的做派来训我，他又不是我的谁，凭什么管我的事？于是我哼笑一声，扬唇道："对啊，我现在是茶油鸭店的小学徒，你有意见？"

顾临渊忽然扯着我的手把我拉到一边，沉着嗓子低低道："顾羡鱼，我不想跟你吵，但你必须给我离那个人远一点！"

我望着他认真又有些欲言又止的神色，心头忽然溢出小小的欣喜，紧接着，那欣喜便如山洪般铺天盖地，席卷了我的整颗心。

我不想承认，可是我暗自喜欢着顾临渊，已经记不清有多久了。

我怀疑自己可能有点受虐倾向，不然为何顾临渊一贯与我水火不容，我却还是喜欢上了他。他看不惯我与沈昱亲近，是不是代表……

可我还来不及问出那句为什么，晴婉便走了过来。

她的唇边挂着甜美的笑容，从口袋里掏出一封红色的信笺给我："鱼姐姐，我们这次来，是为了送这个给你的。"

我只看了一眼，手一抖，那定亲帖便轻轻掉在了地上。

六

定国侯府大喜，良辰吉日定在三个月后。

顾临渊小时候那桩开玩笑似的娃娃亲最终还是要实现了，他以后就是皇亲国戚了，我怕是不敢再当面怼他了。汴梁人人在谈，说什么"天子御赐的好姻缘""神仙眷侣""佳偶天成"。

我们是同门师兄妹，我该为他开心的。

清晨的护城河水波潋滟，我麻木地往河里一颗一颗地丢石子，看它们溅起水花，又漾开。河边有个晨跑的呆子，看我丢石子看了半晌，终于忍不住说话了："你明知我每日卯时会来这，却又对我不理不睬，你故意的吧？"

我对着那呆子翻了翻眼睛，他未免自我感觉太良好了。

顾临渊顿了顿，轻叹一声，声音软下来："你是不是心情不好？"

小时候我曾因贪玩掉进过河里。那场经历回头想想也是有些骇人的，我在河中呛了一大口水，险些淹死，清醒时眼前是额角还在滴水的顾临渊，他红着眼眶直直瞪我，恐吓我若再有下次，他才不救我。

按照套路我应该从那以后便开始怕水，可我非但没有怕水，反而喜欢在心情不佳时跑到河边放空。个中原因，顾临渊不解，我却心知肚明。

那时顾临渊身上淡淡的栀子花香和他眼中浅浅的担忧，跟着他身后的阳光一起，驱散了水的冰冷和我的恐惧。

我咬着嘴唇答非所问："顾大人不赶紧去张罗婚事，倒还有兴致出来晨跑。"

顾临渊一反常态地没有回呛我，表情里藏着隐隐的不甘和怨怼。他忽然一把抓住我的手腕："顾羡鱼，你当真愿意我娶了小郡主？"

顾临渊的手心干燥而温暖，我愣了几秒，轻轻挣脱了他。

那日晴婉郡主送了定亲帖后，硬是拉着我聊了一阵。她从小就想嫁给顾临渊，却深知自己体弱多病，不敢轻易去求顾临渊对她许下承诺。现在身体状况逐渐稳定，才在爱意的驱使下随父进京，想要了却这桩心事。

我并非心软之人，可我能去打破小郡主美好的梦吗？我不能。

赐婚的圣旨已颁，诏书已下，我能眼睁睁看着顾临渊抗旨不遵吗？我亦不能。

于是我拼了命挤出一个无比难看的笑容，假装随意地对着顾临渊拱拱手："当然了，师兄，恭喜恭喜，百年好合，早生贵子，争取三年抱俩。"

我想，经此一事，我应是彻底被顾临渊厌恶了。

他在临走时丢下一句话，他说顾羡鱼，我原本以为你只是心大，谁知你根本就没有心。

护城河的水波逐渐在我眼前模糊，我吸了吸鼻子，努力忍住眼泪。

那年我落水，少年顾临渊将昏迷的我拖上岸。他用温暖的掌心轻轻拍打我的脸，边打边在我耳边絮絮叨叨："顾羡鱼你给我起来，蠢丫头，你要是不死的话，我就勉为其难让你做我的新娘子。"

少时童言无忌，如今竟无人可以言说。

七

世人皆言化解悲痛最好的方法是将其化为食欲，这话一点也不假。

当我吃掉整整三只茶油鸭后，沈昱望着我吃得油汪汪的嘴巴忍俊不禁："你是猪投胎吗？吃掉的东西都从你工钱里扣。"

其实最近我在沈家的日子过得着实自在，我跟沈昱表达了想长留在这里的意愿，沈昱居然一改往日不咸不淡的态度，问我是不是真的想留下。

在得到我肯定的回答后，沈昱半是认真半是玩笑地对我说了一句："我平生最厌恶欺骗，如果你骗我，我定不会原谅你。"

我莫名有些脊背发凉，连忙打哈哈岔过了这个话题。

这之后我便与沈昱出门采摘熬制新品种烧鸭酱所需的原料，在城外的山中整整待了三天。第四天午时才刚刚踏进城门，我们便碰上了许肥婆家的马车，马车赶得很急，险些将我撞倒。

许肥婆那张肉脸蛋密布着汗珠，她用涂满了蔻丹红的手指扯开车帘，回头冲我们喊："快回去看看吧，十八里铺出事了！"

我的脑袋嗡了一下。

等我们赶过去时，昔日繁荣的十八里铺已经像被洗劫了一样，到处都破败不堪，整条街的商铺都只剩下断壁残垣。

"娘，娘！"

沈昱的喊声里透露着惊慌，我不知道茶油鸭店怎么样了，我甚至不敢去想。脚底此刻就像灌了铅，我呆愣地站在原地，沉重得迈不开步子。

沈昱最终找到的却是他母亲的尸体。

这三日，我与沈昱不在汴梁这三日，仿佛错过了一场巨大的浩劫。

定国侯来京的第一项举措，便是对汴梁的建设进行大肆整改——他瞧上了十八里铺这块地，想铲平周遭土地另作他用。于是他逼迫百姓动迁，勒令他们三日内必须搬出去。

沈昱的母亲大抵是不愿意搬走，又或者在等待自己的儿子，竟被定国侯一声令下，便轻而易举地杀了。

沈昱眼中翻涌着的恨意，一点一滴弥漫开来。他冷冷地丢下竹筐，低声道："定国侯，我定要让他生不如死！"

这朵曾经神秘冷艳的冰山雪莲，此刻俨然已成了一朵盛开自地狱的妖冶红莲。

我被他这副模样给吓住了，磕磕巴巴地劝他，但他似乎一句都没听进去——晴婉郡主大婚那天，轿子刚被抬出定国侯府十里地，便被沈昱给劫走了。

我急急去找顾临渊，他正板着张脸骑在高头大马上，大红喜服也没能给他增添一丝喜气。见我跑来时顾临渊眼前一亮，我二话不说跃上他的马："没时间解释了，跟我走！"

顾临渊跟我骑马来到一处断崖边，沈昱正端端正正立于崖边，晴婉被他五花大绑丢在一旁。在看见我和顾临渊那一瞬，沈昱几乎立刻明白过来，他瞠目长笑，眼神仿佛要将我撕碎："顾羡鱼，你还是骗了我！"

顾临渊唯恐他会对我不利，连忙上前将我护在身后："沈昱，果然是你！我暗自调查你这么久，苦于没有证据教你伏法，今日我绝不会让你再逃脱！"

八

一年前断崖边曾发生过一件惊天血案。

当时朝廷正在抓捕一个犯案累累的江湖杀手，好不容易将他围剿到崖边，可等朝廷再派人去寻时，只寻到满地官兵的尸体，杀手却失踪了。

当时许肥婆让我调查沈昱时我便摸清了他的身份——他不是真正的茶油鸭继承人沈昱，至于那个真的沈昱在哪里，我也不清楚。

我知道顾临渊在查他的案子，于是我来到沈昱身边，以防他对顾临渊下什么毒手。

沈昱说我骗了他是对的，我自知对不起他，无法说出一句反驳的话。可我对他母亲的敬重和喜爱是真心的，想留下也是真心的。

“顾羡鱼，我说了，如果你骗我，我不会原谅你。我原本以为你不一样，可谁知你与他人别无二致。”

我被他说得心里难受，还不待我开口，沈昱便古怪地笑起来：“今天你们所有人都要死在这里，给我娘陪葬！”

女人不是他真正的母亲，可却是这世上唯一给过他温暖的人。

一年前他在崖边被围剿，恰巧遇到一个昏迷的盲眼女人。她是跟儿子从乡下来城中经商的，却不幸遇上山中猛兽，儿子沈昱死了，她却侥幸活了下来。他为了活着，便冒险顶用了沈昱的名字和身份。

也许是他与真正的沈昱声音相似，女人竟没分辨出来，将他当作亲生儿子温柔对待。他知道他不该这么做，可是他从小无父无母，他过分地贪恋这难得的温暖。

我一动不动地看着沈昱歇斯底里，犹豫着该不该告诉沈昱，其实他母亲早就发现他不是她的儿子了，可她却仍然愿意瞒下这个秘密，就是希望他能忘掉杀戮，从此做个普通人。

可我怕说了以后会让沈昱更加疯狂，他的武功甚至在顾临渊之上，何况顾临渊还带着我和晴婉两个拖油瓶，我们凶多吉少。

“陪葬？啧啧，难说。”

一道熟悉的声线从草丛传出，许久未见的人朝我和顾临渊走过来，扬起一个玩世不恭的笑容：“好徒弟们，想我没？”

师父像个没事人一样对着我和顾临渊一阵嘘寒问暖，这才转向沈昱：“还有你呢，小子，记得我吗？”

沈昱眯起眼睛：“还音大师。”

我一直不知道，原来当初师父被赶出庆云寺，竟还与沈昱有关。当年的沈昱只是庆云寺外的一个小乞丐，住持见他可怜便收养了他一阵子——沈昱聪明绝顶，学东西也快，住持认定了他有佛缘，便有意收他为徒。

可师父却拼命阻止，他看出这孩童天生反骨，命里带煞，留在寺中必酿祸端。于是师父背着住持将沈昱赶走，住持得知此事反而责怪师父毫无仁心，坏了寺中清规，便也将他以相同的理由驱逐出寺。

师父虽然大部分时间不正经，可一旦他正经起来，难有敌手。我跟顾临渊皆仅仅学了师父的六七成功力，但他却能步步生莲打退敌人，那样子一直是我心中不灭的白月光，这话我没对他说过，不然他又要嘚瑟了。

回城后顾临渊首先关押了沈昱，同时也向圣上反映了十八里铺拆迁一事——他竟然有勇气参了自己的准老丈人，我对他的佩服又上了一个高度。

好在圣上明智，按律处罚了定国侯，归还了十八里铺的土地。

晴婉竟再没提过与顾临渊成亲之事，她说自己是罪臣之女，已不配嫁给顾临渊。当然还有更大的理由——月前顾临渊带她去登喜楼吃茶，她指着满满一盘蜜糖枣糕说：“我记得鱼姐姐从前嗜甜如命，最爱吃这种甜丝丝的东西。”

那时顾临渊盯着那盘糕点自顾自笑起来，眼中的温柔连自己都不曾察觉，晴婉却看在心里。她说，此生能为临渊哥哥穿过一次嫁衣，已是知足。

顾临渊倒是松了口气，揉着我的脑袋嗫嚅道：“我还以为你真的喜欢上了沈昱，把我的心都伤透了，世上怎会有你这般没心没肺之人。”

我气得满脸通红：“你的良心不会痛吗？当初不是你先对许肥婆说自己有未婚妻的？”

是啊，顾临渊笑笑，当初许小姐来找他，他认认真真地告知对方，顾某已有未婚妻。

而他在说这话时心中所想的，正是眼前这个气急败坏、爱贪小便宜的傻姑娘。

江山别故人

青州从事

引

李惠登基的次月，谢玉衡被擢为直指绣衣使。

当夜周天枢就拎着一壶绿蚁新醅来道贺。可惜他身手不利落，翻墙进院的时候一脚踩空，结果好酒白白喂了谢玉衡院里那一丛西府海棠不说，他自己也摔得不轻，后来连着好几日上朝，一条腿都是瘸着的。

那时他在后院的地上赖着“哎哟”了半晌，正在练剑的谢玉衡早听见了，却仍不紧不慢地收招，剑花挽过，这才信步过来收拾残局。

“周侍郎，”一地狼藉间，她居高临下地望着周天枢，“深夜造访，有何贵干？”

坐在地上的青年自花丛摸索出几片酒壶的碎瓷，笑得龇牙咧嘴：“抱歉啊玉衡，本来是想悄悄地潜进来，给你一个惊喜的。”

谢玉衡盯了他好半晌，最终叹了口气，拣了

瓶金疮药掷了过去。白日里宾客盈门，贺她升官的人来了一茬又一茬，偏生不见周天枢，她还以为是什么缘故，结果这家伙半夜翻墙独自前来，倒好似要做什么偷鸡摸狗的事。

“谢家庭院残更立，燕宿雕梁。月度银墙，不辨花丛那辨香。”周天枢坐在地上兀自辩解，“此情此景，意境怎能与白日相比。”

谢玉衡懒得理会他那一套，她是一介武人，文墨之事只是略通，也赏不来什么风花雪月。只是这一回，周天枢竟没把他那余下半阕词念下去，见谢玉衡瞧他，便幽幽地叹了口气：“后边不是什么好话，就不念了。”

谢玉衡潦草地应一声，视线又转向了院里的那棵歪脖子树。幸好这树并不算高，周天枢身子骨也硬朗，瞧着似乎不曾摔出什么大碍，不过是些十天半月便能将养好的皮外伤。

这样想着，她又叹了口气：“酒洒了倒也无妨，我这里还有一坛御赐的梨花白，应当不比你那壶绿蚁易得。”

周天枢连连称是，目光落在她提剑的手上，若有所思道：“玉衡，你还记得我们初见的时候吗？那时你好像很想捅我，可惜，你手上拿的只是一小截枯枝。”

一

昭允十四年春，谢玉衡第一次遇见周天枢。

那是莺飞草长时节，上书房里边书声琅琅，一派生机气象。日色暄暄，让人有些犯困，谢玉衡却不敢懈怠，一个人蹲在外边的草丛里，兢兢业业地守着一只竹马。

一旁的书房里，太傅正教到一句“溥天之下，莫非王土；率土之滨，莫非王臣”，谢玉衡虽不大明白，却能听出太子磕磕巴巴地背不出来。太傅在旁边无可奈何地叹气，咕哝着大燕日后如何如何。

这着实是有些无趣了，她于是站起身来，踮起脚尖折下一截枯枝。她曾观摩过宫中侍卫操练，这一回凭着记忆挥起枯枝来，竟也卷起了一阵细微的风。

自娱自乐得有些累了，她弯下腰扶着双膝，呵出了长长的一口气，却不料“噔噔”几声由远及近，一双乌木芝草云头履就这样停在她的面前。她愣了愣，半晌视线往上，对上了一双明亮的眸子。只是不承想，那家伙趁她愣怔，一把抓过了她身旁那只精致的竹马。

“谢玉衡，”身着一袭宝蓝云纹窄袖圆领袍的少年，歪个脑袋瞧着她，“太子殿下的小跟班，你是叫这个名字吧？”

谢玉衡攒起眉心，没有理会他。只是这竹马是太子最宝贝的，可不能丢了——她这样想着，跳起来去抢那只竹马。可惜少年比她高了一截，她徒劳地蹦了半天，最终还是败下阵来。

谢玉衡于是一脚踩在了对方华贵的云头履上，只听少年“嘶”了一声，用力地皱起了眉头。

谢玉衡以为对方会给她一个勾拳，没想到锦衣的小公子只是仍将一双眉敛着，十分困扰似的看着她：“喂喂，你不是哑的吧？”

“还给我。”谢玉衡沉声道，可惜并不是很有威慑力。少年便很高兴地笑起来，左颊上跳出一个浅浅的梨涡：“我不是要抢你的竹马，只是想问你个问题——我看你那树枝挥得像模像样，怎么不去习武？”

谢玉衡抿起唇瞪着他。

“好吧，对不起。”少年抓了抓头发，“那你想习武吗？”

谢玉衡当然想。然而……她迟疑起来，只是这并不是她想便能做成的。

“那我们就说好了。”少年一直在一旁笑吟吟地瞧着她，见她松动了态度，把竹马又好端端地搁回了她手中，“太子殿下怎么还喜欢玩这个？下一回，我带你看拾玉堂的话本子。”

他想了想，又添上一句:“谢玉衡，我叫周天枢，可别忘了。”说完也不等谢玉衡回应，只哼着不成调的小曲儿，踢着石子自顾自走远了。

谢玉衡很久之后才知道他哼的曲子是市井上不入流的玩意儿，也不知他是打哪儿学的。后来即便是当上了吏部侍郎，周天枢这四六不着的性子，也是半分不曾改过，让谢玉衡觉得他这小半辈子能全须全尾地一路走过来，也是咄咄怪事。

这厢他没交代如何教谢玉衡习武，谢玉衡也没问。她其实早听过周天枢的名字——太子殿下的伴读，周太傅的嫡孙，在这上书房里，也算个人物。太子回宫时偶尔会提及这个世家的小公子，谢玉衡回忆着，殿下其实挺喜欢这个伴读，因为他书背得顺溜，点子也多，是个再有意思不过的人。

有意思……吗？谢玉衡揣度着太子当初用的这个词，竟忽然觉得，似乎有那么一点道理。

二

谢玉衡原以为，周天枢所说的习武，是他心血来潮，要将他那学过两下拳脚功夫的小厮发配给自己指点几招，却不想几日后，来教她习武的，竟是位羽林军的中郎将。

这是谢玉衡从未想过的。倒不是什么别的缘由，而是这样的好事，着实是不敢想。

她并非穷苦人家的孩子，在前朝，族里甚至出过翰林，然而祖上的风光到了父亲这一代，已只余空有虚衔的封荫。父亲领着微薄的俸禄，兄弟姊妹众多，家里有时甚至揭不开锅。幸而她出生时赶上了好时候，乾元皇后择中她母亲为太子乳母，于是尚在幼时，她便时常随姐姐入宫探视母亲，稍稍年长一些后，就随母亲一道留在了宫中。

虽然不算好听，但周天枢叫她一声“太子的小跟班”，实在是不为过。她自小便跟在李惠身边，也没个正经名分，不过想来若日后李惠登基，她大抵也能凭着多年的情分，混个宫中的女官当一当。

但倘若如现下这般习得了一身武艺，那她日后的前程，或许会大有不同。只是不知周天枢究竟是用了什么法子，竟寻来了羽林军的中郎将，谢玉衡想找他问一问，却因练武朝乾夕惕，竟不曾抽出空来。

最终还是周天枢自己寻上门来：“喂，谢玉衡，你真的不打算来谢谢我吗？”

看他就差把一句“快问我如何做到的”写在脸上，谢玉衡于是从善如流地开了口：“多谢，”她顿了顿，“不过我一直想知道，你到底是如何请到徐将军教我习武的？”

“啊，这个嘛，”终于听到了想听的问题，周天枢脸上的得意藏不住，偏偏还要欲盖弥彰地现出一副云淡风轻的模样，“我跟太子说，陛下出行，身后总跟着几个武功高强的大内侍卫，他身为东宫，怎的却没有会武的人跟在身边？不如求陛下指一位武官教玉衡习武，待她学成了跟在你身后，岂不是十分威风。”

“更何况，”周天枢扬了扬眉，“我和殿下说，你很有天赋，也真的很想习武。”

谢玉衡一时顿住，半晌抿了抿唇，最终还是出声打断了他：“你这样，是置殿下于不利之境。”

一直以来，谢玉衡对太子的感情都很复杂，感激、尊敬，还掺有一缕怜悯。因为太子虽生于帝王家，其实却是个可怜人。

乾元皇后辞世之时，太子也不过六岁。当今圣上是大燕开国的皇帝，乾元皇后与他少年结发，携手走过了最难的那段时日，而圣上能得以登基，除却他自己的雄才伟略，也少不得皇后与她母家的襄助。只是因为皇后初次有孕时，圣上在前线，战势危急，忧惧操劳之下，皇后竟滑了胎，又伤了根本，后来费了许多工夫调养，方才得了一个孩子。

乾元皇后为这个孩子拟名为“惠”，“惠”本同“慧”，可这孩子三岁有余方牙牙能语，却是有些痴愚。那时圣上已登基数年，身旁红翠环绕，也不仅仅是一个孩子的父亲，最终能应了皇后的恳求，立下这个嫡子为东宫，已是莫大的恩惠。

谢玉衡幼时常常能见到先皇后，似乎她自打有记忆起，这个天底下最尊贵的女子，便总是一副病骨支离的憔悴模样，只是雍容气度不减，仍是绝代的美人。“玉衡”这个名字亦是她赐下的，“金钟大镛在东序，冰壶玉衡悬清秋”，那时她摸着谢玉衡的脑袋说，希望她往后亦能如冰壶玉衡，秉性高洁。

只可惜当初小产落下了病根，她去得太早，终究是不能顾及身后事。辞世前她也曾借着与圣上昔年存下的最后一点温情，恳请圣上立她的表妹为后，圣上恩准了，可那个不过刚刚及笄的深闺少女太过年少，被卷入后宫纷争的旋涡后自顾不暇，更遑论照顾年幼的太子。

陛下心中仍有结发之妻的一席之地，只是那一席位子太小，已难以再给到本就不讨喜的太子。

“我一直不曾求太子给我这样一个机会，便是因为殿下心思不算活泛，总不能体察圣意，因而陛下已对殿下颇有微词……倘若殿下再提出这般逾越的要求，即便这次陛下不说些什么，恐怕心里也会徒增不满。”

少女身量不高，气势却足，周天枢被她一番长篇大论镇住，半晌摸摸鼻子，讪讪道：“这，真是对不住……我实在是，没想到这么多。”

八九岁的孩子，哪里有许多的思量，每日所想也不过是能少做些功课，多吃一块天香阁的桃花酥。更何况，谢玉衡这一番为太子设身处地的思虑，却是半分也不曾替自己筹谋——周天枢眨巴眨巴眼，只觉得谢玉衡此人，当真是大公无私。

“但还是多谢，”谢玉衡顿了顿，忽然道，“多谢你一番心意，为我着想。能够习武，到底是我许久的愿望。何况这次陛下到底允了太子殿下的请求，想来，倒也没有铸下什么大错。”

“那个，谢玉衡，”周天枢愣了半晌，忽然赧然起来，“我能跟你做朋友吧？”

谢玉衡微微一怔，有些错愕的模样，周天枢以为她是不情愿，孰料却听她说：“我以为，我们早便是朋友了。”

三

后来的那些年过得很快。谢玉衡日日勤加习武，最终在武举上一举夺魁，官拜绣衣使。而这么多年兜兜转转，周天枢亦从上书房迈进了朝堂，白衣换朱紫官袍，却从未与她走远。

思绪回笼，周天枢终于自力更生地从地上爬起来，寻了盏灯烛给自己的左膝上金疮药，而谢玉衡自库房取出那坛李惠赐下的梨花白，小心地划开封泥。

周天枢接过那坛梨花白，直接给两人斟满。谢玉衡抿了一口，她其实喝不惯酒，但她仍仰头满饮了这一杯。一旁的周天枢已经在倒第二盏，一边还嚷嚷着让她寻些下酒的小菜，谢玉衡叹了口气，吩咐小厮去东厨拣来一碟花生米。

花生米拿来的时候周天枢已经不知喝到了第几盏，不过这家伙是酒楼常客，平日里最爱的便是喝着小酒听曲儿，因而酒量十分过人，竟无半分醉意。谢玉衡忽然想起一件事——她皱着眉，挡住了周天枢探过来拈花生米的手：“我听说，你昨个儿同裕王一道喝酒，还打了半日的马球？”

“嗯，是这样。”周天枢与她一番缠斗，终于抢到了花生米，含含糊糊地应付她，“那家伙养尊处优惯了，吟诗作对尚可，马球是真的不行——你什么时候有空，来和我比画比画？”

他嘴上不饶人，说别人身手不好，却是将自己方才自树上摔下来这件事忘到了九霄云外。

谢玉衡没接他话茬：“你最近和裕王走得太近了。”

周天枢瞪大了眼睛，拣花生米的手倒是不曾歇：“天可怜见，我只是同他赏赏花、喝喝酒而已，这又如何了吗？”

“前朝的裴虚己，”谢玉衡冷冷地问，“你想重蹈他的覆辙？”

国策有云，朝臣不得与皇亲交往过密，以免有密谋叛乱之嫌。即便是身为大唐驸马的裴虚己，也因与岐王日日走马玩乐，遭玄宗猜疑，最终被迫与公主和离、褫夺官职，于岭南瘴疠之地了却残生。

谢玉衡知道周天枢成日挟弹游骑，根本不曾有不忠的心思，可后世皆知，裴虚己又何尝有过谋逆的胆识，最终不仍落得一个远贬岭南的下场。李惠并非多疑的性子，然而如今朝堂局势却是复杂得紧——柱国大将军身为小皇帝亲舅，揽去了大半职权；裕王看似每日饮酒作乐，却也小动作不断——这些麻烦，须待她徐徐图之，而眼下，她并不希望周天枢稀里糊涂地搅和进去。

“你总归还记得，直指绣衣使是做什么的吧？”谢玉衡盯着周天枢，“我是陛下的鹰犬耳目，平日暗地监察百官，而后报与陛下——这一回，我不会与陛下说，但你往后最好都要注意些。”

周天枢的眸底掠过暗芒，他撇了撇嘴，试图岔开这个话茬：“玉衡，你听说雍州骚乱之事了吧？不知哪里流窜来的一撮流民，天天在街上滋事，现在雍州知府可是头痛得紧。”

谢玉衡微微一怔，正若有所思的当儿，却让周天枢趁机拣走碟里的最后一粒花生米。一坛酒尚未见底，周天枢本打算使唤谢玉衡再给他弄一碟小菜，却见谢府上的小厮慌里慌张地跑过来：“谢大人，刚刚宫里来了人，陛下宣您进宫一趟。”

谢玉衡站起来，回头看了周天枢一眼，而后者遗憾地耸耸肩，然后大大咧咧地摆了摆手：“御前的大红人，不必管我，待会儿喝完这一盏，我自己会走。”

谢玉衡瞪了他一眼，最终还是吩咐小厮看好了这家伙，别让他今夜摔了腿又折了胳膊。待谢玉衡匆匆离开后，小厮殷切地询问要不要拿一碟花生米来，周天枢却撇了撇嘴，站起身来：“不必了。一个人喝酒没意思，我回去了。”

四

宫里的事是件大事，却并非发生了什么不测，而是一桩喜讯。谢玉衡在路上方知前因后果，原来是岑贵人入夜不适，传来太医一诊，竟是有了三个月的身孕。

这事本与谢玉衡无关，可她却知道，李惠大半夜巴巴地把她叫过来，大抵实在是有些心里话想说。

抵达寝宫时月至中天，谢玉衡推开门，嗅见了淡淡的龙涎香气。李惠坐在案前，看见她后猛地站起，三步并作两步冲了过来：“阿姊——”

谢玉衡无奈地摇了摇头。少年一把携住了她的手，也并未留给她施礼的机会，她叹了口气，最终却到底没有挣开那双手：“陛下，下次若是在众臣面前，可最好别这样了。”

李惠望着她，半晌，不情不愿地点了点头。十八九岁的少年，已然贵为一国之君，可仍改不掉幼时唤她“阿姊”的习惯。她当然知道缘由，乾元皇后去得早，先帝对这个既怯弱又不聪慧的嫡子也向来不大在意，李惠的太子之名徒有虚衔，日子一直过得并不十分如意。而自她的母亲也因病辞世后，他们可以说是相依为命了，只因在这偌大阴寒的宫中，竟没有其他能带来一点暖意的人。

不过，若说一个也没有，似乎也不太对——还有周天枢。他很喜欢在她习武时来找她，嘲笑她挥剑的姿态别扭生硬，却又在她眼神剜过去时讨巧地递上一块宫外带来的桂花糕。幼时色彩明丽的记忆并不多，却几乎都被这两个人占去了，谢玉衡想，这样弥足珍贵的感情，总是要好好珍惜的。

“阿姊，”李惠把她唤回了神，他拉着她坐下，“阿姊，我很高兴。”

青玉五枝灯的暖光跳跃在少年的眉眼间，映出一片炫目的光辉。谢玉衡知道他很高兴——那是即将为人父的喜悦。先帝待自己的这个嫡子并不坏，但也算不上好，一年中寥寥数次见上面，眼神里总是漠然多一点——余下的一些，是对逝者的追忆怀恋，结发妻子在他心中的分量，是他迟迟没有改立太子的最后几分缘由。

谢玉衡总记得十岁那年的中秋宫宴。四皇子那一年才五岁，不知何时溜到了太子的席旁抓了案上的一把嘉庆子，却被太子捉个正着。那时两人争了起来，御供的嘉庆子掉落了一地，先帝遽然站起，面色阴得厉害，四皇子在一旁号啕大哭，李惠却低着头不说话。先帝斥责他身为太子不能起表率作用，身为兄长不能谦让，可谢玉衡却知道，李惠根本就不爱吃嘉庆子——起争执的真正原因，是宫宴的前半场中，他瞧见四弟一直在他的父皇的怀中撒娇，可父皇抬起眼看向他时，却永远只有一张疏离的冷脸。

那天夜里回到东宫，李惠抱着膝，在榻上缩成了小小的一团。他低声地和她说，若他以后有了孩子，一定会对他们很好很好，而且，要一视同仁。少年把头埋进臂弯里，尾音带了微微的颤抖，而谢玉衡沉默了半晌，终是逾矩地伸出手来，揉了揉他的头："会的。殿下日后，定会成为一位好父亲。"

柔软的光在少年的眸底蔓延开来，最后生出一片沁人的暖意。谢玉衡也不禁柔和了目光，然而下一刻，她又忆起了旁的要紧事："陛下，隔两日，大抵要请您下一道诏令，准我去一趟雍州。"

李惠刚刚登基月余，正是根基不稳的时候，柱国大将军与裕王亦是早晚须牵制的祸患，她本就很是忧心，近日来，竟又听闻雍州那边有些骚乱。虽说知府报来消息，说只是一些不成规模的流民，若官府稍加安抚，应当成不了什么气候，可她到底不是十分放心。

——更重要的是，方才与周天枢饮酒，连他这个不闻窗外事的家伙，竟都向她问起了雍州流民。这般看来，只怕雍州那边，当真有些棘手。

"不过陛下不必忧心，应当没有什么大事。"谢玉衡抬头望向李惠，语气里带了一些安抚的意味，"我骑快马往返，只带五千羽林军的精锐走，想来亦不过数月便能处理好此事。待到时回京，说不准还能赶上小皇子的满月宴。"

五

谢玉衡此番走得很急，就连周天枢想请她喝一席送别酒的要求，也被她拒绝了。因为精心写了半宿的酸诗没送出去，周天枢对此颇为愤愤，于是隔三岔五地给她飞鸽传书，满纸的"相思""伤情"，让谢玉衡生生每瞧见一次，都要酸倒一排后槽牙。

她抵达雍州已是一个月后了。周天枢的信来了好几封，每次都是厚厚一沓，她总嫌他多话，却又舍不得扔那一叠里边事无巨细记着琐事的信笺。因为路途颇赶，她回信时总是寥寥几句话，只是她自己却不曾发觉，那几句言简意赅的问候里，总带着些难言的珍重。

然而出乎意料的是，雍州的骚乱并不严重，知府当初所言非虚，这些流民，并不需动刀兵镇压。然而事情也并非这般简单——此前官府绥靖安抚，他们便安稳些，可一旦官府稍有懈怠，便又会闹起来，故而究竟如何处理流民一事拖拖拉拉，至今仍是悬而未决。

只是说来也怪，自谢玉衡来后，这帮流民便安生了许多。谢玉衡让知府暂时先收容他们，做一些皂吏、衙役的杂活，虽说配给的银粮少些，他们竟也没再闹事。半月后周天枢又来了信，这厮信誓旦旦地与她剖析，说定然是因为她这么多年从龙有功，清名已经传遍了中原，连流民也慑于她的威名。

周天枢信口开河惯了，谢玉衡自然不信他的鬼话，只是在雍州待了三个月，确实再未见什么骚乱，她又心心念念着要去见李惠那快出生的孩子，想着现下出发大抵能赶上满月宴，她便匆匆地又踏上了回京的路。

回京的路上，谢玉衡收到了李惠的信，道岑贵人早产，幸而太医来得及时，最终母子平安。说起来，其实数月里李惠的信也寄得不少，亦是家长里短，只是不似周天枢那般频繁——周天枢的信三四日便是一封，好似往后便没了机会，半辈子的话都要在这一时半刻说完。

反反复复将李惠信中的几句话读了数遍，谢玉衡终是将信笺小心地收起。她距京畿大抵还有半月的路程，倘若快马加鞭，说不准一旬之内便能抵达。

然而就在即将抵达京城的最后一日，她又收到了李惠的信。这一回鸽子脚上的信笺绑得仓促凌乱，向来优哉游哉的信鸽，此时也显得十分狼狈——她心中有不好的预感，展开信纸的手，也微微有些不稳起来。

李惠的字一向不好看，可这封信上的字迹横七竖八，松烟墨泼了半张纸，竟已是难以辨认。她看了许久，只觉泛起眩晕，好半晌，才终于勉强认出一句——

"裕王谋逆，举兵逼宫。"

她手一松，雪浪纸"唰"的一声荡进了风中。余下的字她其实看不清了，似乎有"阿姊莫要回京"，又仿佛有一句"已遣暗卫送走旭儿，待时局安稳，阿姊再接他远走"。无数念头走马灯似的在脑海里过了一遭，最终停驻下来的，是那张熟悉的俊逸面孔——是他与裕王交往过密，也是他，在这样危急的时刻，将自己并数千羽林精锐，支去了实际风平浪静的雍州。

"周天枢，"她的目光失去了焦点，低声开口，仿佛质问一般，"为什么？"

她抬头，仿佛间已然望见了京城燃起的烽烟。来不及整理纷乱的思绪，她只是纵身上马，向京城的方向疾驰而去。

六

永隆五年，冬。

帘外的雪飘摇起来的时候，茶楼里进来避雪歇脚的人逐渐多了起来。最后进来的女子牵着个年幼的孩子，拣了角落里的一席位子，茶博士仓促间未曾留意到这位客官，而她亦不甚在意，只将视线落在了台上的说书先生身上。

先生讲的话本子有些老了，是五年前的兵变。并不是什么才子佳人的佳话，茶楼里一片熙熙攘攘，却是没什么人将注意放在故事上，唯有角落里年轻的女子眼帘微垂，似是听得十分认真。

"螳螂捕蝉，黄雀在后，奸臣贼子饶是诡计多端，也不敌天理昭昭。"说书人捻着长须，喟然道，"昔年外戚当政，柱国大将军总揽大权，而裕王蠢蠢欲动，亦想分一杯羹。临川周氏百年清流，竟也搅入了这趟浑水，然而那周天枢一计调虎离山虽称得上高明，却孰料天佑大燕，正值大将军与裕王两败俱伤之时，谢将军率五千羽林精锐赶回京城，乱臣贼子，悉数伏诛。"

"此番一战，竟是将朝堂两大祸端一网打尽，可谓天遂人愿，护佑大燕江山稳固。"

谢玉衡颔首，面上看不出什么神色，李旭却从她的怀里钻了出来，兴致盎然地拉她的手："玉姨，周天枢是谁？我喜欢这个名字。"

五岁的孩子正值活泼的年纪，谢玉衡拗不过他就将他带出宫玩，此番却不指望他能听懂说书人讲的云诡波谲。

"周天枢吗？"她垂下眼帘，摸了摸孩子的头，"他是个骗子。"

她总记得那一夜，赶到京城时天将破晓，满城烽火几乎已经燃尽。柱国将军被裕王的毒箭射中了肩胛，已然无力回天；裕王则只余残兵，功败垂成之际，面对谢玉衡的羽林精锐，只是困兽犹斗。

不费吹灰之力地，谢玉衡结束了这场开端轰轰烈烈的宫变。可出乎她意料的是，三尺青锋吻上周天枢的颈侧之时，青年居然笑了。

是那种得偿所愿、心满意足的笑，其间却又隐隐蕴着一缕凄恻。他说："我算得没错，玉衡，你果真在今夜赶回来了。"

她怔住了，一刹那万般念头纷至沓来，手里的剑"当啷"落地,她听见自己的声音在战栗:"你算的……什么是你算的……这些，都是你算的？"

周天枢又笑了笑："是——"他的声音戛然而止。谢玉衡无措地看着他，年轻的侍郎面色苍白得可怕，他弓起腰掩口咳喘，像是要将五脏六腑都统统咳出来。

谢玉衡愣愣地瞧着，直到他缓了气息，又若无其事地将手背到身后。"等等，"她维持着最后一点冷静，"周天枢，把你的右手给我。"

"我真的没事。"周天枢同往常一般冲她笑，他糊弄她的时候总是这副神情。谢玉衡先前一直懒得揭穿，这一次却固执得近乎执拗："把右手给我。"

青年有些无奈，他仍没有动，只是任由她将他的手扯了过来。谢玉衡一根一根掰开他紧攥的手指，雪白的帕子上，首先入目的是一抹刺目的红。

"你咯血了？"她紧紧地盯着他，"你难道……什么时候中了毒？"

无奈的神色依旧停在周天枢的面庞上，他垂下眼帘，轻轻地说："裕王并不完全信任我。他给我下的毒，只有每夜子时服下解药，方可挨过一日……"话音未落，他又低咳了起来，谢玉衡触到他的手腕，青年的体温低得骇人。

谢玉衡像是被钉在了原地。脑海里片刻的空白，下一刻她转身欲走，却又被周天枢拉住："不必了，玉衡。"他低声说，"已经寅时了，即便裕王愿意给解药，也来不及了。倒不如在这里陪我，我们多说两句话。"

谢玉衡咬紧了牙，叫来两个亲兵，吩咐他们分别去找裕王和御医。身旁的周天枢终是失去了站立的力气，他的面色惨白，晃了晃后终究是跌坐在地，而谢玉衡亦随之跪伏下来，用力扯住了他的衣袖："为什么？为什么……要一个人冒这么大的险……为什么不告诉我？"

两人一见面，他便说他已算准了一切，现下她又怎能不明白所有的事——周天枢，他假意助裕王谋逆，骗自己带兵离开，待自己回京之日将近，再告知裕王万事俱备，只待举兵逼宫。柱国将军与裕王两败俱伤之时，便是她率军收网之日。然而……

"为什么？"她又问了一遍。

"大概是因为……世上没有不透风的墙吧……"周天枢费力地咳了咳，嗓音嘶哑得有些可怕。裕王警觉非常，即便已逼着他服下了毒药，却仍暗地里派了影卫时时监视。迫不得已之下，他只能瞒过谢玉衡，独自策划这场一举消灭两大势力的兵变，为李惠，也为谢玉衡，铺开一条坦荡光明的大道。

谢玉衡将手贴上他的胸膛，感受到他的生命力随着温热的血一道缓慢流出。御医和取来解药的亲兵一同赶到，可还是太迟了，谢玉衡看见御医无能为力地摇头，蓄了许久的泪终于落了下来。

周天枢示意她低头，最后的最后，他附在她耳边，声音仿佛随时会支离破碎："玉衡，你还记得,我们上次见面的那一夜吗？我念了半阕《采桑子》，你问我为什么不继续念完。我只是觉得上半阕应景，下半阕却不祥，却不想即便不念出来，仍然会一语成谶。"

"玉衡，"他轻轻地说，"抱歉。"

很多年后回想起来，谢玉衡仍不知道他为何要说抱歉。是抱歉骗了她？还是抱歉不能陪她走完余生剩下的路？她不愿思索，亦不忍回忆。后来她终于鼓起勇气，查到了那阕《采桑子》，干涸了许久的眸，不知为何又蓦地落下泪来。

"谢家庭院残更立，燕宿雕梁。月度银墙，不辨花丛那辨香。"

"此情已自成追忆，零落鸳鸯。雨歇微凉，十一年前梦一场。"

朝槿随雨落

木槿花坠如碎雪，一朵斜簪鬓，一朵入掌心。

帝女天瑄

秦乐只

她愿当金丝雀坐享荣华，
我却不甘命脉人生无从掌握。

一

赐婚圣旨传到连国公府时，阖府上下脸色铁青，活像被人掘了祖坟。

迎春花开得正盛，我趴在墙头，隔着花枝津津有味地偷窥嵇家人领旨。底下空地齐刷刷跪了一群人，唯独嵇小公子站得青松般挺直，一副宁为玉碎不为瓦全、誓死抗旨的架势。

场面一度僵持，小黄门哭丧着脸，强行把圣旨塞给连国公后溜之大吉。

连国公吹胡子瞪眼，极力忍耐才没把这烫手山芋丢出去。

"天瑄公主骄奢淫逸，五行缺德，仗着今上宠溺为非作歹！"嵇小公子咬牙切齿道，"此等恶女，怎堪为妻？更何况阿绮……"

嵇小公子年方十七，原有个定过娃娃亲的表妹：小名阿绮的才女赵元清。

可惜不巧，他前阵子随族人迁来京都，途经城门时，恰好让天瑄公主一见钟情，上演了一出当街强抢美少年的把戏。连国公连夜上奏哭诉，她才不情不愿地放了人。

据坊间议论：天瑄公主不甘罢休，一边声势浩大地讨好嵇小公子，一边咄咄逼人胁迫他表妹退亲。好端端的大家闺秀啊，被逼得险些悬梁自尽！而且，天瑄公主居然用“母妃莲姬的莲字与连国公府的连同音，合该结为亲家”的荒唐理由求了赐婚圣旨，忒不要脸！

这不要脸的天瑄公主，讲的正是本人。

洞房花烛夜，门窗从外落了锁。

嵇郁始料未及，瞪着一双漂亮的眸子骂我：“世间怎有你这般不知廉耻、狗仗——”

说着戛然而止，看来想起了我仗的势是当今天子。

天子是开国新君，而我母妃莲姬曾是前朝宠妃，被称为梅开二度的红颜祸水。莲姬圣宠不衰，初时是靠她的美貌，后来则因为我——我是父皇掌中最锋利的刀。宫人们背地里叫我小疯狗，但我渐渐手握实权，京中便无人敢当面这么骂。

嵇郁这么横，一则不怕死，二则仗着我喜欢他。

他脱下喜袍往地上一掷，恨声道：“公主今日便是杀了我，我也不会与你圆房！”

烛影摇红，照得那副唇红齿白的芙蓉面愈发惊艳，纵是愠怒亦别有韵致。我实在对他生不起气，起身倒了一盏茶给他润口。他脸色更难看了，仿佛那杯茶里加了什么虎狼药。

我啧一声：“谁要逼你圆房？成亲对我而言就已经足够了。可鲫鱼啊……”

嵇郁怒道：“我不叫鲫鱼！”

“咳，嵇郁。”我从善如流，“今夜好歹是大喜日，你打个地铺将就一晚，往后想住哪儿就住哪儿。我喜欢你，自然不会逼你。”

半夜醒来，他仍坐在角落里警惕着我，月透窗纸，清辉映得他衣衫斑驳似幻，像竹林深处的梦中人。我一下子没了睡意，辗转反侧至天明。

翌日，我们眼下都横着一抹乌青，让好事者一传，莫名其妙成了“天瑄公主为逞兽欲折腾了嵇郁一宿”。而嵇郁着凉发了烧，更为坊间闲言碎语添了一把火。我无暇澄清谣言，悉心照料他却又吃尽挂落，被人嘲笑了一通“爱而不得”。

连父皇都取笑我，戏谑着唤我的小名：“阿龙啊，可莫要见色忘父。”

这调侃暗含警示，我含羞低头，只当听不懂。

莲姬的笑声适时打破了那点微妙，纤纤手指拂了一下我颊边碎发，她嗔道：“阿龙难得有心悦之人，陛下何苦逗她。”

深宫的金丝雀并非如表面那般痴愚，她比任何人都擅长察言观色，更懂得审时度势。

“我儿是公主，何必沾染国事，招惹庙堂那群疯子。”她不止一次劝我安分守己，蹙着眉楚楚可怜，“母妃知道你瞧不起我，可……”

“我没有。”我打断她，摇头道，“可是母妃，各人各有缘法和选择。”

她愿依附强者坐享荣华，我却不甘命脉人生无从掌握。

二

公主府的姚黄魏紫盛开时，我办了一场牡丹花宴。宾客如云，阿绮也应邀前来。大庭广众之下，我手中酒盏一斜，清透的梅子酒尽数倾倒在她衣衫上。

“哎呀，没留神。”我挑眉，望向默不作声的阿绮，“正巧母妃赏了一套云锦石榴裙，且作赔礼。为表歉意，我亲自带阿绮妹妹去更衣。”

嵇郁并未到场，但不妨碍他从旁听说一段添油加醋的、仗势奚落情敌的热闹。他匆匆赶来我休憩的水榭，质问道：“冷落公主的是我，你要打要罚尽管冲我来，阿绮一贯温顺娴静，公主何必一而再再而三地欺辱她？”

“温顺娴静？”我倚着长椅笑不可抑，“嵇郁，眼见不一定为实。”

嵇郁面无表情，似在等待我口出恶言抹黑阿绮。

夕阳余晖笼罩着宽袍广袖的翩翩少年，通身流光溢彩，不比满园牡丹逊色。倘若他不这样讨厌我，想必会更加赏心悦目。我移开视线，顺手将掌心的饵料撒向池中红鲤。鱼群争先恐后地抢食，急切得像秋后拼命蹦跶的蚂蚱。

“公主侮辱我不要紧，若胆敢再动我家人……”嵇郁一字一顿道，“我拼着家破人亡也要将你千刀万剐。”

这个“再”字，用得着实精妙。

嵇郁如此憎恶我，恼我胡搅蛮缠是一方面，更多是因为六年前那桩元榕旧案。

元榕是嵇家收养的孤儿，是嵇郁自幼憧憬的哥哥，他十六岁中状元，年纪轻轻就被破格录为太子少傅，堪称当世雏凤。这样一个前途无量的奇才，最后却身败名裂，死得凄惨。

众所周知，元榕因“试图染指天瑄公主被人撞破，而后杀人灭口”获重罪，辅以结党营私、贪墨行贿、惑乱宫闱等污名，落得个斩立决的下场。指认他的证人有七八个，其中一个是我，我当着众臣的面，作证他罪无可赦。

因着这层关系，有人怀疑我强迫嵇郁成亲是为泄余愤。

成亲那日，嵇郁也曾质疑我的真正用意——连国公府原属太子门客，搬迁入京是为了离东宫更近一步，结果让我求来的赐婚圣旨一搅局，太子没讨好，反被迫成了左支右绌的墙头草。

他盯着我说：“公主有何资格迁怒嵇家？你很清楚不是吗，阿兄是无辜的！”

“确实。我诬陷了他。”

大概是没想到我会明目张胆地承认，他怔了怔，随即隐忍地咬了咬牙，看向我的目光仿佛含着千万把利刃，杀意扑面而来，带着满满的克制和不甘。

现在回想起来，嵇郁新婚夜过后大病一场，多半是被我那声“诬陷”气的。

我这人一向诚实，既已允诺新婚夜过后他住哪儿都行，便说到做到。嵇郁搬到了离正院最远的竹居，平素极少碰见，唯有我屈尊去找他，或是他听闻我“为难”阿绮，方能剑拔弩张地见上一面。

苍天作证，京城再没有比我更关心阿绮的了。

“阿绮是赞誉满京都的才女，似公主这般擅长指鹿为马的小人，把嫉妒说成关心，倒也正常。”嵇郁如是回应。

三

天子出宫狩猎遇刺。

彼时我伴驾在侧，为父皇挡了两箭，淬了剧毒的箭镞钉入皮肉，乌血渗透衣衫，换作旁人早该一命呜呼。我虽没死，但也元气大伤。

封赏和珍贵名药源源不断地送入公主府，嵇郁冷眼瞧着，讽刺我说：“公主当真胆大又命硬。”

“我运气向来不错。”我假装听不出他话中隐晦，笑眯眯道，“难得你主动探望，莫非是想我了？”

“关于阿兄旧案，我最近在公主府找到些线索。”嵇郁被我调戏太多次了，闻言眉毛都不动一下，他从袖袋里掏出一本手札递给我，眼神幽幽仿佛潜伏暗夜的狼，不放过我脸上一丁点儿表情。

手札里好几篇策论，笔锋锐利，旁边朱批却内敛得多——前者是我写的，后者则是元榕的字迹。我翻到最后，目光落在末尾两行朱红小字上：

“‘龙’字同‘龙’，庞然可冲天。阿龙且记住，急易生乱，当谋定而后动。”

阿龙这个小名是父皇取的，暗喻杂毛狗，我幼时极其讨厌却又不得不装欢喜。到了元榕嘴里，阿龙却好像成了极好的名儿。

“驸马倒是好本事，居然能从我府中翻出这么个玩意儿。”我慢慢合上手札。

嵇郁面不改色：“所以，公主不解释一二？”

我默然片刻，道：“如君所见，我同元榕私底下曾经交情甚笃。当年他受封东宫少傅，为禁苑皇子帝姬讲经授课，我是他的学生，亦是他的知己。但你也不必因此推断些什么。我诬陷元榕令他丧命，这是无可辩驳的事实。”

屋内落针可闻，夜风从敞开的窗吹进来，带着丝丝秋凉。我瑟缩了一下，听见嵇郁说：“阿兄以前信里提过，京城有个举一反三的厉害姑娘，以后有机会引见给我。后来我听说天瑄公主害死了阿兄，恨不得一夜长大，来京城报仇。”

“谁能想到你就是……”他抬眸看着我。

迎着少年探究的目光，我心中五味杂陈。

那天晚上，我又梦到了元榕。

昔日崇文馆考校功课，我一贯垫底，兄弟姊妹们每每明嘲暗讽。但他们不知道，元榕私下常给我开小课，我平素要写两份功课，差劲的对外，精深的自省。好叫父皇知道，我虽有些小聪明，实则是个不足为虑的庸人。

元榕大逆不道，什么都敢教我，帝王道、制衡术、阴阳谋……最后一课，叫断舍离。指鹿为马的事我做过不少，苦主成群，唯独元榕总满脸血迹入我的梦。

梦醒后我摸了摸脸，蹭到一手湿润。外面传来铮铮琴音，清越起伏，幽幽透着错综复杂的情绪，我披衣起身，捧着嵇郁偷了又还的那本手札临窗而坐，有一搭没一搭地翻。

月光朦朦照着纸上朱批，宛如陈年印刻的血。

四

侍婢端着风寒药途经后园时，我正在晒太阳。

听说嵇郁半夜跑到假山那处对月弹琴，受冻抱恙，昏昏然食不下咽。我立马遣人去请御医，开库取药，又命厨娘细心调制开胃药膳，一时之间竹居紧绷得好似驸马得了绝症。

“区区风寒，何必如此阵仗。”嵇郁躺在榻上有气无力地瞪我一眼，视线下滑，定在我因匆匆赶来而崩裂流血的肩膀上，微微抿了抿唇，“公主先去处理伤口吧。”

“不急，先等御医替你诊治完。”

窗户开了小半扇通风，日光便顺着半扇窗流泻而入，斜斜地照着小圆桌上的缠枝花茶壶，白釉瓷面反射的光影映在嵇郁下颌角，那张苍白脸蛋愈发像极了莹透的玉璧。配上他蹙眉沉思的虚弱神态，风姿十足，养眼得很。

我不加掩饰地盯着嵇郁瞧，他也不趁机挖苦，长而卷翘的眼睫低垂，不知在想什么。

御医走后，我到隔壁厢房换衣上药，又跑回了嵇郁房里。

“御医已经离开，公主不必再装样子了。”

我坐在小圆桌旁，扬眉笑道：“装什么？我对驸马一往情深。”

嵇郁好似懒得与我争论有的没的，转了话题：“近几日朝廷大张旗鼓，谋害陛下的幕后主使查出来了吗？”

“父皇培植的暗卫寻到些线索。”

“这些线索……”他压低音量，望着我道，“想必都指向了太子。”

我无辜地同他对视，从少年那双清透明亮的眼瞳里看到他尚未出口的话——你才是那个行刺天子，嫁祸兄长，苦肉计用得炉火纯青的幕后主使。我弯了弯嘴角，彼此间有种心照不宣的感觉。

“你这般胆大妄为，不怕引火自焚？”

“我给你讲个故事吧。”我微笑道。

“昔日有个宠妃乃前朝公主，蛰伏近十载毒杀父皇，因神医赛扁鹊恰巧在宫中而功败垂成。不过毒性剧烈，父皇昏迷不醒，赛扁鹊声称要以天子血亲试药，方能研制解药……”

彼时太子摄政，准备下令彻查、清除所有前朝余孽，包括前朝祸水莲姬及其所诞帝姬。

于是我躲开侍卫，闯入大殿，当着群臣的面自荐试药。那个时候，死在试药上的人已有不少，包括两个皇子，因为割血引毒和药浴时的折磨如同凌迟，而试药人一旦痛到昏迷，前功尽废，就必须重来。

“可我活下来了。”我说，“后宫举凡和前朝皇室沾亲带故的都死了，唯独我和母妃，锦衣玉食活到了今日。”

那之后，我最不怕的就是毒。

“公主幼年替父试药一事闻名遐迩，曾经我也以为这是桩父慈女孝的美谈。”嵇郁用一种奇异的眼神望着我，似怜悯，又似幸灾乐祸，“故事讲得这般凄惨，是想激发我的恻隐之心？”

我哈哈一笑，起身挪到榻边，握住他的手真诚道：“你不就是想知道我陷害太子的动机？很简单，有仇呗。我亲口告诉你，也省得你瞎琢磨，半夜里睡不着跑外面吹冷风。”

霎时，嵇郁一张小白脸涨得通红。毫无疑问，他肯定觉得被后半句话羞辱了。

苍天可鉴，我明明在关心他。

五

正如嵇郁所说，皇宫暗卫奉命查案，最终查到了太子头上。大理寺倒是出了份不一样的调查结果，矛头隐隐指向我，为父挡毒箭而伤势未愈的我。

大理寺卿严寒，大名鼎鼎的铁面阎罗，乃是各派党羽争相拉拢，却又啃不动的硬骨头。此番他并无明显证据，细究起来，更像是替太子开脱。天子多疑，见得力心腹被正值壮年的儿子笼络，会怎么想？

“严寒果真让太子给收买了？”嵇郁听到些小道消息，满脸怀疑地跑来问我。

我刚准备用膳，索性多添了一副碗筷，挥退侍婢示意他坐：“你猜。”

嵇郁瞥我一眼，缓缓道：“公主这招以退为进甚是精妙。铁面阎罗严寒居然肯为你卖命……”见我并不否认，他语气变得犀利起来，“公主果真手段通天。”

“承蒙夸奖。”我莞尔拱手，谦逊道，“雕虫小技，不足挂齿。不足挂齿。”

“我没在夸你。”他额角青筋微微一跳，“你怎么做到的？”

我夹了一块胭脂鹅脯放入他碗里，曼声道：“严寒有个十六岁的宝贝独子叫严胥，严胥跟他爹一个德行，不过嘛，少年人至情至性，一旦沉溺于情爱……呵。”

“据我所知，严胥在世家子中出了名的不近女色。”

“美人易求，知己难得。更何况接近严胥的可是京城最独特、最具才华的姑娘。被抢了未婚夫的望族贵女，人人都默认她失意伤心，包括严胥，谁都不会觉得她别有居心。”我笑望着他，“你说是谁呢？”

嵇郁瞳孔一缩，双手撑桌猛然起身，掀翻的热茶倾倒在他手背上，烫红一片。他兀自不觉，难以置信道：“阿、阿绮？”

怎么可能？

阿绮自幼聪慧明礼，乃是京中大家闺秀之典范，怎么会是她呢？但她三岁能读千字文，五岁会作七言诗，八岁敢与兄长辩经论题，又怎么，不能是她呢？

世道默认女子柔弱愚钝，我不认，阿绮不认。繁华装缀的都城，风平浪静的州府，还有许多坚毅姑娘不甘雌伏，这便组成了我的暗网。暗网之首便是阿绮，我最信赖的心腹。

人前我与阿绮的所有不和，皆为假象。

就如上次牡丹花会泼茶换衣，也不过是伺机确认行刺计划的掩饰而已。

“阿绮不像公主虎狼环伺……”嵇郁呢喃着，眼底一片惶惑，“她从小备受宠爱，未曾陷于水深火热……她想要什么？想做什么？”

宠爱？什么是宠爱？

世人以舆论作高墙限制女子，拿婚姻当镣铐锁住她们的脚步，用“无才即德”腐蚀她们的意志。于是贞洁成为必须，嫁人生子成为必然，而珍宝佳肴，则是杀人不见血的诱惑毒药。重重枷锁，以爱为名，让古今多少聪明姑娘埋没于深宅高墙？

“阿绮心里燃烧着一把不甘的火。”

我捧住嵇郁烫伤的手，用丝帕擦干，涂上清凉膏。

他愣愣地望着我，似乎领悟了我话中含义。那双漂亮的眼睛里溢满悲哀。

“那么公主，你能承诺她什么？”他低低地问。

我松开他，道：“阿绮十岁时，她母亲为了逼她学女红绣嫁衣，烧了她很多书。阿绮跑到护城河畔哭了半天，遇到了我。她问我凭什么，凭什么女子只有相夫教子一条路，凭什么女子不能独立门户，凭什么女子不能建功立业一展宏图。”

因为从古至今，世道风俗如此。我当时这样回答。

“嵇郁，你觉得，世道风俗可以颠覆吗？”

六

我不怕嵇郁告密。

一来无凭无据，旁人未必信他；二来如今连国公府已与太子党疏远，不可能贸然出手自取灭亡。况且，即便泄了密，我也有办法弄拙成巧。

太子被褫夺储君封号之日，我买了一块上好的黄花梨木，亲手打磨成碑。嵇郁瞧见了，好笑道：“太子……废太子尚且活着，公主倒急着做木碑祭奠了？”

那微妙的表情中，透露出对我不择手段栽赃陷害别人的不屑。我不置可否，轻轻抚过光滑的碑身，寻思来日该刻上哪几个字。

“太子走到末路，行刺君上、结党营私不过是引子，日复一日的猜疑才是消磨父子情的关键。”我想起往事，声音里不由带了点畅快，“这些年，太子党太猖狂了。”

天子的帝座是抢来的，他总归害怕重蹈前朝末帝的覆辙。

父皇子嗣不丰，除去夭折的那些和废太子，仅剩包括我在内的三位帝姬，以及四岁的阿朝和不堪大用却虎视眈眈的两位皇兄。如今储君位空悬，朝中暗潮汹涌，戏唱得比梨园还精彩，刑部大牢前所未有地热闹起来，关了不少达官贵人。

有些人求到公主府来，我一律以重伤未愈拒绝见面。这帮人倒是圆滑，转而跑去求嵇郁。

“他们中很多人都是无辜的。”嵇郁顿了顿，“公主伤势如何了？”

我眉开眼笑，拉开衣衫向他炫耀：“我从小伤口就好得快，喏，只剩一条疤了。”

“你做什么！”嵇郁跟踩了尾巴的猫儿似的，一下退后好几步。

我看着他偏向一侧的脸，好整以暇地道：“怎么，他们没有建议你给我吹枕边风？你脸皮儿薄，我这不是给你创造机会嘛。你只消顺势握住我的肩膀，凑到耳畔说几句软话，事儿就成了。”

嵇郁羞恼道：“我以为公主本质是个正经人。”

“没办法，驸马秀色可餐，让人总忍不住想亲近。”

嵇郁面色赧然，恨恨地瞪着我。我耸耸肩笑起来：“好吧，我不为难你。驸马所求，我会出手的。”

过了好一会，却未见他道谢离去。他站在原地沉默很久，方才开口：“其实公主只是需要一个由头吧。无论如何，你最后都会救他们，让他们为你所用。”

“你错了。”厌倦的情绪从心底涌上来，“以前我也因故求过他们其中一些人，但没人愿意帮我。而我向来是记仇的。”

一扇扇紧闭的门，一张张冷漠的脸，在经年不绝的噩梦里，一遍又一遍重现。

“知道是什么时候吗？元榕死的时候。”

嵇郁神色一变。

没等他逼问，我又补充道：“因为他们不肯帮我，所以我为了活命，出卖了元榕。”

嵇郁目光黑沉沉的，木然问：“阿兄之死的前因后果，公主今日愿意和盘托出了吗？”

其实我俩心知肚明，在嵇郁从我书房翻出元榕赠我的策论手札后，不久他又找到其他东西，案件真相厘清了十之八九。诚如我告诉他那般，我是为了活命构陷元榕。

而嵇郁却执拗地认定其中必有隐情。许是他的直觉，抑或他察觉了什么。

“过些天，你同我一起去探望废太子吧。”我踱步窗前，负手眺望远方。

暮霭沉沉，脚下光影拉得很长，我心中一时恍惚，想起多年前元榕摸着我的头讲故事。他说家中有个幼弟，身似玉琢心若琉璃，尤擅管中窥豹，我见了必定欢喜。

我早就认识嵇郁，从元榕的话里。

七

满朝风传：皇帝要立阿朝为储君。

这不算空穴来风，因为父皇不仅抱了阿朝上朝，还嘱咐我平日多与弟弟亲近，用意昭然若揭：若有我保驾护航，阿朝为储为王便容易得多。为此，我的另两位皇兄面上阴霾越发重了。

除夕宫宴，我称病缺席，带着嵇郁微服前往废太子府。

府外门可罗雀，守卫森严，两盏大红灯笼在寒风呼啸中左摇右晃，显得格外凄清。同东宫相比，此处潮湿阴暗，随手一摸便是灰尘，这样冷的天，炉内燃的炭火既不好也不够。

一条长长的铁链横亘正房中央，一端延伸至床榻，另一端牢牢锁住了废太子的脚踝。昔日威风八面的皇子，憔悴而防备地抬首望来，仍保持着道貌岸然的礼仪：“阿龙妹妹不去守岁，莫非来送毒酒了？”

“皇兄心知肚明吧。”我轻轻笑了，“父皇留你一命，我又怎敢违抗圣命来杀你。”

废太子几不可察地舒了口气，视线转到嵇郁身上，目光闪了闪。

“有人想知道元少傅死前的故事。皇兄啊，其实这故事你比我熟悉。”

元榕死了快七年了，我记得清清楚楚。

出事那年，我堪堪崭露头角。

太子密令尚书令独子行事，意图先斩后奏，将我的威胁扼杀于门客后宅。我中了毒，咬舌方保片刻清醒，我抓紧金簪刺入那人喉管，眼睁睁看着他咽气。元榕这时候闻讯赶到，想抱着我先离开，却已来不及。

太子引来了父皇一群人。

“元少傅！尔安敢猥亵公主！”太子见状即知计划有变，张口便混淆黑白，他装得满脸的痛心疾首，“徐公子撞破你的恶行，竟被你当场灭口了吗？”

我意识模糊，满嘴鲜血，一个字也说不出来，只知道拼命摇头。父皇冷漠的眼神令我绝望，太子、尚书令对比区区孤臣，可想而知他会怎么选。

真相如何，没有人关心。

元榕在狱中问我：“殿下记得越王勾践的典故吗？”

我舌头上的咬伤尚未痊愈，泪水流到嘴里，咸得刺痛。他受了重刑，靠着墙平静道：“吾非保皇党，亦非太子一派，更不推崇今上喜爱的儒术。有太子推波助澜，无论如何我都是罪人。殿下若为我辩护，十有八九会被诬‘与元榕有染被徐公子撞破，联手杀人灭口’。”

“你明白吗？”他用一种平日教学的温和语气说。

我握紧铁栅，绝望地看着他。

元榕踉跄起身，脚腕铁镣随走动作响。他在囚衣上擦了擦手，才伸出来替我拭泪，叹息着唤我的小名：“阿龙，为君者当杀伐果断。”我仍不吭声，于是他跪倒在地，郑重地朝我行了一个大礼。

“委屈殿下先做个‘忘恩负义’的小人，且为臣，卧薪尝胆。”

他总是这样，这样擅长软硬兼施。

他跪了很久很久，直到我哑声开口：“我答应你。”我忍着汹涌的痛楚，喃喃重复道，“我答应你，先生。”

后来我变了口供，指认了元榕——我亦师亦友的第一个臣子，便这样魂归九天。

八

往事历历，说来不过三言两语。彼时难以承受的悲怆挣扎，如今提起竟也轻描淡写。

“皇兄可还记得？”我推开窗户，风雪一下子灌进来，吹得满脸沁凉，“当年皇兄为使我崩溃，曾向父皇提议行刑时由我监斩。我避无可避，只能亲自把元榕送上刑场。”

远处，隐隐传来兵戈交击声。

铁链哐啷啷作响，废太子猛地起身奔向窗台，眺向皇宫方向腾起的滚滚浓烟和冲天火光。这位阶下囚面容逐渐狰狞，焦灼道：“有人逼宫！”

“约莫是另外两个坐不住的皇兄。”我摸了摸腰间佩刀上镶嵌的宝石，“不碍事，他们不会成功的。”

“是你暗中煽动……”

在他把话讲完前，我迅速抽刀扎入他的大腿。惨叫声骤然响起，回荡在阴晦的屋子里，伴随着高声呼救和咒骂，随即渐渐减弱。想必他能明白，此刻没人会来救他。

就像当年没人会救元榕一样。

“没有命中要害，皇兄不必担心。”我笑着松开手，任由那把短刀插在废太子的伤口上。一转头，却见嵇郁目不转睛地盯着废太子，浑身杀气四溢，大有将短刀拔出来重新刺进废太子心脏的架势。

“嵇郁。”我轻轻拉住他的手腕，把他的视线引向我，“走。”

少年骤缩的乌亮瞳孔中，倒映出我疯魔的表情。他震了震，乖乖跟我离开了废太子府。

马车不疾不徐地朝东城门而去，是我先前部署好，与阿绮和援军会合的方向。

雪愈下愈大，本该热热闹闹的除夕夜，京城却是家家户户大门紧闭。马蹄声混着卫兵纷乱的脚步声，夹杂着尖锐的哭喊散落在街巷各处，昭示着城中变故。所幸除夕夜鲜少百姓外出，想必伤亡不多。

“造孽。”我垂目看着双手，有些自嘲地苦笑一声。

嵇郁幽幽道：“公主果真不敢杀废太子吗？”

“不，我骗他的。”

“按照我睚眦必报的性子，本该任由废太子软禁在此，日日折磨报复，让他终生煎熬。”戾气汹涌而起，随即又被我强压下去，“可是元榕教过我，为君者当杀伐果决，莫逞一时意气。废太子能忍善谋，活着始终是个祸患，他必须死。”

“那把短刀涂了我九岁时父皇中的那种毒，而且还是我试药后，赛扁鹊改良过的毒。”

毒不瞬间致命，但它会从废太子的腿伤流入血脉，侵袭五脏六腑，像黏腻沼泽般把他缓缓拖向黄泉。他将忧惧于日益腐烂扩大的外伤，继而惊恐而清晰地感觉到，大限将至。

“废太子会死得很痛苦。”我恶劣地笑起来。

嵇郁坐在阴影里，神色十分复杂，既像是仇怨了结的释然，又像是顿悟真相的悲茫。此时此刻，他大抵是最理解我的人。

“即便如此，阿兄也回不来了，公主。”少年的声音飘忽，像雪絮，缠缠绵绵又冷冷清清。我四肢冰凉，感觉连心脏都渗透着彻骨寒意，我想说我知道，却如鲠在喉。

“我现在才知，公主千方百计胁迫我成亲的真正原因。”他垂首叹息，“很抱歉我恨错了你。”

九

除夕宫变，破晓时分以叛党伏诛结束。说来滑稽，逼宫的两位皇兄中途起了内讧，最终竟是死于自相残杀。

曙光散落宫殿各处，血色堆砌成的肃杀，随风融化在煌煌晨曦里。天子沧桑而狼狈地站在宣政殿前，鬓霜背弯，老态毕露。我跪在他面前，恭敬而强硬地为通宵奔波的阿绮请功。

“儿臣能及时搬来援兵，皆仰仗赵氏女冒死报信。”

“赵氏女赵元清，救驾有功！”

声音传出很远，足以令在场各位文臣武将听清。阿绮掀开兜帽上前，在浪潮似的哗然中不卑不亢地说出她想要的赏赐——

一个正经官职。哪怕是虚职。

我承诺过阿绮，有朝一日将她推向世人面前，让她光明正大地拥有封侯拜相的资格，成为流芳百世的开拓者与传承者。虽然我很想亲口赋予她这样的资格，可理智告诉我，由开国君王，一个男人亲口承认，于时局而言更具冲击力。

推行女官制，需要一个引子。

除夕宫变落幕后，朝廷肃清余党，京城度过了一段萧索混乱的时日。父皇的生机仿佛耗在这年残冬，迅速衰败下去。到春暖花开时节，他已经病得无法上朝，只得由我监国。

上请传位小皇子阿朝的奏章堆满了御书房。

“公主会杀了阿朝吗？”嵇郁把那些奏章推到一边。

我放下刻刀，抬眸细细观察他的表情，一时好笑：“嵇郁，你是不是觉得我杀疯了，罪恶的、无辜的，全都不放过？”

他抿唇不语，目光落在我手中的黄花梨木碑上，露出诧异的表情：“原来这个木碑，是你给阿兄准备的。”他脸上的神色收敛得极快，干净如雪，“公主当初逼我成亲，是念及阿兄，找个由头在对付废太子时护住嵇家，对不对？”

元榕是个重感情的人。即便嵇家不在乎他，也是他所珍视的羁绊。

我攥紧木碑，恍惚地盯着嵇郁漂亮的侧脸。

“我长得像阿兄吗？”他突然又问。

我惊了一下，摇头笑道：“你比他好看。”

嵇郁也跟着笑了，说不清语气里掺杂了怎样的情绪：“可是公主，你看我的眼神像看一个影子。”我刚要皱眉反驳，他却迅速一转话锋，“公主想要皇位，我可以帮你，谢谢你护着嵇家。”

他洞悉我暗中谋划一切的真实意图，我并不惊讶。但我不信他。

父皇的病是太医动了手脚的。时隔十余年，天子再次中了毒，但这一回是慢性毒药，也没有扁鹊来医治。他已经拟好遗旨，像定时炸弹般藏在宫中某处，这令我迟迟不敢轻举妄动。

最后为我寻来遗旨的是嵇郁。

“我很擅长找东西，就像先前在公主府找到了阿兄赠予公主的手札。”他当着我的面把那封宣布阿朝为帝的圣旨烧了，火光跳跃在那双漆黑瞳眸中，有种惊心动魄的美，以及莫可名状的悲涩。

他轻笑道：“这下，我和公主是共犯了。”

父皇驾崩那天，手里攥着我提前准备的黄帛，那是他以前亲笔写的我的名字。

“天子病重，未来得及留遗旨，但临终已有明示。”活过来的京都再一次沸腾起来，坊间议论得热火朝天。当然也有好些异议，但阻碍不了我登基称帝的步伐。

一切按计划行进，往后也将有条不紊。

我摸了摸袖中雕刻完成的木碑，走向金碧辉煌的王座。

朝槿随雨落

✽李明尔

一

一到夏季，王城便落下延绵不绝的雨。屋内灯火璀璨，华贵的金丝红烛摇曳出醉人的气息，丝毫不理会沉重敲打在窗棂上的雨滴。

华服锦衣的男子托起臂弯中妖娆少女的脸颊，想喂她喝下一口酒。少女的朱唇碰上杯沿，留下一抹暧昧的粉红，她抬起头娇媚地看着面前的中年男子："大人想灌醉小女子吗？"

玉葱般的手指随后抚上男子的手，将酒杯送回到他嘴边。

“好，我陪你一起喝。”男子笑意盈盈地眯起眼睛，任由少女将溢香的佳酿送至他口中，一饮而尽。

他正想再说些什么，忽然感到一阵细碎的咬噬漫过喉咙，顷刻遍及全身，在下一个瞬间攥紧了心脏，他还来不及说一句话，便双目瞪圆地倒在了地上。男子的全身都失去了知觉，只剩下一双骨碌碌的眼睛，直直地望着依旧坐在软榻上面色妩媚的少女。

她缓缓站起身来，过于单薄的身形，让身上开满桃花的舒袖长裙显得厚重而累赘，她却全然不介意似的，从桌上拂过那只留有唇印的瓷杯，不经意地收入袖中。男子的眼已经开始迷离，在他步入死亡前看到的最后一个景象，是少女打开檀木窗一跃而下的背影。

六合侧身躲到廊后，避开疾步行走的侍女，而后快步从长廊外穿过，来到主殿。

晏远正旁若无人地坐在侧殿的楠木椅上，把玩着一块浅蓝色的碧玺石，偶尔抬眼看看侍女们紧张又有序地为公主准备服饰与点心，似乎在等待什么。

六合悄无声息地出现在层层帷幔后，低声唤了句：“将军。”

晏远的眼角划过一丝绚丽的玫红，他微微蹙了蹙眉，穿成这样来驸马府，这个丫头真是不要命了。

晏远知道是六合，这世上只有她一人唤他将军。曾经他是晏家小侯爷，现在他是驸马爷，或许这世上也只有六合还记得他是禁军都督，有着将军的头衔，那是他最纯粹，没有依附的身份了。

晏远想着，扬起了右手，将手中的碧玺石赏给她，可六合却摇摇头。她总是这样，什么赏赐都不要，晏远也没有再说什么，手背向外挥了挥，六合低头一礼，退出了侧殿。

六合早已熟知他的每一个动作，她孤身回到别苑，写下这次任务所用的毒药——南疆十八味秘毒，王城无人使用，若有医师诊断，初查为醉酒过度，验尸后可见虫毒。而后自会有人取了纸去交给晏远，而她只需要等待下一次信号，再回别苑取新的任务。

六合低头看了看自己身上逶迤的桃纹长裙，她冒险穿着它进入驸马府，而晏远却连看都没有看她一眼。她自嘲般地笑了一下，旋身步入里屋换下裙子，把它挂回原来的位置。

真是好看呢。六合侧着头望了一会。

可是好看又有什么用呢。

就算那个人看到，也只会说一句：“注意你的身份。”

她的身份是杀手，不存在什么好看不好看，只有能不能杀人。有些东西，她得不到，也不需要。

六合垂下手，火折子碰上了金丝滚边的裙摆，绚烂的桃花隐入灼灼火苗中，迅速地，化为灰烬。

二

六合遇上晏远的时候，他还不是月昭国尊荣无双的驸马爷，她也不是连眼也不眨就能手起刀落的女子，那应是她此生最糟糕的时候。

四年前，六合逃出那座人间地狱。满身污秽，脸上爬满狰狞的伤疤，一路跌跌撞撞不敢回头，直至遇上骑在枣红骏马上月白衣袍的少年。他眯起眼睛看她，眼神深邃而迷离，而后翻身下马，姿态张扬。少年俯下身，似是有些戏谑地问她：“你想解蛊吗？”

六合睁大眼睛看着他，却看不透他丝毫。她不知为何就相信了这个少年，或许是因为她本就别无选择，而他恰好如救命稻草般出现，六合没有理由不抓紧他。她盯着他的眼睛说：“想。”

几个月前，流落街头的六合被走火入魔的道士抓去试毒，大难不死熬过了些许日子，那人却爱上了炼蛊。喂六合吃下蛊毒后，自己却因百蛊噬心一病不起，六合趁乱逃出了那个鬼地方，便遇上了晏远。

晏远把她交给一个白发老妇，过了些许日子，六合的气色逐渐恢复，脸上的伤疤开始褪去，那双呆滞慌乱的眸子也变得多情婉转起来。有一天，婆婆忽然问她：“你想学蛊术吗？”

六合是极聪明的女子，学了两年便能自己配置蛊毒。出师以后，六合回到晏远身边，才知道他是公主清宁的驸马，太子的幕僚。他的手下有几个绝顶的杀手，成为第六个的她被取名“六合”。

六合遇上晏远时，他正在找一个会使毒的女子。六合是他撒下的大网中唯一一个学成的，她曾被试毒的身体无意间养成了百毒不侵的体质。也或许是彼时的六合已坠入谷底，只要晏远轻轻借她一个力，她就会死死抓住，拼命地往上爬。

离开婆婆之后，晏远又送六合去了别的师傅那里学习各种毒药与武功，师傅总说她太拼命，可六合知道，她越努力，离她出师的日子就越来越近。因为只有尽快学成，晏远才会来接她，那是她唯一可以见到他的机会。

是的，她爱上了晏远，从他对她伸出手的那一刻起。可他已经有了妻子，那是月昭最尊贵的女子，无人能及。六合嫉妒她，她已经拥有了整个月昭，为何还要抢走她的晏远，她世界里唯一的晏远。

而晏远在看出六合的这些小心思后，只是给她一句话："注意你的身份。"

她是一个杀手，一个见不得人的杀手。

三

"束泱回王城了。"晏远的眼冷冷地扫过六合，她未曾想到晏远居然会亲自来别苑，"为什么没有提前得到消息，你去杀徐卫的时候难道没有找到书信吗？"

"是我的疏忽。"六合垂下眼，"徐府戒备森严，我不敢多做停留。"

"惜命？"晏远眯起眼睛看着六合。她依旧垂着眼，却不敢再搭话。

作为一个杀手，把自己的命看得太重，很多事情就做不到了。可六合替晏远做事，本就不是为了成功，能替他做事、讨他欢心的人多了去了，根本不缺她一个。六合只是想在每次结束以后，去府上看一眼晏远，来拯救她心底缠绕不去的相思。哪怕是失败，哪怕是惹他讨厌，她也想要留下眼睛，活着回来。

"你可知道，现在需要再死多少人，才能解决问题？"

晏远作为先太子的幕僚，必是淮南王束泱回王城后首先要打压的人。他本可以先发制人，在路上动手，却因六合的失误错失了良机。晏远看着六合，等待她给出答复。

"您是驸马爷，就算先前有些什么，淮南王也不会为难您的……"六合低声道。

"为难？"晏远一挑眉，"我们做了那么多，就是为了不被为难、苟且偷生吗？"

六合看着晏远微微恼怒的神情，不知他的野心从何而来。晏远已然位极人臣，荣华富贵享之不尽。他的所求，大概只是为了成为与公主相配的人吧。想到这里，六合不禁冷冷一笑，她一直知晓自己是晏远的一步棋，却不知原来他的棋局，都是为另一个女子而设。

"其实，若是牵扯到淮南王，您还得小心着点公主。公主与淮南王自小感情甚好，一个府里待着，公主若是察觉您想对小王爷不利……"

"这不劳你费心。"晏远很快打断她，"只要你不来，我这驸马府就安生得很。"

"那，我进宫吧。"六合叹了口气，道，"我去杀束泱。"

六合看着晏远的神情很快了然，从那日晏远没有令她换去那舒袖桃纹的艳丽长裙，他的心里就有了主意。六合是他最得力的棋子，他一开始培养她，就是为了今天一举铲除他最大的敌人吧。

晏远手指一转，露出那块蓝碧玺来，随口一说："喏。"他的手就摆在眼前，六合有些犹豫，晏远解释道，"有什么事就拿出它来，宫里自然有人帮你。"

原来只是个信物，六合在心中自嘲一笑，不过好歹也有个念想了。

如同她每一次为他杀人一般，六合会成为一个妩媚柔情的少女，去到束泱的身边。而这一次，或许她再也回不来。六合对晏远无视她的情绪习以为常，心甘情愿为他蛊惑王城权贵，甚至取了他们的性命，而这一次，她的心不知为何溢满惆怅。

她可能再也见不到他了啊。

四

秋末的季节，空气里仿若有一种陈旧的气息在发酵，云雾似的弥漫在王宫的每一处亭台楼榭。六合换上洗旧的宫装，取代了竹羽宫的宫女，每日为空无一人的宫殿打扫，等待着一个人的到来。

柬泱步入竹羽宫时，六合正用南方乡音唱着一曲情歌——“今夕何夕兮，搴洲中流。今日何日兮，得与王子同舟。”仿若沉浸其中，丝毫未注意柬泱的到来，直到内侍一声咳嗽示意，六合才诚惶诚恐地跪下去行礼，将眉眼婉转至一个恰到好处的弧度。

“你叫什么名字？”柬泱问。

“奴婢叫朝槿。”

“这些年你一直在竹羽宫？”

“奴婢刚调过来的。”

柬泱点点头，似乎对她的诚实很满意，开口道：“本王要搬进竹羽宫，你带人好好收拾一番。”

六合顺理成章地成为柬泱的侍女，为他弹琴唱曲随侍左右，恩宠非常。宫里自有数不清的歌女舞姬想要攀上柬泱这即将腾飞的龙子，六合绝不是其中最出众的一个，却是柬泱最离不开的人。她似乎对柬泱死去的母妃，也就是竹羽宫曾经的婕妤，了如指掌。在别的女子争先恐后地献上柬泱所喜爱的南国菜肴时，六合手上却端着最普通的宫廷菜色。没有人记起，这些都是婕妤曾经亲手给柬泱做过的。

可即便如此，六合依旧没有任何机会刺杀柬泱。

他虽看起来同个小孩子般爱撒娇又爱胡闹，事实上却全然拥有着一个王者所必需的谨慎与阴狠，那日六合穿着一件梅红绣芍药的长裙，柬泱见着她，嘴上一直勾着笑不说话，过了许久才不经意地道了句：“你连本王小时候喜欢梅红都知道啊。”

“王爷也喜欢梅红吗？”六合盈盈一笑，“那可真是巧呢。”

可如若柬泱说出口的是“你连我母妃喜欢梅红都知道”，她就无法再装作冷静无知了。柬泱那双蒙眬慵懒的眼，仿若一睁开就能看透世事真相。晏远给她的资料，不知是她的福祉，还是灾祸。

六合不敢确信自己是否得到了柬泱的信任，或者说她不知柬泱心里会不会有信任的人。他身边不仅有无影无踪的暗卫，还有那位消失多年的神医为他验毒。六合曾亲眼看着一个在酒里下药的女子被柬泱喂下蛊毒，求生不得，求死不能，而那人下的南疆十八味秘毒，六合曾以为只有她一人知晓做法。

柬泱对她的宠信就宛如那园子里层团锦簇的山桃，不知哪一天便谢了，落了满地的猩红。那结局，是她无力承受的。

她不能冒险，如果她败了，晏远应该也没有一枚更好的棋子了。

况且，她还想再见到他。

五

可晏远似乎有些不耐烦了。

“你知道我为何选你而不选别人？”他在信里说，“你有一个女杀手应有的全部优点，即使你不能让对方对你放下戒心，他的心也会因你而乱。可如果乱的那个人是你，就另当别论了。六合，不要让我失望。”

在六合一直没有动手的情况下，柬泱日益剧增的宠爱，只能让晏远开始怀疑她的忠诚。

荣华富贵、万千宠爱摆在面前，谁会相信她还愿意做一个见不得人的杀手，为一个胜算几无的人卖命。

可荣华富贵又岂是那么好得的。晏远将她的身份掩盖得完美无瑕，但越是如此，就越叫人怀疑。

“朝槿姑娘，王爷醉了，您过去看看吧。”侍女站在门口轻声通报。

“知道了。”六合把信放到红烛上烧了，提起裙摆回到主殿。

“你去做什么了，”柬泱有些不高兴地说，“原来除了这里，你还有别的事要忙啊。”六合看着他蹙眉抱怨的样子，似乎依旧是多年前那个不受宠爱的小王爷。他就像个害怕被冷落又故作姿态的孩子一样，每日慵懒地靠在卧榻上俯视众生，看起来什么都不在意，却见不得身边的任何人有一丝异样。

“奴婢有些不舒服。”六合轻声道，想起了晏远的话她的眉角弯得更深了些，“王爷这么快就想奴婢了？”

“你在讨好我。”柬泱似是仍有醉意，却换上了略显冷冽的神情，“呵呵，你们都想讨好我，为了什么？功名利禄，还是荣华富贵？讨好我没用。”他醉醺醺地甩开了六合的手，“你们该去讨好那些个崔丞相、徐尚书，他们才有钱有权，我有什么呀，除了这破房子我什么都没有……”

“王爷说什么呢。”六合妩媚地笑笑，侧身靠过他的肩，心里终于起了个主意，她缓缓道了句，“这天下还不都是王爷的。”

她不得不承认，她害怕束泱的眼神，看起来越单纯明澈就越是饱含深意。她曾经许多次被事主怀疑，每次都能游刃有余地糊弄过去。可束泱不是，他与那些贪图美色又自以为是的官员完全不一样，晏远说得对，她无法乱他的心。

倒是先乱了自己的。

园子里的山桃开得绯色欲滴，如层层妖娆的红云浮在宫墙之中，美则美矣，却透着些稍纵即逝、过眼云烟般的叹息。

春日正好的时节，束泱在竹羽宫接见了番邦来使，群臣的到场让狭小的宫殿略显拥簇，却依旧没失了帝国的威仪。在番邦女子跳了一曲备受夸赞的胡旋舞后，六合纯白的水袖拂过众人的眼，一段“扬眉转袖若雪飞，倾城独立世所稀”的白纻舞叫整座宫殿都安静了下来。

而束泱竟在六合献酒时，当着众人的面将她拥入怀中。

“朝槿姑娘怕是要被封妃了吧。”竹羽宫的侍女们见着六合都忍不住恭维几句，六合扬着笑，微微抬高下巴，准备踏进宫殿。

却忽然听见有个小姑娘在问：“昨儿朝槿姐姐跳的舞，教习都没有教过啊。”

另一个人答道：“宫里不过那几种舞，这么……”她的声音轻了轻，“宫里原是不让的。”

“这白纻舞跳得最好的，是前些年教坊里当红的那位连翘姑娘。”另一个宫女接过话来，“昨儿我听一位大人说，这些年来，也只有这次朝槿姐姐的白纻舞能与当年的连翘匹敌。”

六合小心地挪了挪步子，调整好表情，端着酒杯进了竹羽宫。几位大臣正禀完事，一一退出去，走之前还不忘偷偷打量几眼六合。

六合也不理会，倒了酒就坐到了束泱的身侧。

束泱似是极欢喜，幸灾乐祸地道：“他们都说我来了朝歌一事无成，好歹有你给我长脸，刚才崔老头问我要你，我不给，还笑话了他几句，”束泱把酒一饮而尽，“你是没见着他那表情，大概好多年没被人拒绝了吧，哈哈哈。”

六合脸上扬着毫无破绽的笑：“王爷开心就好了，他们和奴婢一样，都不过是王的玩物罢了。”

六合接过酒杯，手指紧了紧。她的指甲上淬了毒，却丝毫不敢去触碰那清澈的琼酿，束泱即使在如此开心的情况下，依旧用特制的银针试了毒。

“我真是愈发地喜欢你了。”束泱拉过六合的手，“不如你做我的妃子吧。”

“谢王爷厚爱。”六合站起身，依着礼数行礼。

这大概是她唯一能做的，让束泱和她走得越来越近，越来越信任她，即便她依旧没法杀了他。

六合想着，忽然摆出了一副哀伤的神情：“其实奴婢有一件事，怕王爷怪罪，一直没有说。”

“怎么着，”束泱笑笑，“你不是朝槿，是哪个人派来使美人计的吗？”

“王爷瞎说什么呀，”六合佯怒，又道，“不过朝槿确实不是奴婢的名字。”

六合的手紧紧握着酒杯，生怕它落到地上。连翘，连翘，她是真的记不得这个名字了。

她对生活最初的记忆只有醉酒的父亲对她和母亲无尽的责打，直到父亲把酒壶砸向母亲的后脑，屋子里终于恢复了久违的寂静，只留下一地滚烫的鲜血。那之后没几天，父亲也一醉不醒。

接连面对死亡的她蜷着身子躲在街角，被朝歌教坊的坊主看中，成为舞姬。几年之后，凭着一曲白纻舞让连翘这个名字名扬天下。可坊主却不再满足于只让她做个舞姬，想把她卖出更高的价钱。

于是她从教坊逃了出来，又遇上了疯魔的道士，世上没了连翘，她也不再有名字，等待她的只有日复一日的毒药与蛊虫。直至她遇上晏远，成为六合。

她是六合，不会出错的六合。

六合的眼里噙着泪：“奴婢逃出教坊后，进了官宦人家做侍女，是顶替那位大人的女儿进宫为婢的。”

束泱把玩着手里的珠玉，好一会才道了句：“多大点事。”

六

六合不得不承认，在群臣毕至的晚宴选择白纻舞确实是一个错误。人在得意的时候，往往最容易暴露自己。

见束泱的语气，想是昨夜就发现了她并非官家女子，若不是她自己坦白，怕也如那几个香消玉殒的宫女一般命丧黄泉了。

六合才舒了一口气，就听见了敲门声。

原是浣衣局的宫女送洗好的宫装来，六合依旧摆出喜庆的模样，打了赏。人一走便急匆匆地抖开衣裳，寻出一封信来。

“束泱可曾怀疑你？”晏远问。

“没有。”

“起事之事已安排妥当。”

“谋反？”六合一惊，随即无所谓地笑了一下，“是。”

“待王城西南焰火升起，将军的内宫禁军会与宫外的军队里应外合。”

“我会杀了束泱。”六合接着他的话说。

晏远定定地看着她，缓缓道：“六合啊。”

六合扬起嘴角，一双眸子水意盎然，潋潋然望着晏远：“我知道的，将军放心。”

她这双眼迷惑过多少人，可她再是费尽心机也迷不住晏远。她知道，一个杀手不应该只想着让自己活下来，特别是在这种时候。

就算她可以神不知鬼不觉地杀了束泱，也总要有人为他的死付出代价。晏远不可以弑君篡位，她却可以红颜祸国。不会有谋反也不会有叛乱，月昭的史书上会记载一个名唤朝槿的妖女，她与淮南王夜夜笙歌，致使淮南王不理朝政，而后众人起事清君侧。

她以前总是问晏远很多问题，晏远对她说，你是个杀手，只要杀人就可以了，不应该问那么多。晏远以为她笨、固执、不明事理，其实她把一切都看得很明白，只是她不愿意相信，想要再问一问，而结果不过是再伤一次心罢了。

她心甘情愿为晏远付出所有，去回报他的恩情。而他却把一切视为理所应当，甚至毫不犹豫地叫她拿命来还。她在他眼里，不过是个机械般的杀手吧，他甚至不愿施舍她一丝一毫哪怕是虚情假意的温和。

他已经替她做出了选择。她只有一条路，杀了束泱，然后去死。

他为她指了一条死路。

“你去做什么了？”六合失魂落魄地回到竹羽宫，竟未发现束泱就站在暗处。

“奴婢在公主府……”

“学舞吗？”束泱笑了起来，“这世上还有连翘姑娘需要学的舞？”

“奴婢对那日番邦姑娘的胡旋舞有些兴趣，只是去讨教一番。”虽仍是有理有据的回话，六合心下叹息，她忐忑的那一天竟然这么快就到了。根本等不及她出手，束泱就会撕碎她所有的面具，让她不得所终。

“讨教这封信？”束泱把晏远的书信扔到她面前。

她本该顷刻烧了它的，可她真的太久没有见到晏远的字迹了，她舍不得烧了它，不过一念之差，竟步入了死局。束泱不仅知晓了她的身份，知晓了她背后的主人，甚至，他们刚才的谈话他也尽数而知了吧。

“我……”言语在此刻显得苍白，六合忽然觉得自己什么也不是。做不了冷血无情、手起刀落的杀手，也成不了千娇百媚、舌灿莲花的舞姬，她在束泱面前只像是个犯了错的侍女。

“你别慌。”束泱说，“有那么多人想我死，结果死的都是他们，所以我一点也不担心你们做什么。不过朝槿，我那么喜欢你，实在看不下去你替晏远那样的人卖命。”

六合紧紧攥着帕子，低头站在一边不敢言语。

“当年的连翘，我说的是真正的连翘。”

六合叫这个名字，也不过是托前人的福。五年前的朝歌，出了个名动天下的舞姬，名唤连翘。可她却在半年之后忽然消失无踪，就在那一天，坊主对六合说，不如你就改名叫连翘吧，说不定能像她一样，红遍王城呢。

束泱接着道："她一心爱慕着晏远，还特意为晏远排了舞。连翘那样的美人，晏远若是收她做了妾也算是一桩美谈了。可是他没有，"束泱看着六合的眼，"不仅狠心地拒绝了她，晏远甚至亲手杀了她，亲手把她从晏府花园的镜月阁上推了下来。"

"因为公主吗？"

"对，晏远他只有一颗心，已经给了清宁姐姐，所以其他接近他的女人都只有一个下场。"束泱顿了顿，"你也一样。"

六合的心一寸寸冷下去，公主，又是公主，他做的一切都是为了公主，为了向公主表示他绝无二心，谁的命都可以牺牲，那个女人究竟是哪里来的运气，能遇上晏远。

"来，让我来想一想你的事，"束泱的嘴角蓄起一点笑意，慢慢沁进了眼底，却又是冷冰冰的，"你从教坊出来之后，就被道士抓去试毒了对吧，那你还记得当年抓你的那个道士吗，他们叫他什么？"

六合看着束泱，不明白他的意思。

"那你总记得教你白纻舞的教坊坊主叫什么吧？"

"你知道他的杀手，是按数字排位的吧。"束泱俯下身来，压低了声线，"你以为那都是什么地方，能那么轻易就跑出来？"

他不理会六合震惊的表情，继续说道："那个炼毒的道士命不久矣，你却在王城名声日显，一颗棋子没用了，又找不到新的代替，所以他想了一个好法子。"

六合的头垂了下来，细碎的发丝挡住了她的视线，让她得以沉浸在回忆往事的思绪中。当时她就想不明白，她带给教坊足够多的收入，坊主却一再逼迫，甚至不惜与她反目，原来她是在想尽法子逼她走。坊主是为了达成主人的目的，她的主人要让这个名唤连翘的姑娘，成为一颗崭新的、更具能力的棋子。

"可他没想到竟练就了你百毒不侵的体质，他开始害怕不能掌控你了。"

于是，他让人给她下蛊，再找机会放走她，然后以救世主的姿态出现在她面前，帮她解蛊，教她用毒，让她感恩戴德。

"他根本就没有救过你。"束泱说。

"他一直在利用你。

"连翘，哦不，我该叫你什么呢，你还记得你的本名吗？

"你这一辈子，从一开始就成了晏远的一颗棋。"

六合的舌尖狠狠地抵上自己的牙，用力褪去了舌上那一层毒药，尽数吞下。百毒不侵的好处，就是想反悔的时候，不用搭上自己的性命。

她要留着命，去问他一句话。

七

束泱终究是不再信任她了。

被束泱冷落后，六合开始了与所有宫女一样，日复一日无趣的生活。或许是过惯了提心吊胆的日子，六合对这样的日子忍无可忍，她变得恼怒急躁起来。甚至不管不顾地推开了竹羽宫的侍卫，一把砸烂了台子上的几盆兰花。惊得那些小丫鬟们都捂着嘴窃窃私语，不敢路过她面前，她们说她还没飞上过枝头，就被打回原形。

六合是不会让这些闲言碎语成真的，她可是六合呢，怎么说也是五年前王城最有名的舞姬。

春分那天，束泱在竹羽宫设下晚宴款待群臣。六合毒晕了晚宴的领舞，蒙着面纱在灯光辉煌的大殿上跳了一出《霓裳羽衣曲》。在众人惊叹的目光中，她对束泱说："奴婢不会再跳白纻舞，就如忘记连翘这个名字一般。从此以后，奴婢只是朝槿。"

束泱似乎正是在等着这样一个台阶，他走下金座，牵起六合的手。他握着六合纤细微凉的手对她说："待本王登上王位，即刻封你为妃。"

在束泱步入竹羽宫，听见清澈的女声唱着婉转的歌谣时，忽然就和心中的影子重合起来，那些影像重重叠叠，让一切变得恍若梦境。

她果真不是清澈单纯的女子，却偏偏效忠于另一个人，他致命的对手。

束泱不知六合打碎那些作为联络暗号的兰花，是否意味着她已背弃晏远。可就算她不是，束泱还是愿意将她留在身边，他不知何时起，已经再也离不开这个女子了，即使她只是一个很快会碎的梦。

六合望着束泱，她知道他在布一个很大的棋局，而这个棋局最终的模样里，有她的位置。可在她爱的那个人那里，她只是为了保帅的一只卒。

她一见倾心的、爱慕的、愿意付出所有甚至生命的那个人，一直在利用她。她知道这个，不过当“一直”的长度扩展两倍，她不可能不难受。

她和晏远的联系方式自然不止一盆兰花，可自从那盆兰花碎了，晏远便再没有了音讯，而六合也被竹羽宫层层叠叠的暗卫监视，不得而出。到了既定的那一天，王城上空并没有升起璀璨的焰火，六合看着漆黑沉寂的夜空舒了一口气。她故意砸碎花盆，是演给束泱看她的真心，更是在告诫晏远事已败露，她心里终究还是喜欢他，一点也恨不起来。晏远知晓后果然变更了计划，却再未找过六合。

或许她已经成了一枚弃卒。

明明被发现了是细作，还没有被惩处，晏远有什么理由相信她没有“弃暗投明”。

束泱从小不得宠，养成了如今冷漠谨慎、不相信任何人的性子，他唯一的软肋就是他的母妃。六合掌握着那位婕妤所有的喜好，只要她放下晏远，稍一用力，束泱就会对她死心塌地。可她偏偏放不下晏远，虽然当日无人处的一时犹豫，错失了杀掉束泱的机会。她心里一直记得她要走的路——杀了束泱，然后去死。六合自嘲地笑了一下，到头来，除了束泱那随时可能失去的宠爱，她竟然什么都没有得到。

八

而在某一天的夜里，束泱没有再喝六合倒的酒，不再让六合为他起一支舞。他抬起她的脸很是惆怅地对她说：“朝槿，本王多么希望你是真的爱本王。”

六合明白这是他的暗示，一切都将发生在这一晚。

晏远他明明知道束泱已知晓一切，布下了天罗地网等他们来寻死，他依旧要以千万将士的性命为代价，去破这个死局。他究竟为了什么。

他要用自己的命去向公主证明吗？

而束泱也不会给她任何的机会，竹羽宫周围高手云集，她甚至不是他们中任何一个的对手。六合看着王城上空被火光映得通红，想象着属于晏远的军队步步逼近王宫，听到内宫传来慌乱的叫声，气氛一点一点变得紧张与急促，而她却没能杀了束泱。

晏远在她身上花了那么多心思，她却什么也不能为他做。

那些移动的星光，最后尽数化为灰烬。

束泱没有再回竹羽宫，这座辉煌的宫殿在接下来的日子里散发着一种静谧、阴森的意味。六合坐在卧榻上目光呆滞地望着窗外，原来那绯红的山桃早已谢了，只是她一直没有注意到。

紧闭数日的檀木大门忽然缓缓打开，耀眼的阳光刺得六合有些发晕，侍女毕恭毕敬地站在门口向她通报：“晏将军畏罪自尽了。”

或许是许多天不曾走路，习武多年的她将这最基本的技能都抛却了，六合的步伐凌乱仓促，一路跌撞至地牢。

时隔数月，六合再一次见到晏远，便是在这阴暗潮湿的地牢。他依旧是白衣胜雪，衣袂翩然的模样，不染尘埃。晏远并没有死，准确地说，是公主和他的谈判还没有结束。

六合接着便看到一袭红衣的公主清宁，风姿卓绝地站在地牢的入口，显得愈发高贵美艳与不可接近。“你不该来的。”她说，“你可知踏进了这个门，便再无法成为束泱的妃？”

“我是来找你的。”六合停下了脚步。

“找我做什么，我是不会救他的。”

“为什么？”

“他想杀我的亲弟弟，我怎么可能会救他。”清宁冷笑了一声，“说起来，你还记不记得有个浣衣局的宫女给你送过一封信？”

“是……”

“这么重要的关头，晏远怎么会找人送信给你，让你亲自去见他？”清宁满意地看着六合骤然变化的表情，“没错，这都是我的局，我就是要让他去死。”

九

“为什么？”六合不解。

“你应该先问问你自己‘为什么’，他为什么选你？”清宁盯着她，脸上露出一丝冷冽的笑容，“我告诉你，是因为你长了一张和连翘相似的脸。晏远这么苦心孤诣地栽培你，就是因为你的这张脸，”她顿了一下，“叫他放不下，又拿不起。”

“他爱的人，就是那个连翘吗？他不是亲手杀了她吗？”六合问，凭着后人的叙述，她也能拼凑出那位少女尽态极妍、巧笑倩兮的身影，一曲白纻舞名动王城，倾倒了一座城，亦倾倒了晏远的心。

“不，”清宁说，“他没有爱过任何人，他这么做只是在告诉我，他就是爱一个舞姬，也不会爱我。”清宁凄凄地笑了起来，“公主又怎么样，他这一辈子都在证明，他根本就看不上我。他的心里只有王位，因为坐上了王位，他就可以和我一刀两断，再无牵连。他甚至恨不得能一刀杀了我这个禁锢他的罪人。”

“可是将军他，早就知道小王爷发现了我，那之后我已经传讯给将军了。”六合说，“也就是说，将军是明知必死的。可他也没有选择刺杀公主，而依旧起兵，难道他会傻到用自己的死去报复公主吗？”六合凝着眉，“将军做的这一切都是为了公主啊，为了能够有能力站在公主身边，成为能够保护你的夫君，而不是顶着一个类似恩赐的名号，公主怎么会觉得他是在推开你呢。”

清宁看着六合不可置信地摇了摇头：“这不可能，我知道他爱面子，可是他，他从未说过喜欢我。”

六合隐了隐嘴角的笑意，她为了晏远喜欢公主这事，伤心了好多年，却没想到这竟是能救回他的最后一根稻草。只要晏远能活着，他心里究竟喜欢谁，又有什么关系。

可就在这个时候，一直默默站在地牢一侧的晏远，忽然开了口。

“因为我根本就没有喜欢过你。”他顿了顿，“我就是恨你。”

“你胡说什么，”六合急忙打断他，“我知道你受不了失败，可将军，现在再不告诉公主，还要等到下辈子吗？”

“你懂什么！”晏远侧过身来，“你问问这个女人，还记不记得当年是怎么威胁连翘，逼她自尽。这种视人性命如草芥的女人有什么资格成为公主，他们束家，合该亡了国！”

“你居然真的爱上了连翘那个舞姬。”清宁细长的指甲忽然就掐上了六合的脸颊，指尖深深陷入了她的皮肉。清宁扭过她的脸转向晏远，“可连翘又怎么样，这个女人又怎么样，你再恨我，她们的命也不过是我的一句话。”

“就算杀了她，你也杀不了真正的连翘呀。”晏远嘴角的嘲讽，一圈一圈漾开来，抬起头指了指自己的心，“她在这里。”

六合不顾清宁尖利的指甲还划在脸上，蓦地抬头看向晏远，看见他提起连翘时，眼角眉梢的怜爱。她不仅是一枚棋子，还是一个替身吗。

六合呆呆地望着晏远，试图问他一句话，却因这震惊而无从开口。

“那你们，就去黄泉路上做夫妻吧。”清宁的脸一侧，似乎打算结束这伤神的对话。她的脸色却在一瞬间忽然变得惨白，她抛开了一个帝国公主所有的骄傲与自持，一把拉过六合脖子上的银链，链子上的浅蓝碧玺石在昏暗的牢房里绽放着别样的光辉。

“你把这个给她了？”她不可置信地看向晏远，“晏家祖传的碧玺石，受过神谕驱祸避难的碧玺石，你居然给了她？”

晏远显然也愣住了。这块碧玺石的存在，一直只是家中秘传，不知清宁从何得知，但她，想必也知道了，这是晏家最重要的宝物。

现在，它在六合手上。

“你骗我？”清宁的表情已经近乎绝望，“你死到临头还不忘摆我一道？跟我说你爱的是连翘，好让我对这个丫头放下杀心，由着她自生自灭？我看你爱她，比爱那个连翘多得多！”

“你别胡闹了，她是束泱的妃！”

“束泱？你还想着束泱来救她？”清宁叹了口气，“束泱在宫变那天就被人杀了，想坐上王位的人，怎么那么多，那个位置到底有什么好？”

“我不知道。我只知道天命有常，不该坐上那个位置的人，怎么样都坐不上。”晏远笑了笑，“我还知道，谁伤了持有碧玺石的人，会遭天谴。”

“是吗？”清宁忽然笑了起来，极尽妩媚。

谁也没有看清清宁的动作，她转身抽出侍卫的剑，毫无章法又一意孤行地刺向六合，她所有的恨与不甘都倾注在这一剑里，剑尖刺穿皮肉发出沉闷的声响，鲜血顺着剑锋一路流淌到清宁的指缝。

十

那并不是六合的血。

在她抽剑的瞬间，一直冷静站在一侧的晏远飞身而过，紧紧抱住了六合。他本就惨白的脸再无一分血色：“传说拥有碧玺石的人，遇灾不受、遇难不死，你胆敢挑战神谕吗？”他回过头看向清宁：“好歹夫妻一场，我也算是救了你一命了。”

看到清宁颓然的神情后，他终于放下心来，把头靠在了六合的肩上，她身上的苏合香那么好闻，他以前都没有发现。

晏远也不知道自己什么时候就对她倾心如此了。他从来没喜欢过连翘，当年对连翘倾心而不得的人是束泱，晏远只是觉得六合像连翘，日后可做一枚棋子送到束泱身边。

可他没想到这个女孩子身上有那么顽强的力量，听闻她两年就学成了蛊毒，他惊讶地想要亲自去看一看。而后便习惯了一次次送她去见新的师傅，看着她一步步从舞姬变成了药师，又变成了杀手。

他不知不觉就将所有的计划都依托在她身上，连自己都不知为何，就把那么珍贵的碧玺给了她，事后劝说自己，那是怕她死了没有更好的杀手了。即使她百毒不侵，他还是担心她会遭遇不测。

直到清宁对她拔出剑，他再也无法劝说自己六合只是一枚棋子。他只安排不会武功的文官给她，默许她可以在完成任务后亲自来见他，在败局已显时把她推给束泱，给她一条后路，甚至告诉清宁他爱的是连翘，让清宁不必记恨这个小小的杀手。

他那么在乎她。

却希望她对自己死心。他手下最出色的杀手就是六合，唯一有机会接近束泱的也是六合，可他舍不得牺牲她去换王位，如果坐上了王位推翻了束家，却没了六合，还有什么意思。所以他注定，注定坐不上那个位置。

她抱怨过朝槿花朝开暮落，说这名字不吉利，他只是沉着脸不说话。他没有告诉她，六合无暝色的暝色是指暮色，没有黄昏，朝槿花就不会落。

他没法告诉她了，可他答应过她，“做我的杀手，我让你活下去”。他唯一能做的，就是让她活下去。

六合伸手抱紧了晏远，恍然就想起了初见时他肆意张扬的眉眼。

那并不是她中了蛊毒以后。

所有人都以为是晏远步步为营利用了她，只有她自己清晰地记得，当时母亲是怎么忽然倒下的，六合眼睁睁地看着她一点点失去呼吸，最后竟还露出了如释重负的笑意。她卖了母亲所有的首饰，换回了满满一包砒霜，全部放进父亲的酒坛，分量足够毒死两头牛，可她还是不放心。她永远都忘不掉，自己颤抖着双手，往烂醉如泥的父亲嘴里灌酒的画面。

他死了就好了，就不会再有人打她了，就不会把她卖到大户人家做妾了。她就自由了，就可以去过自己想要的人生了。

她跌跌撞撞地跑到王城教坊，她遇见了那个人，他们说他叫晏远，是王城最有前途的将军。她仰慕地望着他，她宁愿随着他去见血雨腥风，也不愿在那小小的平房里等待和母亲一样的死亡。

晏远很快就捕捉到她眼里的渴望，轻声对身边的女子道：“留下她。”

然后她就一步一步、如愿以偿成为他最得意的杀手，终于得到了当初想要的惊心动魄的生活，却一不小心付出了一颗心。

六合的手拂上晏远苍白的脸，她多想再听他喊一声“六合”，听他说“倾曦复亭午，六合无暝色，你就叫六合吧”。

她问了好多次，他都不告诉她这句诗是什么意思。她再也没法知道答案了。

地牢外的夕阳一点点落入山间，暮色四合。

清平误

✿叶 嘉

一

清平十年暮春里的一日，距离长安有着五百里之遥的昭陵迎来了一位贵客。

彼时，甬道上晨风轻拂，簌簌花下，景还琛着一身破旧的粗麻布衣，执着一把扫帚正在打扫遍地的落英。

来人脚步轻悄，也未命人高声宣报，因此，待景还琛发觉有异之时，她已近至景还琛的眼前。

在那抬眼相看的一瞬间，景还琛忍不住目光微怔，这佟嘉宁虽非佟明盈亲女，却与佟明盈有着七分相似的面容，或许，当年佟明盈自宗室中择她而出，除却顾念姑侄血亲之情，也有因着这貌相的几分牵念！

景还琛屈膝拜了下去，这些年来，他虽被束在这偏远之地，却也耳闻这位小女帝的权谋手段，到底是不辜负佟明盈的多年教养，身为帝者，该当如此，他虽非佟臣，却也心中拜服。

“草民参见陛下，不知陛下远道而来，所为何事？”这一年，景还琛已入不惑，可声音却一如少年时清朗澄澈，佟嘉宁静静打量着眼前的这张面容，恍然想起幼时初见他的情景，原以为他会因着这近似囚禁一般的生活而变得黯淡苍老，却不料这遥遥十载的寂寒春秋竟未在他的脸上刻下多少痕迹，反倒衬得他的气质更加成熟端然。

佟嘉宁敛了神，开口回道："免礼平身……"

佟嘉宁命守卫的兵士退到百米开外之地，于是长长的甬道上便只剩下了他们二人。

景还琛默不作声地站在一旁，良久，才朝佟嘉宁发问："陛下此举，意欲何为？"

佟嘉宁施施然地转过身去看着景还琛道："朕有事相求，岂能让此情状落入旁人眼中？"

景还琛闻言一怔，而后竟弯起嘴角，淡淡开口道："陛下莫不是在与草民玩笑，今时今日的景还琛竟还有能让佟国女帝屈身相求的资本吗？"

佟嘉宁定定地回望他，开口道："你不必妄自菲薄，朕幼时便听人说过你的事迹，少年卿相，真国士也！"

"少年卿相？"景还琛反复呢喃着这四个字，嘴角却泛起苦涩自嘲的笑意。

"陛下莫要相信那些流言，草民倘若真国士，又岂能将此身沦落至此？"

佟嘉宁闻言并未即刻反驳，她抬眼望向不远处状似穹隆的宝顶，静默良久才将眸光转回，而后看着景还琛那双清明的眼睛，缓声回道："朕的姑母亲口所言，也能算是流言吗？"

景还琛万万没想到此话竟是出自佟明盈之口，一时间万般情绪涌上心头，最后只得垂下眼眸以作掩饰。

"姑母弥留之际命朕陪伴在侧，她不仅为朕安排好朝堂之事，还赠予一只锦囊，以备日后救急之用。"

"这些年，朕遵照姑母遗命，外止干戈，内修法度，开山放泽，与民修养，却也一时大意放任北塞戎人做大称霸，如今想要削减其势力已然晚矣，若想不动兵戈便阻其南侵野心，只有派能臣前往游说，恳陈'唇齿相依，唇亡齿寒'之理。朕思来想去，实在无法在朝中择出合宜的人选，这才解了多年来不舍得打开的锦囊，锦囊内只有一张纸条，上书寥寥数语，只言你若尚在人世，便可携此物来寻你。"

说着，佟嘉宁便从广袖中取出一本册子交到景还琛手中。

佟嘉宁知道佟明盈素来有记事的习惯，她不敢私自打开，可不用想也知道其中必有一些是与景还琛有关的，可她无论如何都没有想到，景还琛在打开册子翻看到约莫一盏茶时，突然间潸然泪下……

四

华安六年夏末，佟国女帝佟明盈亲率十万大军攻入云国国都，一雪佟国百年来遣皇族子女入质云国的奇耻大辱，云帝见大势已去，于绝望之中自焚而死，而象征着中原正统王脉的传国玉玺则下落不明。

佟明盈自留在云国宫中的细作口中得知，破城前夜，云帝曾密诏上卿景还琛入殿夜谈多时，那样重要的东西，云帝能够安心交付的，想来也只有这位机敏多智的上卿大人了。

佟明盈一边想着，一边缓步踱入了幽暗阴冷的囚室，隔着玄铁制成的囚栏，身着绛丝十二章衮服的貌美女子与坐在稻草堆上白衣落拓的清隽男子形成了极为鲜明的对比，故人重逢，相视不语。

约莫过了半盏茶，佟明盈才命人打开牢门独自走了进去，景还琛的一双腿在受刑时被伤得不轻，佟明盈知他站不起来，却不愿这样低着头与他说话，倒也不拘着帝王仪态缓缓弯下腰去与他平视。

景还琛显然为她这一举动所惊，还未缓过神来一双剪水明眸便又在倏然间撞进了他的眼，方才二人隔得远，他看不清她的眉眼，此刻，他端望着这双近在咫尺的美眸，脑中竟然出现了一瞬间的空白，那真是前所未有的一种感觉！

佟明盈自然不知景还琛心中所想，开门见山便道："朕是为传国玉玺而来……"

那一夜，云帝召景还琛入宫，不过是为了请托景还琛尽力保全云氏遗脉，并未涉及传国玉玺一事。

这会儿听着佟明盈这话头，景还琛即刻便悟了过来，他正愁找不到理由让佟明盈留下那几位皇子公主的性命，如今正巧可以借着那传国玉玺与佟明盈周旋。

佟明盈得知那传国玉玺确在景还琛手中时顿时松了口气，她知道他不会轻易交出这保命符，倒也不催促，命人将他带回长安，安置在宫中一处僻静偏殿中养伤。

三

长安落下初雪的那一日，佟明盈在御书房的暖阁中烹茶观雪，她的对面坐着一位面容俊美的男子，正是那腿伤刚愈的景还琛。

“三个月已经过去了，你可想好与朕交易的条件了吗？”佟明盈悠然地啜了一口清茶，如是问道。

景还琛点了点头，开口回道：“陛下若是愿意昭告天下，让被俘的皇室宗亲回到云都承祭宗祀，我便将那传国玉玺的下落告知陛下。”景还琛是打定主意不要这条命的，索性豁出去赌上一把，若是佟明盈答应了，诏书张榜之日，她便是即刻发现他诓了她也无济于事了。

佟明盈许久都没有开口应答，景还琛端坐在一旁，看起来面不改色，实际上一颗心都悬到了嗓子眼，这是他手中唯一的筹码，她若拒绝了，他便再也没有机会完成云帝的遗命了。

窗外飞雪飘飘，景还琛转头看了出去，试图缓解现下这如坐针毡的焦迫之感，一盏茶后，他的耳边终于传来佟明盈的回答：“朕答应你。”

他闻言心中一喜，可下一瞬，佟明盈口中的“不过”二字便又将他抛上了九层云天。

他顿了顿，惴惴不安地开口问道：“不过什么……”

“不过除了那传国玉玺，你还要答应朕一个条件，朕才能放那些人离开。”

景还琛怔了怔，回道：“我如今身无长物，还能拿什么献给陛下？”

佟明盈闻言弯起嘴角笑了，说：“朕今日富有四海万民，岂会寻你要些俗物？”

闻言，景还琛不由得疑惑地回问道：“那陛下想要什么？”

佟明盈定定地看着他的眼睛，一字一句地缓声道：“朕要你这个人！”

此言一出，佟明盈便看见向来镇定自若的景还琛彻底变了脸色，这是她意料之中的事儿，并不能阻止她将话继续说下去。

“你的本事天下皆知，之所以会沦落到今日这般田地，不过是因为未逢明主罢了。朕知你一身傲骨，不愿做贰臣，可旁人却不知，佟国若能握着你，他国便不敢轻生叛逆之心，必会拥我佟国为中原之主！朕不强求你降为佟臣，为朕出谋划策，但你必须留在这座皇城里，为朕之盾，终老此生！”

景还琛看着佟明盈的那双眼睛，在长久的沉默之后开口回道：“陛下既知我不愿为贰臣，难道就不担心我会伺机报复吗？我虽一介文弱书生，却也并非慈悲之辈，这双看似干净的手不知搅动过多少风云，欠下多少罪业，将这样的人留在身边，陛下难道……不怕吗？”

佟明盈不以为意地笑回道：“朕若没有这点能耐，便不会提出这样的要求来。”

“既然如此，那陛下就当我说了一些傻话吧！只要陛下愿意放那些人归去，我自是无所不应！”反正活不活得下来他都还不知道，那曾经无比珍重的名声在成为亡国之奴的那天也已失去了价值，一切都已经变得不重要了！

华安七年春，景还琛捧着泛黄的古籍躺在庭院的藤椅上，监视他的人都以为他在看书，其实，他的心思早已飘到了九霄云外。

一个月前，佟明盈依约下了诏书释放云氏宗亲，他虽不知传国玉玺的下落，却曾听闻自己那未过门的妻子，也就是云帝最宠爱的小女儿云多慈说过，云帝的御书房中有一机关密布的暗室，或许那传国玉玺就被藏在其中。算一算日子，佟明盈派去的人也该传回信了，他的生死想来就在这一两日之间了！

午后的暖阳晒得人昏昏欲睡，景还琛将书盖在脸上，缓缓闭上了眼睛。

然而，就在他睡意渐浓之时，耳边突然传来震天动地的庆钟声，那一瞬，他倏然睁开眼来，看着眼前的一片昏黑，只觉天地万物归入虚空，连自己的喜悲都辨不清楚了！

四

华安九年时，佟明盈已过花信年华，可她的膝下仍无子息。如今国运昌盛，众臣自然皆盼着龙嗣繁盛，国本稳固。佟明盈被桌案上那堆成小山一般的折子扰得心生烦闷，一气之下便借口长安暑热，移驾城外的清凉山躲清静去了。

佟明盈此行带了三位侧夫，他们虽出身高门，姿容俊雅，能文会武，却都不擅弈棋。一连几日下来，佟明盈自然觉得无趣，左思右想之下便派人回宫将那弈棋高手带了过来。

行宫的孚茵湖中筑有一精巧绝伦的凉亭，每日黄昏，佟明盈都要乘短舟登上此处闲赏落霞。

这一日，佟明盈突然技痒，想找景还琛搏杀两盘，便派了人去传信。

装饰华丽的短舟载着景还琛缓缓朝湖中央驶去，景还琛站在船头，远远便瞧见亭中那一抹娇色，彼时，晚风轻拂，佟明盈着一身月白色的留仙裙倚坐在亭栏上，执着团扇轻摇，只一个背影便足以叫人流连忘返。

在短舟距离凉亭约莫还有五十步远的时候，景还琛转身去拿那用来御寒的披风，可刚弯下腰，他便听见了船夫的一声惊呼，再回头时，他只看见一抹月白色的身影从那因年久失修而朽裂开的栏边翻落下去。

船夫很快便跳下水去，他站在原地有过一瞬间的迟疑，如果她因自己的袖手旁观而溺水身亡，那自己是否也算借这天意报了那难以消弭的国仇家恨？可他转念一想，倘若她因此亡故，到时引来新皇继位，难保还会遵循她优待云氏宗亲的旧约，如此一来，那自己所做的一切牺牲岂不是都将白费？

暮时湖水已凉，佟明盈渐渐失去了挣扎的气力，控制不住身子缓缓往下沉去，在她失去意识缓缓合上双眸的下一刻，景还琛寻到了她。

一番急救过后，佟明盈吐出了腹中的积水，可人还是昏迷不醒。景还琛见她浑身冰凉，一时也顾不得男女之防，将她的身子轻轻托起揽入怀中取暖。过了好一会儿，随行的太医才乘舟赶来，在长时间的施针压穴过后，佟明盈终于转危为安。

次日，佟明盈便醒了过来，当她得知昨日是景还琛救了自己时，确实怔坐在床头静默了好半晌，可她并未因此便对他放下戒备，尽管给了赏赐，可派去监视他的人一个都没有减少。

待佟明盈身体恢复之后，一行人便回了长安。

不知是不是因为那日触了佟明盈身体的缘故，自回宫以来，景还琛总是生出不可与外人道的梦境，就连那清心寡欲的佛道经书都没办法压下他心中的邪火，这样的情状断断续续过了小半年之后方才渐渐消失。

五

转眼之间，飞雪再覆红梅，景还琛见到了长安城落下的第四场初雪。

自从上次的意外之后，佟明盈便再也没有得出空来下棋，今夜正巧闲了下来，她又想起了那盘尚未开始的棋局，于是便命人将那景还琛带来。

景还琛拿了件披风正准备出门，却不料一道人影突然从窗外翻了进来。

来人一身夜行衣跪在景还琛的面前，从怀中取出一封信递了上去。

尽管蒙着黑巾，可景还琛还是认得出那双眼睛，他是云多慈身边的一等暗卫。

“景大人，公主已于月前病逝，此乃她临终所书，命属下亲自交付大人之手。”

“什么？”

黑衣人的这番话让景还琛震惊不已，过了好半晌，景还琛才缓过神来伸手去接那封信，他强忍着惊痛不已的心绪开口道：“此地不宜久留，速速离去。”

闻言，黑衣人朝他深深一拜，随即飞身而出，瞬间消失在茫茫夜色之中。

景还琛眼眶湿红，枯坐在圈椅上，缓缓撕开了封蜡……

佟明盈下棋时有一怪癖，那就是一定要坐在亭中对弈，现下虽然飞雪连天，可宫人们依旧可以想出法子解决——只要拿那上好的兽皮将亭子的四周层层围住，再往里面生上几只堆着贡炭的炉子，不消几盏茶，亭中便能暖热起来。

景还琛走进亭中时，佟明盈早已到了。那厚厚的白狐裘衣被脱放在一边，她只穿了一身藕粉色的云锦宫装在摆弄棋盘，秀挺的鼻尖微微冒着细汗，看过去便如同十六七岁的少女一般灵动可人。

可景还琛知道，这一切都不过是表象，不过是伪装她那副蛇蝎心肠的面具罢了。今夜,他如约前来，并不是要和她来下棋的，只不过想借着这个机会揭开她的虚伪。

景还琛在佟明盈的对面坐了下来，他将云多慈的那封信递到她的面前，佟明盈犹疑地看了景还琛一眼，而后接了过去。

一盏茶后，佟明盈神色淡淡地将那封信丢进了炉子里，火光迅速攀了起来，将那几页纸烧得一干二净。

“云多慈告诉你，是朕担心云氏一族东山再起，于是派人在她的饮食之中藏入慢性毒药，让她缠绵病榻数年之久，最终痛苦而死？”

“难道不是吗？”

“那你如何解释，她有那么多兄弟姊妹，朕为何独独对付她一人？”

“多慈心性坚韧，谋略手段与你不相上下，是云氏复起的唯一可能。”

佟明盈看着景还琛的眼睛，静默了片刻后道：“你与她青梅竹马，情意深重，自然是信她的话。可既然你已经信了，那朕也无须与你多费唇舌，朕知道你是抱着必死之心拿出这封信来的，可朕偏不让你死，朕会派人将那小小的偏殿围成铁桶一般，再也放不进半只苍蝇，而你就在那里面慢慢地熬着吧！你若想要自戕，与那云多慈去做一对地府鸳鸯，朕便提前告诉你，你气绝身亡之时，便是那云都再度沦为人间地狱之日……”

是夜，景还琛躺在榻上辗转难眠，他一会儿想起云多慈，一会儿想起佟明盈，到了下半夜好不容易入了梦，却又想起当年佟明盈入质云国时，被人污蔑偷了云多慈金簪时的情景，九岁的小女孩红着一双琉璃般的大眼睛跪在鹅卵石铺就的步道上，倔生生地回着问话的人：“你们既信了她的话，我又何必再与你们多费唇舌？”

景还琛顿时从梦中惊醒过来，而后怔靠在床头，在这烧着地龙的屋子里，一阵又一阵地发着冷汗！

此夜长安城无月无光，于大多数人而言，不过是一个普通的暗夜，可对景还琛而言，它正在昭示着他未来整整十年囚徒生涯的开始！

六

当夜，佟嘉宁留宿昭陵，等待明日晨起时分景还琛将要送来的回信。

安嬷嬷帮佟嘉宁铺好床后便起身准备离开，佟嘉宁想起今日景还琛那近乎崩溃的模样，忍不住心中的好奇便上前挽留安嬷嬷。

“嬷嬷，您可与我说说姑母与景还琛之间的故事吗？”安嬷嬷是佟明盈的乳母，当年佟明盈入云国为质，安嬷嬷也一同随行，自然知道一些不为人知的秘密。

佟嘉宁两岁时便被抱到佟明盈身边，由安嬷嬷抚养长大，此刻，安嬷嬷看着眼前这酷似佟明盈的面容，一时间悲从中来，忍不住落下泪来。

佟嘉宁从未见过安嬷嬷这般，只觉是自己失言，连忙道：“嬷嬷若不想说便罢了，如今您年纪大了，可伤心不得。”

安嬷嬷提起衣袖拭了泪，拉着佟嘉宁在床边坐了下来。

“请陛下恕罪，是老奴失态了。有些话老奴本来是准备带到地底下的，可既然陛下提起了，老奴也不怕先帝责怪，还是想与陛下说上一说，这样待老奴走后，在这苍茫人世上还有陛下会心疼先帝的。”

七

佟明盈七岁便入了云国为质，而后便与诸国质子、云国贵族子弟及皇族子女一同上宫学。彼时，佟国国势微弱，佟明盈为求自保，从不敢在课业上展露半分天资。

她一直伪装得很好，直到那一日，景还琛无意中拾到她遗落在御花园里的书袋，这才撞破了她的秘密。

在皇宫最为破败的一个宫殿里，十二岁的清隽少年一言不发便将书袋还给佟明盈。书袋里放着佟明盈刚写完的时务策，景还琛已经看过了，洋洋洒洒上千字，观点之新，举措之严，令他生出由衷的叹服之意。

“你不打算做些什么吗？”佟明盈抿着好看的红唇，颇为惊疑地朝他问道。

闻言，景还琛不由得弯了弯嘴角，反问道：“我要做些什么？我好不容易发现一个旗鼓相当的对手，为何要将其扼杀在摇篮里？你若能活到回国的那一日，必将承袭佟国的王位，到时候，我们再来斗一斗谁更厉害！”或许这便是强者的豁达与自信。

他的话音刚落，门外便传来一阵脚步声，还不待佟明盈回神，景还琛早已揽着她的纤腰，将她整个人带到了门后。佟明盈矮了景还琛一个头，如今被他抵在墙上，她的脸颊只能紧紧地贴着他暖热的胸膛，她的耳边不断传来“扑通扑通”的心跳声，有那么一瞬间，时间仿佛静止了一般。

那时的宫女与太监常有私相授受的行为，二人对此早已见怪不怪，可到底还是两个半大的孩子，他们眼瞧着对方的脸蛋渐渐染上了红晕。

不知过了多久，殿中才再度恢复宁静。景还琛与佟明盈告了别，便转身离开。

彼时，晚霞似锦，身着月白色常服的少年公子摇扇远去，佟明盈怔怔地望着那抹渐然颀长的身影，一颗心便悄无声息地沦陷了。

八

“姑母可曾对景还琛表明过心意？”佟嘉宁好奇地问道。

安嬷嬷闻言，深表遗憾地摇了摇头。

“且不说那时景还琛与云多慈已经有了婚约，便是没有，先帝也是不会说的。”

“为何？”

“先帝深知景还琛与云多慈情意甚笃，断然无意插足其间。再者，先帝当时前途未卜，生死都由不得自己，如何还能有心思去惦记这微不足道的儿女情事？”

“可姑母始终不曾忘却这令她怦然心动的少年郎，对不对？”

“是啊！倘若岁月可回头，老奴一定会劝先帝早些放下那人，这样，先帝也就不必经受那般撕心裂肺的苦楚了。”

其实，当年佟明盈攻入云都的当日，便从细作手中拿到了传国玉玺。但当时朝中大臣大多主张斩杀景还琛以绝后患，佟明盈心中不舍，这才命人放出那样的消息保住景还琛的性命。

传国玉玺找到以后，佟明盈便命人游说朝中位高权重的大臣，让他们相信景还琛可以作为佟国的一个隐形倚仗，这才彻底救下了景还琛的命。

景还琛若是不在，佟明盈或许可以为了后继有人而与后宫里的那些男子生儿育女，可自从景还琛来了之后，佟明盈便对那些男子生出抗拒之心，一日甚于一日。

自那落水一事发生后，佟明盈便命太医院调配一种可以使人短暂失忆的药物断断续续混入景还琛的晚膳之中，佟明盈便是借着这个在景还琛毫不知情的情况下怀上了他的孩子。

那一夜，景还琛拿着云多慈的那封信前去质问佟明盈，佟明盈看着自己心爱的男子为了别的女子而咒骂自己心狠手辣，如何能够不气不怒？

当年云多慈在被押送至长安的途中便染上了痨症，景还琛被禁足宫中自然不知，云多慈少年时便曾无意中发现佟明盈对景还琛的情意，临终之际更加深恨佟明盈造成她国破家亡的凄惨景象，自然要使出浑身解数来挑拨景还琛与佟明盈之间的关系，她只盼景还琛因她的死而恨极了佟明盈才好。

“既不是姑母所为，姑母何不向景还琛解释这来龙去脉，竟让他这般误会？”

“先帝若是开口解释，岂不让景还琛知晓先帝对他的爱慕之心，已经是隔了家国深仇的人了，没有这样的必要了。”

“那一夜，先帝派人将景还琛押送离开后，便命人不许进那庭院，先帝独坐在亭中，心中又气又委屈，渐渐地便发觉小腹隐痛，她很快便站起身来准备唤人，可刚走出亭子便晕了过去。天上簌簌地下着雪，先帝就穿着一身单衣在雪地里躺着，待被人救起时，孩子早已保不住了。”

佟嘉宁听得眼眶湿红，她翕动着唇，轻声问：“姑母的身子是不是也是在那一夜里被冻坏了，所以才那般早逝的？”

一滴泪自安嬷嬷的眼角滑落，她垂着眸子，深深地点了点头。

九

佟嘉宁一直以为“一夜白头”是话本子里写来唬人的，直到此刻，她看着眼前的中年男人，方才相信那四个字的真实。

“我答应陛下，为佟国出使北塞。若是游说失败，北塞人大抵是要将我杀了扔到草原上喂狼的，若是那般，陛下倒也不必可怜我，就让我还身于天地。若我不辱使命生还归来，陛下也不必大加封赏，我孑然一身，无子无女，纵有万千金银也无人承继，还是免了那一纸诏书的笔墨吧！”

清平十二年，佟国与北塞签订盟约，开启茶马互市，景还琛以一条三寸不烂之舌为佟国换来了北境日后近百年的平安。

十五年后，景还琛老死昭陵，弥留之际，他回想起了许多不为人知的秘密。

在这世上，有人知晓佟明盈对景还琛的情意，可却无人知道，景还琛这一生，也只喜欢过佟明盈这一个姑娘！

景还琛九岁初见佟明盈时就觉得这小妹妹生得好看，可碍于她那颇为尴尬的身份，景还琛不敢与她太过亲近。

起初，景还琛还真的以为佟明盈是个平庸之辈，心中颇为惋惜，直到那一年，当他无意中拾到佟明盈的书袋，翻出那一纸时务策时，他才知道佟明盈是个怎样的女子，那一日的破殿相拥，动心的可不止佟明盈一人。

只可惜，当时他已经与云多慈定下了婚约。这婚，为家族想，为家人计，他是断然推不了的，可佟明盈那样的身份，又岂能与人做妾？景还琛深知此情不可表，索性将它埋入心间，只在无人之时偷偷想念。

后来，景还琛因为云帝的刚愎自用输给了佟明盈。

大狱之中，景还琛再见那双美眸之时便清楚地意识到，即使两人之间已经横隔这么多的阻碍，他也依旧如少年时那般为她心动。所以，他才会在那薄暮时分跳入冰凉刺骨的孚茵湖中去寻找落水的她，才会在见到云多慈那封信时怒气冲冲地去找她对质，因为他不相信，自己喜欢了那么多年的女子会是那样不堪的人，可是她没有给他任何解释便接受了他的指责，不给他任何出口转圜的机会！

景还琛缓缓睁开眼睛，他看见，佟明盈正坐在床边静静地看着他。

他泪眼婆娑，颤颤巍巍地朝她伸出枯瘦苍老的双手，一字一句地缓慢说道：“你可真是个狠心的女子，生时不让我知晓你的心意，死后却留下那样的册子叫我知晓一切，让我不得不因为对你的愧疚而沦为贰臣。”

他缓了一会儿，继而说道：“你说你本已为那孩子取好名字，无论男女都叫‘清平’，现在，我把欠你的‘清平’还给你了，你可以原谅我了吗？”

话音刚落，他那悬在半空中的手便坠落下来，含泪合上了双眸。

佟嘉宁微红着眼睛站起身来，对着候在一旁的亲信吩咐道：“先帝遗命，若景还琛有功社稷，死后赐金缕玉衣，与先帝合葬，以弥二人生时之憾……”

江山为嫁

✽倾 顾

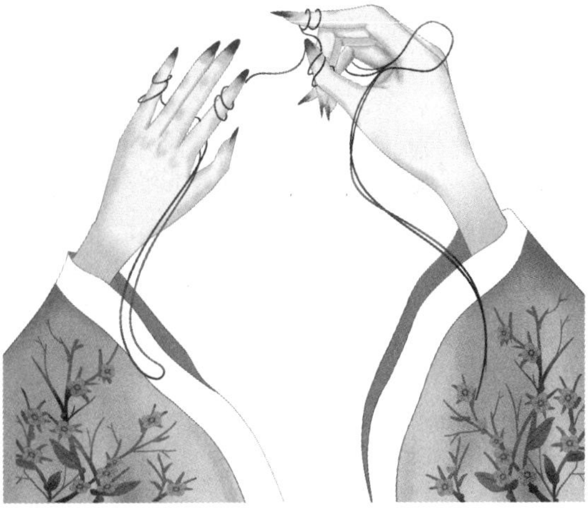

一

十六岁之前，我觉得，天大地大，老子最大；爹亲娘亲，不如慕容棣亲。

我第一次见到他是在许归山，那时沧海老人广收天下学子，我爹带我上山报名。我闲得无聊，偷偷溜出来，还没跑远就看到了稀罕事儿。

九十九阶白玉阶下，正跪着一个灰扑扑的身影，周围人来人往，他却匍匐在地，一动不动。

我顺着山阶往他身边跑，我爹闻讯赶来抱起我。我指着他问："爹，他是谁？"

多谢这个烽烟四起的年代，我爹这样的巨富大贾才成为所有想当皇帝的野心家的座上之宾，因此他只是眯起眼看了看，便笑道："真巧，这不是郑国侯的小儿子吗？"

郑国侯的小儿子，天生眼盲，娘早死，爹不疼。

我爹曾说他可怜，我却不知这是个怎样的可怜法。他忽然抬起头来，于是我在我爹的怀中，借着绮丽的朝霞，望见了我一生中所见过的最美丽的面孔。

那是一张白玉般洁白无瑕的脸，面上有着最完美的五官，从我的角度看去，他长长的眼睫毛静静地搭在狭长的眸子上，眼尾一颗朱红泪痣美得夺人心魄。

他平静地将脸对准我，漆黑的眸子像最剔透莹润的宝石。我仿佛被蛊惑一般向他伸出手，我爹却忽然道："小公子还是别在这里等了，沧海老人立下规矩，不收身体残障之人，你就是跪到地老天荒也无济于事。"

"地老天荒不行，我便跪到海枯石烂，有志者，事竟成。"

慕容棣平静地回答，他穿着一袭陈旧的灰色单衣，在许归山凛冽的寒风中显得那么单薄。我还没挣扎，就被我爹拎走了。

接下来几日，我总找机会去偷看他。

他一直半静地跪在那里，像是一块安静的顽石。我看来看去也看不出他哪里瞎，却发现了一个惊人的事实——

他果然是我见过的最好看的人。

作为一个"颜控"，我有个毛病，就是想将天下美人统统收归旗下。感谢我爹没把我完全养歪，我还有基本的常识，知道不能强抢民男。

所以在一个下雪天，当慕容棣身形晃了晃，晕倒时，我左顾右盼半晌，终于下定决心将他扛回了房间。

我将他裹成个大粽子扔在床上，待下人为他灌下一碗热参汤后，他终于缓缓地睁开了眼。

他有一双美丽的眼睛，如同雨后的天空般纯澈，美貌衬上这样冷寂冰凉的神情，让人觉得，纵使将世间繁华尽数捧于他面前，亦难换得他一笑。

我不待他开口，便问："你愿意当我的书童吗？"

他不说话，像是没听懂我说什么似的。我被他的脸迷得魂不守舍，再接再厉道："沧海老人想来是不会收下你了，不如你扮成我的书童，我上课的时候，你也可以在旁聆听。"

这是个不太高明的法子，却是我想了这么久所能想到最好的办法。慕容棣愣了很久，久到我以为他要拒绝的时候，终于听到他说了一声“好”。

二

从那天起，慕容棣成为我的书童。

小伙伴们都很羡慕我有个这样美貌的书童。然而，美貌的人势必要有同他美貌相称的脾气，慕容棣虽然成了我的书童，他的傲骨却丝毫无损。

我要他抱我，他便当我是个马桶一样不情不愿地抱着；我要他喂我吃饭，他正襟危坐，借口自己是瞎子，把一勺鸡汤灌进我鼻孔里；花前月下，我刚想扑过去对他亲亲摸摸，他头也不回地把一块姜糖精准地塞到了我嘴里——天知道，我最恨姜味。

我想出了一个歪点子——众目睽睽之下，我要慕容棣被打得鼻青脸肿，然后我如英雄般降临，将在地上滚得一身尘土的他扶起来，王霸之气大开地喊道：“我罩的人你们也敢动，不想混了吧？！”

万万没想到，这一切都为他人作嫁衣裳。

我掐着点赶过去时，慕容棣确实被打倒在地，一身灰衣也确实到处是土，可在他身边，有个小姑娘正固执地抱着他，替他拦下了许多拳头。

小姑娘穿着鹅黄色的衫子，雪白的脸上蹭着土，格外显出一双莹润动人的眸子。被她挡在身后的慕容棣垂着头，我却看到他一双手握得紧紧的，像是一座压抑着愤怒的火山。

旁边的人都在看热闹，我随手揪了一个过来问：“那个人是谁？”

“她呀，她是平国公的私生女陈轻絮，不知怎么和这个瞎子勾搭上了。”

那人兴奋地回答我，我却勃然大怒：“就凭你这尖嘴猴腮的东西，也配叫别人瞎子！”说着，我大步走过去，一把推开了围着慕容棣打的人。

周围安静下来，大家都看着我们，我却只能注意到慕容棣从地上挣扎着爬起来。他温柔地碰了碰陈轻絮的脸，轻声问：“疼吗？”

小姑娘含泪摇头，慕容棣又把头抬起来，准确地将脸对准我，一脸冷漠。我忽然胆怯起来，这段日子他过得很不好，被刁难没有饭吃，旁听时被人赶出去，和他住同屋的人把他的被褥丢出来，不准他回去睡觉……

这一切，都在我的允许下发生。他变得越发苍白消瘦，可我所希望的就只是他能服软，冲我低下他高高昂起的头颅。

“宋鸯，”他唤我的名字，我讷讷地应了，却听他说，“我明白了。”

他明白了什么我不知道，我只知道他待我越发毕恭毕敬，却又万分冷漠，往日些微的玩笑再也不曾有过，他如一块亘古不变的寒冰，将我推得远远的。

可他面对陈轻絮时又换了一副模样。

说来惭愧，我曾跟踪过他。那天，天上挂着一轮明月，慕容棣在一棵梨花树下坐着，不多时，陈轻絮便跑了过来。她一只手拎着裙角，一只手提着一个食盒，小脸蛋红扑扑的，坐在慕容棣身边。

那晚的月亮真好啊，我蹲在角落里，看着慕容棣一直对着陈轻絮笑，梨花纷纷扬扬地落下，他吃下陈轻絮为他做的消夜，然后从怀里掏出一块玉佩来。

“这是我娘留给我的，我想把她送给你。”他这么说着，把玉佩塞到了陈轻絮手里。小姑娘手足无措地同他推搡了半天，终于垂着头收下了玉佩。

真好，善良的少女遇到了饱受欺凌的少年，他们郎才女貌、青梅竹马，再过十年便又是一对神仙眷侣。

可惜，其中有我这个小浑蛋搅局。

半个月后，平国公夫人亲自来许归山接走了陈轻絮。

当然，这是因为我，我请我爹出手，要陈轻絮消失在我和慕容棣面前。

陈轻絮走的那日，天上飘着小雨，她穿着一身藕粉色的长裙，一步三回头，我瞧瞧身边故作淡定的慕容棣，心底一片酸涩。

明明是我先遇到你的，我到底哪里错了？

没人能告诉我问题的答案，陈轻絮到底上了车。马蹄声嗒嗒地远去，她忽然从窗里探出头来，冲着慕容棣摆手，边哭边喊：“慕容哥哥，我等你长大了来娶我。”

我是第一次瞧见慕容棣失态，他冲着马车追去，迷蒙的细雨里，落花伴着小姑娘的哭喊声一道飘散开。他因看不清前路被石头绊倒，失魂落魄地跌坐在雨里，脸上的表情很是伤心。但是没关系，余下来的日子，有我，也只有我会陪着他，抚平他心底的伤，成为他最重要的那个人。

至于旁的狂蜂浪蝶，在我眼里不过是一捏就死的小虫子。

虽然后来的事实证明我到底天真，然而那个时候，我却对这个想法深信不疑。

三

在山上学艺的日子过得很快，我每天听恭维，发发呆，烂泥扶不上墙似的混吃等死。而慕容棣果然是块金子，即使隐藏在人群里，也会发光。他在一次诗会上一鸣惊人，被沧海老人收为徒弟，从人人都能欺负的小瞎子一跃成为高高在上的首席大弟子。

他升到了高级班，同我的交集越来越少，我常常翘课去他班的窗外偷看他上课。初春的寒风里，我倚在刚发芽的杏花树上，看他站在台上侃侃而谈。

雪白的学子服被他穿得风流倜傥，风拂过，杏花打着旋落了下来。他忽然向着窗外望了一下，我屏住呼吸，却忘记了，他根本看不到我。

班里也有些流言，有人说他是靠着我才会被收入门中，还有人嘲笑他舍得一张脸，说把我伺候高兴了，说不定将来能当上郑国国君。

我找人教训了他们，慕容棣却无所谓，他一心向学，哪有闲工夫管我们。

放假回家，我爹问我："你在山上开不开心？"

我爹是个粗人，他生平有三件快事，一是赚钱，二是数钱，三是拿钱给我花。这么个财大气粗的人，却在我垂头不语时敏锐地察觉出我的异常："有人惹你不高兴？"

我犹豫一下，道："爹，你有没有办法，让慕容棣有个显赫一点的身份？"

"怎么，你还想让他当国君不成？"我爹沉吟片刻，摇了摇头，"不成，他是一个瞎子，怎么也当不上国君啊。"

"他不是天生瞎啊。"我连忙道，"我打听过了，他看不清东西是因为中了毒，只要拿到寒潭之下的啜冰鲤，清了余毒就好了。爹，你帮帮我。"

啜冰鲤只生在西北苦寒之地，如今东陆上，西边和东边因为战乱而完全隔绝，唯有走南闯北的商人能过去。我爹耐不住我软磨硬泡，终究还是答应了下来。

商队启程时，我藏在拉货的马车里，混了进去，等管事的发现我时，商队已经走出了几百里。

他们是万万不敢放我一个人回去的，我撒娇耍赖地跟上他们，几经周折，终于来到了西北。

西北的风很硬，刮在脸上就是几个血口子。我吃了许多苦头，灰头土脸地缩在马车上，直到管事的告诉我寒潭到了，我才抖擞精神地从车上跳了下去。

寒潭很大，一眼望不到边，浅碧色的湖面上覆盖着坚硬的冰。我迫不及待地要管事去收购啜冰鲤，半晌后他回来了，有些为难地对我说："大小姐，这事难办，连年战乱，这里能下到寒潭之下的人都已经不在了。"

因为我的任性，商队特意绕到了寒潭，他们的目的地其实还在山后面。我看管事的坐立难安，知道这批货不按时送达会有大麻烦，于是劝他们自己先走，我再想想办法。大概是一路上我表现得很乖巧，管事的思忖许久，终于答应了我。

临走时他反复交代，找不到人下水就快点去追他们，千万不要任性。我笑眯眯地应了下来，眼见着商队的影子逐渐消失在群山里，我一甩辫子，进村了。

村里还存着当年他们下寒潭用的装备，无非是一根长长的绳子，还有用鱼鳔做的存空气的囊。

回想起来，别人是艺高人胆大，我则是蠢得天真，凭着对慕容棣的一腔爱意，就有胆量独身一人潜入寒潭里。

入水的那一瞬，我便被冻哭了，眼泪滴在冰水中，晕开一圈涟漪。水下是一片毫无边际的黑暗，我连自己的心跳都听不到，只能一边不由自主地流泪，一边努力向下潜去。

捕鱼人放的鱼篓在一个水涡中，我身上绑着绳子，根本够不到。当我解开腰中系着的绳子时，我忽然想，若是我死在了这里，慕容棣知道了以后会不会为我掉一滴眼泪呢？

大概是不会的，他只会舒一口气，觉得解脱了，所以我不能死。他还没喜欢上我，我怎么舍得去死？

这样想着，我拼了命地向着鱼篓游去，碧绿的水中，我被寒流扯得寸步难行，漂浮的水草如同枯死的长发。我怕得发抖，却咬紧牙关，抓住了系鱼篓的铁索。

我的手被磨得血肉模糊，我仍不肯放开，固执地扣着铁索想要解开，当鱼鳔里的空气仅剩一点时，我终于抓着鱼篓向岸上游去。

我挣扎着爬回岸上时，太阳已经落山了。

夕阳洒在我的脸上，我颤抖着手打开鱼篓，望着里面银白的啜冰鲤，忍不住哭了起来。

就差一点，就差一点我就要淹死在这千丈深的寒潭之下，没有别人，只有我一个人，安静而孤独地死去。慕容棣不会知道，有个小姑娘这样喜欢他，喜欢到会为他去死。

回到家后，我爹大发雷霆，怒不可遏地给了我一个耳光，而后将我关在家中，不准我回许归山。

我自知理亏，在我爹窗前跪了一晚上。第二天，我爹推开门，阴沉着脸问我："你就这么喜欢慕容棣？"

我沉默不语，我爹长长叹了口气："阿鸯，他若是辜负你，我一定要他的命。"

在我爹的眼里，自己的女儿样样都好，他猜不到我同慕容棣并没有什么情投意合，更猜不到我做的这一切统统是自作多情。

自作多情到令人垂泪大笑的地步。

四

假期结束后，我刚到许归山，便有人跑来对我说，慕容棣要定亲了。

送消息的人大概想看我笑话，故作关切地跟我说："你现在身体不好，可千万别激动啊。"

从寒潭里爬上来后，我便十分畏寒，大夫诊断是我体内存了寒毒，我从不把它当一回事儿，这个瞬间，却觉得心底凉成一片。

输人不输阵，我淡然一笑，表现出天高任鸟飞的恬静来。来人见没有热闹可看，只好悻悻地走了，她前脚出门，后脚我便躺回床上，一片凄然。

这是我同慕容棣相识的第七个年头，七年的相处，他仍旧忘不掉陈轻絮。哪怕我替他铺好路，带他参加诗会，让他被沧海老人赏识；哪怕我搜罗来天下的点心，兴冲冲地递给他；哪怕我将心捧到他面前，他都不肯屈尊降贵地看我，哪怕一眼。

每次看到他视若珍宝地捧着陈轻絮的书信，我心里都会产生一股想杀人的冲动。如今，他得知陈轻絮要被许配给旁人时，奋不顾身地上门抢亲，终究抱得了美人归。

人比人，当真是能气死人的。

"没事儿的，没事儿。"我安慰自己，却张嘴吐出口血来，"他终究是我的，谁也抢不走。"

我做事一向信奉快刀斩乱麻。

我一只手捧着放啜冰鲤的匣子，一只手握着锦囊，将慕容棣堵在了屋内。他微微地皱了皱眉，温文有礼地问："有什么事吗？"

这些年他总这样，我在他心底便是个无事生非，耽误他学习的人。我酸涩一笑，豪迈地将匣子递了过去："送你的礼物。"

他接过匣子打开，只是伸手轻触，冷静自持的面上便有了裂纹："这是……啜冰鲤？"

我本打算将这个作为他十九岁的生辰礼物，现下却只能当作砝码用。

他做一个瞎子已经这么多年，观物全凭一点微弱的光。我曾蒙着眼在不点蜡烛的屋子里走动，那种黑暗的感觉简直让人窒息，只一刻钟我便崩溃，更何况他的这些好年岁几乎全被眼盲吞噬。

"你有什么想要的？"

他深吸一口气，将匣子关上，瞬间恢复了我最爱的那种冷静的模样。

我微笑道："我要你娶我。"

"不行。"他将匣子推到一边，干脆地回绝。

我不气馁，把手里握着的锦囊放到匣子上，一同推回他面前。

"加上这个呢？我用宋家下一任家主的身份来请求你娶我。"

锦囊里放着宋家家主令，拿了它便能调动宋家全部势力。我摆出一副运筹帷幄的样子，说："我知道你有实力，可是凭你自己，想杀回郑国，成为国君，也要等你父王死了才行。现在只要你娶我，最迟五年，我就能让你成为郑国国君，杀你想杀的人，为你母亲报仇。”

说着，我偷偷看他，荧荧的烛火里，他蹙着眉的样子好看得让我心碎。良久，他长长地呼了一口气，像是绝望，又如同认命地说：“宋鸯，你真是个魔鬼。”

那一刻，我知道我赌赢了。

据郑国的探子回报，慕容棣的娘是在一场宴会上被醉酒的郑国侯当作猎物，骑着马一箭射死的。当时，他被他娘抱在怀里，护在身下，方才逃过一死。母亲的热血浇了他满头，这样滔天的恨，永生都磨灭不了。

所以他拒绝不了我，拒绝不了一个亲手替他娘报仇的机会。

“你可知我并不爱你，你这样做我也不会感激你。”他认真地望着我，我也认真地回望他。这一刻多好啊，他的眼里只有我，而我的眼里也只有他。于是我开心地笑了，笑得连眼泪都滚了出来。

“没有爱也好，你只能在我身边，不爱我，也不能爱别人，只要这样，就好了。”

五

半年后，啜冰鲤配出的药膏清除了慕容棣体内最后一点残毒，十六岁的末梢，我终于嫁给了他。

我穿着九凤曜衣，被慕容棣牵着手走过长长的玉阶，他忽然在我耳边问：“你到底喜欢我什么？”

我没说话，只是甜蜜地笑了，他大概一直疑惑我到底喜欢他哪一点。

距我第一次见他已经这样久，我爹以为我爱他的美貌，而他以为我只是占有欲作祟。他们都不知道，爱上一个人，一点理由都不必有，一眼就够了。

拜完天地，我爹老怀安慰地说：“阿鸯，以后有什么不开心的事记得告诉爹，爹帮你摆平。”然后对着慕容棣说：“你要知道，不是你娶了阿鸯，是阿鸯嫁给了你。”

我怕慕容棣尴尬，于是连忙打圆场：“爹，瞧你说的，都是一家人了，分那么清干吗？”

我爹哈哈大笑，在场的人也都捧场地笑起来，从始至终没笑的，只有慕容棣一个人。

洞房时，他握着我的手，重见光明的眼定定地望着我，良久才说：“原来你长这样。”

是啊，即便这半年我日日出现在他眼前，他也从不曾仔细看过我。我咬了咬唇，抬头，故作得意地问：“怎么样，我是不是比你想象中的美多了？”

大概没想到我这么不害臊，他顿了一下，忽然放了手：“阿鸯，和我一起，你不会幸福的。”

我胸有成竹地直视他：“有志者，事竟成。”

这是他说过的话，他无法反驳，于是移开视线，说：“不早了，睡觉吧。”

成婚后，我一直惦记着帮慕容棣报仇，把郑国现任国君赶下王位。

银子流水一样地花出去，郑国大大小小的事都被我打点了一遍。我爹看得心疼，作西子捧心状地同我撒娇，我连忙安慰他：“郑国侯的位子我还嫌配不上他，总有一天，他会成为整个东陆的主人，爹，你就当是提前投资吧。”

我爹斜睨我一眼，啧啧嘴没说话。我不经意扫过窗外，杏花树下，慕容棣不知什么时候站在那里，静静地望着我，眼里写满我看不懂的情绪。

其实我爹也就是嘴上说说而已，慕容棣是个人才，没有人不爱才，我爹也不例外。渐渐地，我爹开始把手上的生意交到慕容棣手里，除了宋家的情报网，别的地方没有慕容棣插不上手的。

而我退居幕后，为他洗手做羹汤，炖汤能炖出三十七种花样，绣花能绣出七十八种纹饰，许归山上学来的本事却忘得一干二净了。

成婚的第四年，郑国传来了消息，郑国侯病入膏肓，命不久矣。

此时，慕容棣已是郑国举足轻重的人物，比他大的王子不是死了便是被废，举目四望，朝堂上的大臣们被他收得服服帖帖，后宫内无人敢择其锋，郑国侯前脚咽气，后脚他就能登基。

消息被送来的时候慕容棣连夜动身，日夜兼程，终于赶在郑国侯死前见了他最后一面。

不知道他们这对势如水火的父子说了什么，有天夜里，下着大雨，我正躺着数羊，他突然推门走了进来。

窗外的杏花被雨打得七零八落，他浑身往下淌水，乌黑的发贴在他苍白的面上，整个人憔悴得像只勾魂的鬼。

我跳起来，把他拉到床边坐下，用被子将他严严实实地围了起来。他一直垂着头，脸上的水珠慢慢往下滚，却忽然伸手拉住了我。

“阿鸯，慕容雄死了。”这是他爹的名讳，我“哦”了一声，他接着道：“病榻上，他求我给他一杯血水，他太痛，痛得浑身发抖，却没有力气叫出来，像只乞怜的老狗。”

“我在一边等着，等着他在锦绣灰的痛苦里慢慢断气，可这些痛，又怎么比得上我娘亲死时的痛楚？！”

所谓锦绣灰，是我从古籍中查出的毒药，初服时无痛无感，见了血腥后，服用的人便会残暴无常。这些年，慕容棣引着他爹亲手杀了几个儿子，待他爹幡然醒悟时已太迟，锦绣灰早深入骨髓，除非啜饮鲜血，否则便如万蚁噬心，疼痛难忍。

他指尖冰凉，我将手覆上去，想要温暖他。掌下的手微微颤抖，他将头埋在我颈上，低低地笑了起来：“我终于报了仇，可我心里却有股说不出的悲凉。”

我紧紧抱住他，像是抱住他这二十余年痛苦挣扎的人生。多苦啊，为了报仇，他甘为奴仆，受尽屈辱方才有了一点地位，在他想要和心爱的姑娘双宿双飞时，又为了报仇娶了自己不爱的人。

连我都替他苦，哪怕其中也有我的一份功劳。

睡醒时，我正窝在他的怀里，从我的角度看去，他蹙着的眉像是凝着永世不散的悲伤。我轻轻拂过他的眉眼，他睁开眼来，下意识地握着我的手，把我搂进了怀里。

“睡吧。”他说，“还早呢。”

是还早，我们的人生还这样长，区区一个郑国侯根本不能拦住我们的脚步。宋家的生意越做越大，郑国的地盘也越来越大，我爹问我：“你怎么没被封为王后？”

我正举着蜡烛看密报，闻言稳稳地把烛台放回桌上：“爹，这才哪到哪呢？等他一统东陆，登基为帝时，我才要当他的皇后。区区一个王后，哪能满足我？”

我爹夸我志向远大，我嘻嘻哈哈地应了，却知道事实根本不是我说的这样。

他不立王后，大概是为了他曾经心爱的姑娘。

其实这些年过去，我差不多忘了陈轻絮，只是当郑国的铁蹄踏到平国城下时，一向铁血无情的慕容棣突然停了下来。

十几万大军兵临城下，我在中军大帐里替他缝补衣裳。

我不是个节俭的人，偏偏很喜欢为他缝缝补补。

慕容棣忽然掀门帘走了进来，他犹豫片刻，对我说：“阿鸯，你能替我劝劝你爹吗？”

我爹不理解慕容棣不动手的行为，他要求最迟明早，大军必须踏破平国城门。可是不行，那座城里有慕容棣曾经的恋人，此去经年，他仍然不能忘怀。

所以他来求我，替他争取时间。

那天夜里，我同我爹分享了一个好消息，我说：“我有身孕了。”

我爹欣喜若狂，他毕生的梦想就是看到我儿女双全、平安喜乐，因此，当我提出几日不动兵刃，为腹中孩子祈福时，他便一口答应了下来。

我爹让我赶快躺好，替我盖好被子，感慨地说：“阿鸯，你长大了，爹爹却老了。”

鼻子酸酸的，我怕我爹看出来，连忙把头埋进被子里，假装睡着了。

我爹将我看得如珍似宝，我却在替自己相公与别的女子争取时间。我知道这是犯贱，可是，只要他皱眉和我说话，我便连一点办法都没有了。

慕容棣回来后终于下了进攻令，我同他并肩站着，望着一座城池灰飞烟灭，他忽然疲惫地叹气：“阿鸯，谢谢你。”

我没回应，他犹豫一下又说：“你爹都同我说了，往后，我们好好过日子。”

这是我求了这么多年才求来的一句承诺，却没有太多欣喜。他将我搂入怀里，我想到收到的暗报，于是合上眼，心底一片荒凉。

六

大军撤走后，我爹觉得我不宜长途跋涉，于是遣人收拾出平国的宫室让我安胎。

慕容棣也留了下来，他好像在学着讨好我，夜里总会轻轻拍着我哄我睡觉，有太阳的时候，他则会陪着我去花园里逛逛。

我们像是一对平凡的夫妻，安静地过着日子。

我同他讲，要是当初他肯这样对我，我不知会有多高兴，他笑一笑，体贴地替我擦去嘴角的药渍。

只是，我知道，已经回不去了。

有天夜里，当暗卫叫醒我时，我躺在床上，长长地出了一口气，提心吊胆了这样久，这一日终于还是来了。

我推开门时，慕容棣正在包扎伤口，见我来了，他愣住良久方才问："你怎么来了？"

我笑了笑，接过暗卫递给我的，刚从他腹部拔下来的匕首："我再不来，我相公都要死在别的女人手底下了。"

屋内一角，一个女子正倚在床边，乌发如云，倾国倾城。

虽然这么多年没见，我还是一眼认出了她，她便是我夫君特意从平国救回来的陈轻絮。他瞒着我将她藏在这里，担心她会自尽，便趁我睡熟了来看她。

而她则用一柄利刃回报了这个灭了她国家的男人。

他不知道，早在他从平国带回她时，暗卫便已经告诉了我。

我缓步上前，她缓缓地抬起头来，雪白的脸上还有泪痕，眼底却是刻骨的恨。

"奇怪，你恨我做什么？"我纳罕道。她冷笑一声，泪却流了下来："若不是你，和他在一起的就是我。"

她言之有理，于是我转向慕容棣，说："你这样伤我没关系，可我容不得别人伤你。"

话音未落，我举起匕首向陈轻絮刺去，慕容棣猛地跃到我身前护住了她，我被推开，狠狠地摔在了地上。

屋内一片死寂，良久，慕容棣扑过来抱起了我，我听到他的声音带着颤抖，像是怕极了似的叫我："阿鸯。"

那天，我失去了我的孩子。

慕容棣在我屋外跪了很久，我爹气急了，拿荆条抽他，我看不过去，劝阻说："别打了，爹，我走路摔倒不怪他啊。"

我爹心疼我，絮絮叨叨地要我躺好，我用余光看去，慕容棣脸色苍白得不像话。

可他还有什么好痛苦的呢？我下令放出了陈轻絮，为她改换身份，让她重新生活。

我告诉慕容棣，等风头过去了，我会让他娶她。

他闻言并不怎么开心，只是为我舀了一勺燕窝递了过来："宋鸯，我的皇后，只会是你。"

到了这样的境地，他说这些话着实没意思，我吃下燕窝，敷衍地点头。

我嫁给他的第九年，他终于扫平了西边最后一块土地，成为整片东陆的主人。

定国号为唐，国都设在楚地，这里是我的家乡。我爹用千年美玉雕了我的凤印，看上去比我还开心。

当我同慕容棣一道接受群臣朝拜时，他忽然握住了我的手，说："阿鸯，看到了吗，这就是你我的江山。"

其实他说错了，我的江山从来不是这片土地，天下再大，我所在意的，也唯有他一人。

唐历九年，我爹在睡梦中安静地逝世。

走之前他好像有预感，特意将我叫到府中跟我说话。

那时他缠绵病榻已久，往昔挺拔的背弯下来，鬓边斑驳，我进到屋子时他正在写字，衣服挂在他身上，空荡荡的。

我鼻子一酸，小心翼翼地扶他坐下，他笑了笑："放心，爹还没那么娇贵。"

其实他在说谎，走南闯北这些年，他的身体越来越差。

我心里难过，将头靠在他的肩上，他拉住我说："女儿，爹知道你心里苦。"

我同慕容棣的爱恨纠葛，他一直看在眼里，即便我在他面前是欢喜的，也骗不过疼我的亲爹。

他叹了口气："你小时候脾气倔，我送你的小瓷人你明明爱得不行，被人碰了却亲手把它摔碎了。阿鸯啊，这样不行，这个世界不是非黑即白，你太过求全，伤心的只会是自己……"

说着说着，他话音变得含糊，终于睡着了。我关上门，哭得浑身颤抖。

他希望我快乐，希望我平顺和乐，而我，却注定要辜负他的心愿。

七

下葬那天下了雪，我不坐凤辇，慕容棣便替我撑着伞，陪我慢慢地往前走。

漫天的大雪间，我们各怀心事，相顾无言。

我在一株白梅下停住步子，慕容棣同我并肩立着，他将伞往我这边偏了偏，自己有半个肩膀露在外面，上面落满雪片。

这让我记起很久之前，同样是这样一场大雪，他倒在雪地里瑟瑟发抖，而我袖手旁观，不懂人间疾苦。

只是此刻，他锦衣华服，我亦尝尽酸甜苦辣，尘满面，心已凉。

“你知道吗，我很喜欢你们课堂外那棵杏树，不然的话，窗台那么高，你坐在里面我就看不到你了。”

他像是想到什么似的，冷峻的面容上露出一个浅浅的笑容：“其实……”

“我去看过你很多次。”我打断他，不肯让他开口，“可你看不到我，你的视线永远投在圣贤书上，余下一点的注意也给了陈轻絮。不过还好，我很有毅力，不然现在站在你身边的就不会是我了。”

慕容棣微微蹙起眉来，我笑一笑，接过伞，合了起来：“陪我看场雪。”

落雪无声，十里梅花林寂静如海，夕阳最后一点光坠了下去，远处渐次亮起的灯火点燃漆黑的夜幕，我们并肩而立，在日与夜的交会处，静静地看一场落雪夕阳。

良久，我呼出一口气，慕容棣向我伸出手来，我却后退一步，冷静地说：“我们和离吧。”

他定定地望向我，我的声音生硬而麻木：“我爹走了，我没什么牵挂了。慕容棣，从今往后，我放你自由。”

雪下得更急了，风呜咽着卷过树梢，我抬手摸了摸肩，一片冰凉。他的嘴动了动，对上我的视线后，一片沉默。

霜雪落满头，也算共白首。

我曾想与他地久天长，到了最后，也只剩了这浅浅的一痕雪白。

我们平静地和离了，除了我与他，再无第三人知晓。

从此，他在楚地高高在上，我辗转到温泉行宫，再也与他无干。

临行前，我挑开马车软帘，看着他皱眉的脸笑了笑：“盼了这么多年，你终于摆脱我了。”

他的眉头皱得更紧，颤抖的手紧握成拳。

从前，他的每一句话，每一次蹙眉，都深深地烙在我心里，让我在夜里辗转反侧，无数遍地思量。如今，我终于发现，把他放下之后，我轻松了不少。

过往的一切都还在，爱或者恨，都将纠缠我到永远，不死不休。

唯独一颗爱他的心，已经疲惫不堪。

终

唐历二十一年，慕容棣驾崩。

我怀抱他的遗物，独立在杏花树下，在漫天纷扰的花瓣里，打开陈旧的木盒。

盒子里装着精细的木雕小人，穿着红裙，眉心点着朱砂，同曾经的我一模一样。

我摸摸木人，打开压在最底层的折子戏，一页一页地翻开，里面写的，全是我们跌跌撞撞又相互错过的过往，那个蛮横骄纵的我，那个不胜其烦的他，还有，当年在漫天的飞雪里，他从未说出口的那句话。

我闭上眼，泪如雨下，浸湿苍劲的字，模糊了戏里的那一句：我们从头来过，好吗?

这就是我们的爱情，这就是我们的一生，一个情起时，另一个却已然心死。

我跌坐在地上，想起那年他在我耳边说的话，他说：“宋鸯，我的皇后，只会是你。”

然后，慕容棣这一生，从未纳妃，三宫六院，只有一个皇后。

那个皇后，名叫宋鸯。

当初他这样说，我没有信，于是他用一辈子来证明给我看。

我大笑出声，眼泪一颗颗落下来。可惜，我们此生，不过是霜雪满头，从未有过机会，相扶白首。

浮生一尺雪

有人埋痴，有人寻念，偏偏两处冰绡，错承了月华千千片。

冰心谱

✲苏非影

一瞬之后便心心念念不再忘记，岁月静好，有卿足矣。

一

天韵宫最有名的琴师墨音清殇，三天前宣布退隐江湖。

冰叶的手腕一抖，杯子落地。

退隐？她千辛万苦才来到麟州，却偏偏在离目的地只有一步之遥的地方，失去了他的行踪！

这一次，让她上哪里去找他？

她可还有命找到他？

二

四周人声嘈杂，冰叶的眼神蓦地一凝，紧了紧背上的包袱，迅速走出了茶楼。

行至一条人烟稀少的小巷，四周渐渐围拢起一群手拿利刃的黑衣人，个个目露凶光。她慢慢朝后退去，将包袱抱在怀中，后背紧贴在墙上，目光沉静而戒备。

“从雅陵一直追到这里，还真是难为你们了。”

“孙姑娘难道不知道是为了什么？”为首一人冷笑道，“只要姑娘肯乖乖地将冰心谱交出来，我家公子自然不会为难你。”

听他说到“我家公子”时，冰叶心中顿时涌上一股涩意，咬牙道：“你叫云沐阳来见我！”

那人却哼了一声：“公子忙着准备和兰小姐的婚事，可顾不上理会你。孙姑娘，我劝你还是不要敬酒不吃吃罚酒，不如……”

话还没有说完，冰叶却突然拔高身形，跃上高墙，飞奔而去。

立刻有人执着兵器追上，刀剑齐下，竟是不留活路的杀招。冰叶奋力躲闪抵挡，心中却如针刺斧凿，刀刀见血，痛不可抑。

云沐阳，云沐阳，你我也算相交一场，你竟忍心下这般杀手！

眼看高墙尽头连着一座屋宇，再也无路可退，冰叶深吸了一口气，抽出匕首逼退了最近的几个人，飞快地盘腿坐下，从包袱里抽出一件东西。

乌沉木色，玉柱清漆，金银长弦亮得耀眼。

竟是一把琴！

她堪堪将琴置于膝上，刀刃已逼至眼前。来不及多想，她凝神聚气于指尖，朝那两根金色的琴弦重重拨下——

刺耳如铁器刮擦的声音响起，如有无形的波动如海浪般阵阵漾开。她身前的人顿觉脚下一滞，仿佛被铜墙铁壁挡住。当第二声琴音响起时，便有看不见的锋刃席卷而来。首当其冲的刺客尖叫起来，却不知道究竟哪里受了伤，纷纷捂着胸口从高墙上摔落，血珠遮天蔽日，染红了眼前的天幕。

“冰心谱！是冰心谱！”

有人大叫起来，冰叶的嘴角牵起一丝微弱的弧度，鲜红的血蜿蜒而下。

冰心谱？不，不是的……她并不通音律，杀人的是这把琴——这把叫作“冰心”的九弦琴！

然而——

“放心，那丫头根本不会弹琴，她内力不济，撑不了多久的，大家一起上！”

好，很好，云沐阳连这个秘密都告知了宇文家，他可真是宇文家的好女婿！

嘴角涌出了更多的血，冰叶几乎能听到全身血脉突突跳动的声音。她吐掉口中的血沫，凝起全身的力气，重新拨下那根杀人的弦。目光，决绝。

一个月前，东明城主宇文少游为了得到爹爹平生所铸的最后一件武器，派人屠戮雅陵，洗劫一空。在地道里，奄奄一息的爹爹将这把“冰心”交到了她手中。

“冰儿，这把琴是为父毕生心血所铸，一旦落入贼人之手必会引起天下大乱。你一定要将它交给一个配得起它的人！”

爹爹口中“配得起”的人，便是麟州天韵宫的琴师墨音清殇，人称“逍遥琴”。

可惜她还没有见到这位传说中技艺高卓的琴师，还没有完成爹爹的遗愿，就要死在这里了……

不知过了多久，冰叶终于悠悠地醒转过来。

入眼是一张华丽的大床，帐子上绣的百花图十分晃眼。

“你醒了？”

一个慵懒的声音传进耳中，她转过头，看到了一张陌生的脸。五官俊朗，眼带桃花，是个岁数不大的年轻男子，穿的衣裳就跟这张床一样华丽。

她立刻心生戒备："你是谁？"

"这话应该我问你吧，你又是谁？为什么会晕倒在我家院子里？"他慢条斯理地说着，一边倒了一盏茶递过来，"来，喝口水吧。"

原来方才那堵高墙的尽头竟是他家院子。

她不接，只是皱眉问道："那些人呢？"

"什么人？"他不动声色地放下茶杯，"我只见你晕倒在我家花丛里，可没见到别的人。"

冰叶低头不语，她操琴之时耗费了太多心力，只记得眼前最后的景象是黑衣人挥舞着兵刃蜂拥而上。本以为必死无疑，却不想为人所救。可那些杀手和被琴音所杀的人，又去了哪里？其中，究竟还有什么曲折？

思忖了半晌，她终于抬头看向眼前的陌生人，点了点头，略略一笑："我叫冰心，多谢相救。"

他一愣，目光转向窗外，片刻后笑道："我叫木樨。"

这名字自然不是真的，因为在他目光掠过的窗外正有一树木樨，花开正盛，香气扑鼻。

三

冰叶的内腑受了重创，不得已，只能留在木樨家中养伤。

这一住，便是一个月。

原本非亲非故的，她不想打扰他，更不想因此和陌生人亲近。只是木樨这人实在有些无赖，号称当初救她之时用了最上等的伤药，请了最上等的大夫，若是她要走，便得把这笔账清算了。

她把身上所有的银子都掏出来，他摇头说不够；她又把为数不多的体己首饰拿出来，他还是说差那么一点。最后他提议，要不把你包袱里的琴送我吧，上好的木料，真金白银的弦，可值不少钱，足够我把你医好了。冰叶顿时大怒，不顾伤势，翻身下床，拿了琴就要走。

可是最后她还是没有走成，因为没走两步便晕了过去，醒来的时候木樨正搂着她的肩膀，小心地喂她喝药。从那天之后，他就再没有提过那把琴的事。

平心而论，木樨对她真的很不错，吃住用药不说，请来的也的确是上等的大夫。那个被他称为"半吊子医生"的年轻人，虽然看起来一副好脾气的模样，医术却甚是高明，不过养了一个月，她的内伤已经好了大半。

冰叶也不是不谙世事的姑娘，她知道年纪轻轻就拥有这般医术的人绝不可能在江湖上寂寂无名，自然，能请得来这样的人给自己治伤的木樨也绝非泛泛之辈。可是每次她的旁敲侧击，到最后都会被他一一化解，他一口咬定自己只是麟州某个富商家的纨绔子弟，平生只懂风花雪月，认识一些江湖人物，如此而已。

那天中午，当木樨带了两只新买的画眉来找她玩的时候，冰叶突然问道："木樨，你知道天韵宫吗？"

他收回逗鸟的手，挑了挑眉："这么有名的地方，当然知道。"

"那你可认识墨音清殇？"

"逍遥琴墨音清殇？"他不禁失笑，"我怎会认得那样的大人物？听说他已经离开天韵宫了，你找他有事？"

冰叶沉吟了片刻，摇了摇头："家父操琴，所以对他特别关注一些。"

她告诉木樨，自己是西陵州琴师的女儿，父母双亡之后带着祖传的古琴来到麟州，路遇强人，才会落难至此。

这番话里有很多破绽，可他什么也没问，清湛的目光凝定在她低垂的眉睫上，在她看不见的地方，眼波一瞬温柔。

"冰心……"

"嗯？"

"其实本公子也略通音律，你家祖传的那把琴，不如卖了给我，也可以免去你的……"

"不行！"不等他说完，冰叶便出声打断，玉雪凝脂般的脸上浮起一丝因激动而起的红晕，"虽然……虽然我欠你良多，也不知道这辈子是否还得清，可是这件事，请恕我不能答应！"

——因为这把琴，非关风月，只为杀人！

木樨也不以为意，笑了笑："小气。"

他转过头去，径自吹起口哨逗弄笼中那两只画眉，温和的眼中，却慢慢敛去了笑意。

哨音清越悦耳，有一种特别的韵律，只是断断续续，音节不全，也不知是首什么曲子。

冰叶听得有些发怔，半晌，才又低下头道："叨扰数日，我该走了。"

冰叶想去的地方，是麟州百里之外的停云山。

她受伤前曾听人说过，墨音清殇最后出现的地方便是停云山。

她不能再连累别人了，红尘俗世的羁绊，只会让她丧失斗志——比如，那个萍水相逢却给予她温暖的，自称木樨的"纨绔子弟"。

只是没想到，临走那夜便有人找上门来。

那时候，木樨正端着一盏清茶一言不发地看着她收拾行李。她的伤还未痊愈，收拾片刻便要坐下歇息，他也不劝，只是将手边另一盏茶推到她面前，不管她何时举杯，杯中的茶水都是温热的。

随后，她便听到了夜行靴落在屋瓦上的轻微响动。

不过片刻，院子里也传来了脚步声，来者不下十人。

想必是东明城的杀手没想到她竟敢留在原地养伤，因此颇费了一番周折才找回了此处。

到底，还是连累了他……

冰叶一咬牙，负上琴就要跳窗而出，却被木樨一把拉住。他的手劲出乎意料的大，她一时挣脱不开，被他拉了回来，踉踉跄跄地跌倒在床上。

她吃了一惊，刚想问为什么，他却一撩袍角，随之跨上了床，修长的身躯覆下，将她紧紧地压在枕衾之间。

一时间，眉眼相对，不过一指的距离。

冰叶顿时慌乱起来，也不知是因为他近在咫尺的气息，还是因为四周越来越近的脚步声。

"木……"

不等她说完，他便伸手捂住了她的唇，另一手轻轻一挥，绣满百花的纱帐应声而落，挡住了明灭不定的烛光。

"别动，也别说话。这是南海鲛丝织成的纱帐，能挡百毒！"

低低的声音在她耳边响起，她定了定神，望了一眼华丽的罗帐，心头一凛，帐外红雾弥漫，那是东明城名震江湖的"红酥手"，见血封喉的毒。

他的瞳仁如浓墨般漆黑，一眨不眨地盯着她，那样专注，几乎能看进她的心里，逼得她生生地有了错觉，仿佛自己倒映在他眼中的模样，已如刀斧般刻下，痕印深深。

就是那样一刻，她却觉得时间很长很长，长得她都要忘了身在何方。

可其实，只有那么短的一刻。

他淡淡一笑，眼神流转着莫名的温柔："你在这儿乖乖躺着，我出去一下。"

她根本说不出挽留的话，甚至连动一下都做不到。他在松手的同时已经顺便点了她的穴道，她真的只能"乖乖躺着"，别无他法。

冰叶看着他挥帐而出，身影消失在帐外浓重的红雾中，心中的担忧和害怕顿时倾巢而出。

……那是剧毒啊，傻瓜！就算你能请得动天下名医，就算你真的有万贯家财，碰上"红酥手"，也是会死的……

当初爹爹在她怀中渐渐冷却的那一幕，又重新出现在眼前。都是因为那把琴，都是因为那个天下第一的传闻……每一个靠近她的人，都会死……

她终究还是因为眷恋他的温暖，晚走了那一步……

忍不住，泪盈于睫。

四

这一夜，仿佛有一辈子那样漫长。

冰叶一直没有合眼，听着纷乱的脚步声远去，眼睁睁地看着残烛熄灭，木樨却始终没有回来。

深夜风起的时候，她仿佛听到很远的地方传来隐约的琴声，也不知是谁有这般兴致对月抒怀。也许是心中有事，那遥远的琴声听在耳中，平添了莫名的幽怨，终于有眼泪承不住重量，缓缓滑落进如云的秀发。

这是她第一次为了爹爹以外的人，泪如雨下。

等她的手脚可以行动自如的时候，窗外已经微微透白。一屋子清澈的晨曦，昨晚那些杀人的红雾已经消失了。

冰叶也顾不上手脚酸软，一把拉开了门，跌跌撞撞地冲了出去。

她要去找他，不管他在哪里，不管他是死是活……她都要找到他!

谁知刚冲到路口，便看到木樨提了一只精美的食盒慢悠悠地朝她走来。

趁着她呆怔的时候，他顺手牵起她的手，笑道：“我替你买了早点，回去吃吧。”

他看起来干净而优雅，和昨晚之前没什么区别，反倒是她失眠了一夜，模样十分狼狈。

“木樨，你……”

她不知道该怎么问。

“你这副惊讶感动的表情，是看到我太高兴了吗？”他笑着张开双手，“如果想要抱我，我是不会介意的。”

说完，他的手臂真的围拢起来，将她虚虚地圈在胸前。冰叶急忙推开他，红着脸往回走。幸好这是清晨，街上的人不多，可她还是走得很快，一言不发。

吃着红杏斋玫瑰杏仁糕的时候，木樨告诉冰叶，自己虽然不学无术，不过跑路的本事还算高明，因此昨晚多跑了几条街便甩掉了那些刺客，甚至最后还能有时间赶回红杏斋买早点。

冰叶只是轻轻地“嗯”了一声。

东明城宇文家的刺客，个个被训练得身手不凡，如果他光靠轻功就能摆脱他们，那他的轻功究竟有多高？恐怕当世也无人可比了。

其实她已经看到在他刻意掩住的袖口下，有一道细细的伤口蜿蜒入袖。

伤不深，却是新伤。

她必须走了，再留下来，只会一再地连累他，而下一次，恐怕不会那么幸运。

不管他是谁，她已经……已经不愿意看到他受到任何伤害。昨夜那种噬骨的恐惧和无力的焦灼，她不想再经历第二次。

临别的那天，天上下着雨。

他撑着伞送她到门口，微笑着：“送君千里终须一别，我就送你到家门口吧。”

她张了张嘴，却只说了声：“多谢。”

“那，你什么时候回来？你还欠我很多钱，若不回来，本公子岂不是血本无归？”

冰叶沉默片刻，扯下脖子里的红绳放进他手中。红绳的尾端系着一个带着精巧机簧的小镜盒，里面放着她的生辰八字。这是出生那天爹爹亲手做的，已经陪了她整整十八年。

“以此为凭，若三个月里我能回来，便把钱还给你。若回不来……”她朝他笑了笑，笑颜仿若带着朝露的春花，“若我回不来，你就把这东西扔了吧。欠你的，下辈子再还。”

她策马而去，不曾回头，不敢回头。

可她若是能回头，一定能看到细雨中独立伞下的一袭青衣，他望着她离开的方向，任凭风拂起发梢，眼神温柔专注，久久，不曾移开。

五

冰叶曾想过，去停云山的这一路一定会再次遇到东明城的刺客，却万万没有料到，遇到的，竟会是云沐阳。

曾经在雅陵学艺，如今却贵为东明城乘龙快婿的云家少主，云沐阳。

再次见到他的时候，她正在山下的清溪边洗手，一抬头，便看到一个风姿绰约的身影立在溪边，正从溪水的倒影中看她。

冰叶第一次遇见云沐阳，也是这般情景。她在溪边捉鱼儿，他从溪水里看她，声音清朗柔和：“姑娘，请问这里是雅陵吗？”

那一眼，也不过是在数月之前……

恍惚之后，她倏然跃起，后退数步，举起手中的匕首，目光如剑。

“你来做什么？也要逼我交出冰心谱？”她冷笑一声，“娶了宇文家的女儿，这么快就变成宇文家的狗了！”

云沐阳并没有生气，沉默地看着她，俊朗的眉宇间满是忧伤。他隔着溪水叫她的名字：“冰叶……不是你想的那样，我没有做任何对不起你和伯父的事，这一切都是误会！”

冰叶根本不信：“若不是你，东明城怎会出动杀手，雅陵怎会变成一片废墟？”

他并不急着辩解，只是缓缓摇头，容色诚挚哀痛：“那场杀戮，我真的完全不知情。若不是前几日宇文兰一时不慎说出真相，我至今都以为你和伯父在雅陵过得很好。那天一听说此事，我便……我便连夜赶来找你……”他长叹一声：“冰叶，你若不信，我愿意死在你手下，绝无怨言！”

宇文兰是云沐阳的未婚妻，也是东明城主宇文少游的堂妹。世家小姐向来飞扬跋扈，冰叶也早听说过她的骄横，据说当日庙会见了云沐阳一面，便百般央求宇文少游，非云沐阳不嫁。

这次东明城出手夺琴，想必她也出了一份力。

冰叶一咬牙，握紧匕首便飞身刺去：“那好，你下了地府和爹爹解释！”

寒光闪处，云沐阳竟然真的不闪不避，只是定定地看着她，眼波一片温柔。

这样的目光，让她刹那间想起了许许多多往事——

那时候，云沐阳奉父之命来雅陵学习机杼之法。他与她本就年龄相仿，更难得的是兴趣相投，于是便有了无数次林中比剑、月下煮酒。他们曾并肩在檐下看雨论技，也会像没长大的孩子一样偷偷溜走去抓漫山遍野的流萤……

世外桃源般的雅陵，不谙世事的少年，欲说还休的心事……不管是何时想起来，他留给她的始终是谦和温柔的模样——只除了那一次的不告而别，只除了东明城杀手带来的那句“云公子要和小姐成亲”。

真相究竟是什么？他……真的是无辜的吗？

她还是，不忍心。

她下不了手！

手下一偏，锋利的刃从他颊边划过，留下一道浅浅的血痕。云沐阳伸手将她揽进怀中，低柔的声音拂过她的耳畔：“冰叶，对不起。”

她仿佛听到了来自雅陵的风，有泪水婆娑，湿润了眼眶。

此后数日，云沐阳一直陪着冰叶在停云山里寻找墨音清殇。

他告诉她，当日自己离开雅陵是因为父亲称病，回家才知是一场骗局。东明城一声令下，江湖中没有多少人可以违抗。若他不娶宇文兰，不光云家会受到牵连，恐怕连雅陵也难逃灾厄。

权衡再三，他选择了接受和远离，却没想到结局并不因此而改变。

他握着她的手，反复说着“对不起”。他说，等把琴送到墨音清殇手中，便会陪着她遁去红尘，从此天涯海角，无拘无束。

可每当他许诺将来的时候，冰叶眼前总会不由自主地浮现出另一个人的模样。那个人会用一双带笑的眼睛看着她，慢条斯理地说道：“你欠我的钱，什么时候还？”

什么时候还呢？

若真有了结的那一天，她会回去找他。可她什么也没有，他会不会挑着眉毛说：“你这么穷，拿什么来还本公子的债？”

若是真的还完了……会和云沐阳一起离开吗？

她不知道。

三日之后，他们几乎踏遍了整座山，却还是没有发现墨音清殇的行迹。

停云山最高处名唤雾崖，顾名思义，崖底终日云气缭绕，临渊如入仙境，深不见底。

此刻冰叶正站在崖边，呆呆地望着脚下翻滚的白雾。云沐阳自身后走来，将她轻轻揽进怀中，嘴唇贴住她的耳郭。

“不要紧的冰叶，并不是非要找到墨音清殇不可，天下能用那把琴的人还有很多……”

她似乎承受不住这般灼热的气息，脚下微微地晃了晃，却只是低着头不作声。

“冰叶，你为何要如此执着呢？”他继续轻叹，声音柔软蛊惑，“这样不累吗？放下吧好不好？只要放下这些责任，放下这把琴，你就自由了……”

“放下，然后任由你交给宇文世家吗？”

她的声音骤然响起，寒冽如冰，却又坚硬如铁。

背后的身躯微微一震，半晌才道：“你在说些什么？”

她慢慢地转过身来，双眸如一片荒芜的雪原，冰冷而空旷，嘴角却挂着讥诮的笑意：“我差点就相信你了……可惜，就差那么一点点。云沐阳，你根本不是来道歉的，自始至终，你都是为了那把琴！”

他看着她，慢慢地，温柔的眼神变得幽深起来，那是一种凌厉的，甚至带着点杀气的目光。

“冰叶，没想到三月不见，你长进了不少……你是怎么看出来的？”

“第一，身为宇文兰的未婚夫，你怎么可能如此轻易就离开东明城？第二，你既然是偷偷离开东明城的，那些刺客想必会知道，那么这三天里为什么没有人再来夺琴？第三，也是最重要的……”她深深地吸了一口气，“云沐阳，你并不爱我。”

他一愣。

“你对我再怎样温柔，给我再多的承诺，都无济于事。我知道，你不爱我，至少不像你说的那样愿意为了我而离开宇文兰。”她笑了笑，笑容中却并没有苦涩，唯有解脱和了然。

“真正喜欢一个人，不是像你那样的。”

他皱眉道：“你又怎会知道我的心……”

她打断他：“我会知道，只因为，我也已经不爱你了。”

喜欢一个人，是在相对的时候会无措，是在离开之后会想念，是在他有危险的时候，会整夜整夜地无法成寐。

那个人，不是云沐阳。

六

云沐阳长长地吐了口气。

“冰叶，我是喜欢你的……”

“说谎！”

“我喜欢过你，也曾想过和你一起留在雅陵，可是那样平静的生活虽好，却不是我真正想要的……我想要的东西，只有宇文兰可以给我。东明城的势力，天下人梦寐以求！”

“所以你才将爹爹铸造最后一件武器的事告诉了宇文世家，然后联合他们来灭了雅陵，是不是？”

说到这里，她已经是声音沙哑，满眼泪光。

“对不起……”他似是不忍，转开头微微一叹，却突然间双手探出，直取她背后的包袱。

冰叶并不十分惊讶，她早就料到他会如此。

脚步轻错，想要躲开这一招，却不想内息一阵空虚，竟提不起半点力气，原本轻灵的脚步也滞涩非常，好不容易才避开第一招，第二招无论如何也避不开了。她知道自己一定是在不知不觉中被他下了毒，顿时一咬牙，飞快地解下包袱，伸手置于悬崖之外。

“你若来抢，我便把这琴扔下去！”

凄厉的声音在风中回响，云沐阳骤然收手，面色阴晴不定地看着她。

“冰叶，此琴一毁，雅陵老人毕生的心血也就毁了，你真的忍心？”

“总好过落入宇文狗贼的手中！”

“你错了……”他摇头道，“这把琴自诞生之日起，便是为了杀人而存在，就算是墨音清殇亲临，也只能用它来杀人。既然如此，为什么不让它物尽其用？”

他一边说着一边朝她靠近，身后的树林里出现了数十个黑衣人，正是长久以来追杀她的东明城刺客。

不知不觉间，她已被团团包围，再无退路。

云沐阳朝她伸出手，眼神一如从前般温柔：“冰叶，不要再反抗了，这三天里，我已经在你的食物中下了化功散和百仙草，你逃不掉的……来，听话，把琴给我，我可以求城主放你一条生路……”

她对他的劝诫充耳不闻，冷笑一声，抖开包袱，将那把乌木琴抱在怀中，在崖边坐下。

“要琴，自己来拿！”

左右不过是个死，她不怕玉石俱焚，琴，绝不给！

只是……欠那个人的承诺，却是真的要下辈子再还了。

琴声骤响，却刺耳尖厉。

云沐阳知道利害，立刻倒退三丈，身后的三人却遭了殃，正被声浪击中，五官顿时迸出血珠，瘫软在地。

只是琴声虽厉害，她却只能弹一次。

内力已为化功散所消，神志也被百仙草侵蚀，仅剩的力量不足以维系琴音，原本的伤就未好透，这一次，更是伤彻筋骨。

她望着三丈外急急赶来的云沐阳，伸出纤细的手指擦了擦嘴角的血迹，缀着嘲讽的笑，抱住冰心朝后倒去。

脚下，是空的。背后的万仞悬崖和苍茫云海，会成为最好的埋骨之处。天上地下，从此再无一人能找到她！

她闭上眼倾听人世间最后一缕风，耳边却突然传来了熟悉的声音——

"冰心！"

是谁？谁会这样叫她……

她睁开眼，看到一袭青衫迎风舞动，飞扬的发梢划过她的脸颊。她感觉到他拉住了自己的手臂，感觉到胸口的温热，感觉到身体不再坠落如断翅的鸟。

她看到熟悉的眉眼，忍不住惊呼出声："木樨！"

他……怎么会在这里？

当她被木樨搂住重新回到悬崖上的时候，只看到云沐阳和黑衣杀手们阴沉的脸。

"你是什么人？"

"我嘛……"木樨将她轻轻放下地来，嘴角缀着笑，眼中却透出冷意，"我啊，是一个喜欢的姑娘被你们逼得跳崖，所以心里很生气的男人。"

云沐阳冷笑："竟敢和东明城作对，你可知道会有什么后果？"

"后果？"木樨扑哧笑了一声，"我也不是第一次和东明城的人作对，倒也不见宇文少游能奈我何。"

狂妄的语气立刻引起了黑衣杀手的不满，纷纷围拢过来，手中刀剑闪着刺目的寒光，只等云沐阳一声令下，便要动手。

冰叶拉了拉他的衣角，虚弱地唤道："木樨……"

他不理会四周一触即发的形势，低下头柔声道："对不起……我本想遵守约定等你回来，可是才过了一天就忍不住了。偏偏就差了那么一天，若我早些忍不住，你也不会受这些罪……"

他的话虽说得轻松，语气却不若往日般戏谑，眼中的自责和怜惜，她看得真切，忍不住笑出一丝浅浅的弧度："你刚才说……你喜欢的姑娘……是我吗？"

他抿了抿唇，郑重地点点头："所以冰心，你欠我的东西又多了，不可以赖账。"

"我不叫冰心！"她突然打断他，急促道，"我不叫冰心，我姓孙，叫冰叶，我是雅陵老人的女儿。你知道雅陵吗？雅陵……以铸造武器闻名天下……对不起，我之前都骗了你……"

他挑了挑眉，却并不惊讶，只是将她搂得更紧了一些，手指压在她的唇上："先别说了，等你好了再慢慢说给我听。"

"不行……再不说，就来不及了……"她挣扎着去握他的手，"听我说木樨，你还记得吗？你曾经问过我，为什么我的琴会有九根弦？"

不等他回答，她便一句接着一句道："因为……这是一把杀人的琴！"

"金银弦能弹出特殊的音律，只要辅以内力，便可以隔空取人性命。这是爹爹此生所做的最后一件武器，他临死之前，嘱托我一定要把琴交给可以善用它的人，这个人就是天韵宫的逍遥琴墨音清殇。

"可我……来不及找到那个人了，冰心若没有深厚内力驾驭便会反噬自身，我……我不得已……"她慢慢地侧过头，将冰冷的脸颊靠在他的手掌中，低低道，"我求你……最后一件事……"

他慢慢地"嗯"了一声。

"将这把琴毁掉，然后离开这里……把我……忘记吧！"

"欠你的，只能下辈子再还了……"

每说一句话，神志便远离一分。她用尽全力，却不知那句话究竟有没有说出口："我一直记得，遇到你的那一天，窗外的花开得很香，很香……木樨，我喜欢你……"

她缓缓地闭上眼睛，恍惚中，听到云沐阳恼羞成怒的一声“杀”，听到了周围纷乱的脚步声，听到了无数刀剑的劈刺声。她感觉到怀中的琴被取走，她能听到那个青衣男子低微的叹息——

“你在找我……为何不早说呢……”

刹那之间，耳边有琴声响起，声声清澈，古雅悠扬，仿若九天散播下的天籁。这曲调依稀熟悉，是那时候他逗弄画眉的哨声，是那一夜在麟州夜色中传来的琴乐……其实真相一直近在眼前，只是彼此都未曾留意……

隐隐有惊慌的呼喝声传来——

“是《九霄》！……天韵宫的九霄曲！”

“你……你难道是墨音清殇？”

她没有听到任何回答，失去意识的一瞬间，耳边只有绵延不绝如泻玉流冰般的琴声。琴声中夹杂着凄厉的惨叫，明明是杀人的琴，明明是杀人的曲，在她耳中，却有一种缠绵到极致的韵律，一声声撩拨心弦……

虽然有种种的错过，最后，却终于还是被我找到了。

七

最近江湖上有很多传闻。

有人说，雅陵老人曾在临终前铸造了一把绝世兵器，江湖上各路高手竞相求之，可这件神器却随着雅陵的灭门，从此绝迹。

又有人说，八月十五月圆之日，距离麟州百里之外的停云山巅有人抚琴夜歌，次日山中发现了数十具东明城杀手的尸体，个个死状惨烈，不知为何物所伤。而宇文兰的未婚夫云沐阳，则手足尽断被人送回东明城，此后再无消息，两家的婚约也不了了之。

还有人说，那晚停云山的琴声是已然退隐的墨音清殇所奏，而雅陵的杀人武器，最后是被天韵宫所得。

甚至有人说，所谓杀人武器，不过是天韵宫主新作的曲子，光凭音律便能隔空取命……

不管如何，八月十五这一天之后，东明城宇文氏和天韵宫的关系更如雪上加霜，一触即发。

只是这一切，都已经是后话了。

停云山，落英谷，芙蓉开遍。

清朗的月色给精致的竹屋镀上一层柔和的光晕，屋中传出若有若无的一缕琴音，婉转低回，缱绻非常。

琴声中夹杂着女子的轻叹：“原来你说的半吊子大夫竟是天韵宫的神医司空半夏先生，罪过罪过……”

琴声一顿，一个慵懒随意的声音笑道：“若不是司空还有点本事能把你的伤治好，以后我就叫他庸医，连半吊子都不是。”

女子忍不住咳了两声，十分无奈：“哪有你这样谢人家的？”

男子倒了一盏茶喂她喝下，叹道：“司空我倒是不怕，只是……宫主的曲子竟被我用来杀人，他只怕是要生气。”

女子急道：“此事是因我而起，我去替你说……”

他低笑一声，语声喑哑：“傻姑娘，你的事自然便是我的事……”

“你……嗯……”她的声音突然间被淹没，许久后才传来细细的喘息，微嗔道，“大名鼎鼎的逍遥琴，竟是个无赖！”

他笑道：“咦，原来你将贴身之物送我，又将视若性命的琴交给我，不是要将终身托付给我的意思吗？”

一句笑语，却让她半晌无声。

琴声再度响起，恬静美好，如屋外纯净平和的月夜。

“其实我更喜欢你叫我木樨……我记得那一天你自我房中醒来，窗外的桂花开得正好。你假装镇定地对我说你叫冰心，那时我知道一定是假的，却不忍心拆穿你……”

有很多时候，能维系一生一世的幸福或许只在一瞬间——一个眼神，一句话，甚至是，一树花香。

一瞬之后便心心念念不再忘记，岁月静好，有卿足矣。

梨花劫

陈小愚

一、什么是江湖?

我叫离莫愁，离欢谷谷主离恨天的独女。

十七岁以前，我一直生活在与世隔绝的离欢谷，从未出谷半步。

离欢谷太静了，有时躺在檐下一整日，能听到风吹竹帘，草木生长，还有竹林里传来的清幽笛声。

吹笛的是我师兄音尘，他年长我十八岁，在我八岁时从谷外来拜师，在谷口跪了七天。

那时我问他从哪里来，他说他从江湖来。

我第一次听说江湖这个词，就像我听到大海这个词一样，憧憬向往那浩瀚波荡，风刀霜剑，一如音尘笛声里吹奏的，我不曾到过的世界，不曾见过的人。

后来我问我爹："江湖是什么？"

他说："江湖是人，偶尔侠义长情，偶尔奸险莫测。你怎么看江湖，江湖便怎么看你。"

我爹是练功走火入魔去世的，他去世时，我十岁。

气数耗尽前，他把我娘召到床边说："我死后定有人找上门来，有报恩相助之人，也有恨我入骨的仇敌。仇敌之中唯有一人，他没有名字，江湖中人称他无名，是个武学奇才。他跟我比武时，我还未遇上你，我和他约定永不娶妻生子，只以武学为伴，深研武学。若有违约，一方可取另一方性命，若违约之人有后，可免一死。"

"不过，违约人之后若是儿子，满十七岁要拜一方为师，终身不娶，女儿则要被对方收为奴，终身不离。我离恨天这一生顶天立地，恩怨分明，唯有这件事使我有愧不得释怀而去。如果是个男儿，拜无名为师也好，终身不娶也罢，可恨是个女儿……"

我爹话还没说尽，人就去了，张着口瞪着眼，直直地望着我。

那天之后，我不再是个女孩，不再学琴绣花，而是舞刀弄枪。我扎起男孩扎的高发髻，穿起男孩穿的素色竹染青衣，三更起床练习我们离欢谷的独门剑法。

那剑法名唤离殇，乃我爹与无名二人共创，他也正是练离殇走火入魔去世的。

我娘说，这世上最难超越之人便是自己，我爹没能过得了他自己这个坎。

教我剑法的是音尘师兄，他尽得我爹剑法真传，且笛子吹得犹如仙人，写得一手好篆字。

他喜欢穿一身不染尘埃的白袍，练剑的时候喜欢喝酒。他腰上挂着那通透翠玉的笛子，也常常挂着一壶酒。酒是他自己酿的，他给这酒取名竹叶青，那是一种常在竹林出没的蛇，有毒。他说酒本是毒物，人心有毒，凡世之人大多用来以毒攻毒。

音尘这个名字是他来离欢谷之后我爹给取的，也是当年入谷的形式之一。不管你是谁，入离欢谷拜师必须抛弃前尘往事及身份名字，终身不得提及。

我爹常说江湖中人要有原则，江湖中人要为自己立定行事风格。你可以做一个冷血无情的人，也可以做一个儿女情长的人，但不能没有原则，不能没有规矩。

我爹给离欢谷立了很多规矩，其中最重要的一条：外若无人，入谷不得出谷；如果有两个人要入谷，一定有一个留在外，另一个才能出去；如果有一群人入谷，最少要留下一半在谷外，其他人入谷后才能出去；入谷不能携带兵器，入谷者不得过夜。

离欢谷入谷口地形险恶，有多处暗道，稍不慎便会落下深洞。洞底是热泉，泉水高温达八九十度，如果没有谷内人带路，不可擅自行动。

二、风萧萧兮易水寒

我爹死后，这些他定下的规矩自然也不复存在。谷里的人自然可以在谷里来去自如甚至出谷，谷外的人入谷也不会提前打招呼，而入得了谷的一般皆是高手。

即便如此，几年下来也无人敢轻易冒犯我和我娘，因有音尘在，尽管他整日醉醺醺，卧在竹林上喝酒。

我以男儿身份跟随音尘练了近七年的剑，逐渐习惯了自己的男儿装扮，以及腔音步调。音尘说我天赋过人，剑法已经可以与江湖高手匹敌，我在最后一次和他比剑时打败了他。

从一开始我就知道自己总有一天会打败他，赢下的不是剑术，而是人心。他的心不在剑上，而我一心只想赢。

十七岁生日那天，我娘对音尘说："你要走就走吧，离欢谷不是你躲避一生的地方。江湖那么大，总有你的容身之所，该面对的还需去面对，我和莫愁也会面对我们注定要面对的劫数。"

我爹死后，我娘一直郁郁寡欢。她念了十几年的佛，言语里常常带着一种通明大义。

笛声在离欢谷北面的竹林吹了一夜，风萧萧兮易水寒，音尘走时，他把他的剑送给了我。

一把很轻很轻的剑，剑柄镶嵌着一朵玉石雕刻的梨花，名曰玉梨剑，锋利无比，削竹似泥。音尘从未在我面前把它拔出鞘，他说这剑衬我，是属于我的剑。

我爹生前曾说，高手总是把自己的剑隐藏得很好，不出鞘时局面在握，出了鞘，则是遇上了真正的对手，同时也把自己置于危险境地，往往到了你死我活的地步。

高手出了鞘的剑，那就是必须在生与死之间做个选择。

音尘对我说："日后你学有所成，做回你自己，可以到洛阳浣花楼找一个叫婉儿的女人，她会告诉你我在何处。"

他伸手抚了抚我少年式的发髻说："莫愁，你长大许多了。"

从我八岁第一次见他，我就喜欢跟在他身后"音尘、音尘"地叫他。

他说："小丫头，你该叫我师兄。"

我偏不，我喜欢叫他音尘，有好吃的我想分给他吃，有好玩的也想拿给他看。

"保重，小丫头。"音尘背向我，他的青色长衫在风中形成扇子的形状，腰间的笛子翠玉通透。他轻轻一跃便消失在竹林间，不留一点去向的痕迹。那竹间刮来的风，却如狂风卷过我心上。

我第一次知道，原来有些人的离去，犹如刀割血肉，心头血，心头肉。

等我做回自己，那时，我便可以女儿身去见他。我不再是他的小师弟或小师妹，我是一个女人，我等着那天。

离欢谷的竹林太茂密，不见天日，只有零零碎碎的光从顶上泻下。风从四面八方拐进来，吹响竹叶梢头，"唰唰唰"的声音像有两个绝世高手在竹林之上过招。

我爹活着时总闭关练功，而我娘总闭门念佛，我在竹林里度过很长的一段时光。我一直喜欢这儿，我不当男儿不练剑之前，总是抱着琴一个人来这儿，弹上半日。我弹的是音尘教我的曲子《广陵散》，他说这是别人教给他的，我弹得没有他弹得好。

他不知道我喜欢竹林的原因。

笛声，音尘的笛声，无数个夜里从竹林飘出。笛声里的曲子在讲述一个离别的故事，讲述一个我从未见过的女人，音尘的女人，他在思念她。

音乐传达的无非四个字——悲欢离合。

音尘离开后，我一个人练剑，没日没夜地练，钻研我爹唯一给我留下的剑谱。我知道自己的劫数即将到来，除了练剑，我只去竹林，躺在厚厚的腐朽的竹叶上，听细碎的风声。

几个月后，无名来了。

三、人生江湖，无悲何欢

天空飘着细雨，灰云压谷，无名出现在我和我娘面前。

他和我想象的不太一样，他穿着墨色长袍，看起来很年轻，和音尘差不多年纪，身形也和音尘差不多。

但他是完全不同的人。他的头发很长，乌黑如墨，随意打理，有几缕从额前落在面颊上。他的眉很粗，眼睛深不见底，似深山里的湖。他身上的那身墨黑的长袍，像一团看不透的黑色迷雾，那眼中的萧肃清冷，好像看尽了人生百态，历经无数生死。

他没有携带任何兵刃。

我爹说过，没有兵刃的高手比携带兵刃的高手更危险，他们的危险藏在暗处。

没有人知道他是怎么入谷的，看守谷口的人没有看到他，他好似从天而降。在我爹忌日这天，他突然出现在我爹的墓碑前，洒下一壶烈酒。烈酒燃了空气，让人微醺。

他只淡淡地看了我一眼，那冷淡的目光扫在我身上，像云一样轻，他问我娘："恨天兄可有说起我和他的约定？"

"有。"我娘答。她温柔地注视着我，对我笑得浅浅的，用眼神安慰我不要惊慌。

我没能解读她眼神里更多的含义，我立在边上，望着眼前这个高大男人的苍凉背影。世界于他像一叶轻舟，仿佛他翻手之间，风云便可变幻。

"按照约定，我要带走莫愁，他从此跟着我。"无名的语气冷似寒冰，他几乎没有再看我，背着手笔直地立在我爹的坟前，风吹起他的墨色长袍，卷起一阵微尘。

"如果你要带他走，请把我杀了。"我娘说，她的脸上始终带着温暖的笑。

我来不及发出声，来不及做一些反应，无名已经在我娘胸前挥了一掌。很轻的一掌，我娘瞬间倒下，倒在我爹的坟前，面容平静，没有一丝痛苦，好像等待这刻多时，好像得偿所愿。

"轰隆轰隆"的声音响起，我的世界跟着坍塌。我听不到任何声音，身体却表现得非常平静，双腿移动不得，只是平静地望着我娘倒在我爹墓碑前的身子。她手里握着一串佛珠，嘴角依然带着笑容，那么温婉美丽。我爹曾说，我娘是他在这世间遇到的最美女子，他为她背弃了整个江湖。

脸上有冰凉的东西滑落，那是泪水，可我感觉不到痛。

我红着眼睛，冷静地拔出剑，指着无名，眼泪源源不断地从眼眶里涌出。

我大喊一声朝着无名刺过去，他没有动一步，在我的剑几乎要刺到他的瞬间，他轻轻一弹，动也没有动到我的剑，一股无形的强力已把我的剑弹开。剑掉落尘土中，我的人也跟着弹飞到一旁，一阵颤麻感从手掌一直传遍全身。

我胸口一痛，嘴角已滴落鲜血。

"你杀不了我。"无名冷冷地看着我，他的声音透着一股铁锈般的气息，低沉而萧肃。

沾上尘土的剑看起来很悲哀，所有的锋利都被掩埋。我缓缓闭上了眼，最后两滴泪水从两颊滑落，很快就被风干。

待脸上再没有眼泪的痕迹，我拾起剑，收回剑鞘中，在这个刚刚于我爹坟前杀了我娘的冷血无情的男人身后跪下。

"弟子拜见师父。"我跪在地上，给他磕了三个头。

这一刻我知道自己要什么，我要成为像他这样的高手。只有成为他这样的高手，才可达成所愿。

无名依然没有看我，他只是看向我爹的墓碑，背着我念道："人生江湖，恩仇情怨，剑步明杖，生死徒留，义气使然，无悲何欢。我们江湖中人，有目标才能活，穷尽所有完成目标才算活。从现在开始，你要把杀了我为你娘报仇作为人生的目标，哪天你能把我杀了，你也就自由了。"

四、他在哪儿我就在哪儿

无悲何欢，无悲何欢。

我深深记住这句话，这四个字流入血液之中。

安葬好我娘之后，我跟着无名出了离欢谷。我没有回头，我眼里只有走在前面的无名。

我问他去哪儿，他去哪儿我就去哪儿。

他说："江湖。"

我十七岁第一次出谷，以男儿的身份，拜我的仇人为师。我余生的目的，是杀了他为我娘报仇。我深深记着，这个男人叫无名，他武功高深莫测，我要学会他所有的武功，再把他杀了。

我们在路上走了十天，踏过荒野沙漠，山石大河。第十一天，我们到了最繁华的洛阳，入住洛阳城最大的客栈——风满楼。

风满楼里聚集五湖四海的武林高手，大堂里坐满了谈笑自如的住客。每个人看似身手不凡，在无名踏入客栈时突然纷纷不再谈话，用余光打量他。他们打量他的眼神中带着一种警惕之色，他们每个人都知道，谁能杀了无名，谁就能在江湖扬名立万。

无名只要了一间厢房，他让我住进去，我什么也没问。

夜幕降临之后，他吩咐我只能待在房间里，哪里也不能去，什么也不要看不要听，在这里等他三天。三天之后他会回来带我走，之后他便在门外消失了。

夜晚，屋顶传来轻细的瓦片翻动的声响，房屋外有打斗的声音，刀光剑影，风刮得厉害，窗纸被震得颤颤巍巍，我彻夜难眠。

我想起我爹、我娘，想起离欢谷，想起音尘，我如今只是飘落江湖的一片叶子，无依无靠。我没有哭，我也不会走，我会跟着无名，我知道我的宿命在他这里，他在哪儿我就在哪儿。如果他不回来，天涯海角我也要找到他。

但我也知道，他一定会回来。在我能杀了他之前，他不会丢下我。

天亮之后，风满楼客栈空了一半，那些人再也不会回来，也再不会出现。

三天之后，无名如约回来了。

他还是穿着那件墨色长袍，不染一丝尘埃，面上有几丝疲色。他伸手过来牵我说："我们回梨花岛。"

从洛阳骑马往东走数日，乘船数日，终于到了梨花岛。

只有一条路通向那个岛上，在狭长的山谷那头。水路两面的峡岸，梨花盛开，白玉般的花瓣飘然落下，似落雪。那船滑过水面，细碎的梨花从崖岸上飘落，很快就落满船舱，落在我的青色布衣上。

梨花香萦绕在谷中，无名立在船头，一手背在身后，墨袍的两肩也落了梨花。他一动也不动，遗世独立。

船出谷口另一端，茫茫的海上，那梨花盛开如一片浮云的梨花岛就能看到了。

五、一场腥风血雨

岛上的梨花落了一地，像积雪，海风拂过，雪花纷飞。

有一间屋子，有一块田地，这里有比离欢谷还美丽的景色，却也比离欢谷的清冷更清冷。

日出我醒，跟着无名练剑。

他也教我那套离殇剑法，他和我爹共创的剑法。

舞剑的样子跟音尘完全不一样，音尘像水中花，柔而美，以虚化实；无名像雾中兽，隐而绝，招招可置人于死地。

那剑气只在几米之外已能伤人，我每日跟他练剑，每日为他的剑气所伤，但他从不停歇。如果我不能及时从地上爬起来，只会伤得更重。他狠狠地说："你练剑的时候，也要有杀我的决心。"

受伤之后，无名会给我一种他自创的梨花膏，能很好地治疗外伤。

只有每月他离岛的那几天我不用受伤，也只有每月的那几天，我能在岛上自如活动，过得像个人。

我不知道无名出谷做什么，短则三五天，长则七八天。每次回来，他都会闭关两日，出来之后又开始教我练剑。我听每个月来岛上送食物的船夫说，江湖动荡，有无数人为了得到某种武功秘籍，正在掀起一场腥风血雨。

那船夫是洛阳人，他本是江湖一名剑士，为人所害，被无名救起，跟随无名来报恩，也想习得无名的离殇剑法。他不能住在岛上，他每月只能送一次食物来岛上给无名。船夫常在送食物时给我捎带些可口的蜜饯和糕饼，让我偷偷吃，不要给无名看见。

偶尔，船夫也给我带些小玩意，有雕成小狗模样的木雕，还有蝴蝶形状的风筝。偶尔，他还教我酿酒，酿梨花酒，埋在梨树下，待三月后取出，梨香醉人。他曾给我喝过一口他去年藏起来的梨花酒，那滋味，从此叫我心心念念。

我从来不知道，我也懂得喝酒。我见过音尘喝酒，我想起他的竹叶青酒，却没见过无名喝酒，他滴酒不沾，每时每刻都保持清醒，却也像身在迷雾，叫人永远看不清。

我问船夫那离殇剑法有什么好，为什么他这么想学。

如果不是为了杀掉无名为我娘报仇，我才不会学这剑法。这剑法害死我爹，也害得无名杀了我娘。

船夫说："小公子你还年轻，不知这江湖中的人，活着只想追求武学最高境界。你不想追求，也会有人逼你追求。只怕哪天与人拔刀相向，会死于别人刀剑之下，却不留个姓名。你不知道那天是哪一天，入了江湖，就只能为那天做准备。我要学离殇剑法，无名与离欢谷主共创的这套剑法已是天下第一，因为无名从未输过。"

这一次，无名去了许久。已经半个月了，他还没回来。

我捡了许多梨花，酿了好几坛梨花酒，埋在崖边那棵梨树下。夜深人静时，我取琴弹《广陵散》，与崖下滔滔海浪比肩。

第二个月，无名没有回来。

第三个月，无名还是没有回来。船夫来了，这次他给我带来一只全白的小狗，说这岛上风月难熬，愿这小狗能与我做伴。

住在离欢谷时，我娘对宠物毛发过敏，所以谷中没有动物，只有些水鸟飞鹤，人一靠近就惊慌飞走，与人不亲。

我是第一次见到这么小的动物，毛茸茸的一团，捧在手心里。它安然地睡着，我的手像是它的摇篮。

船夫说："你看，它多亲你。"

六、人心里的毒，比酒更烈

无名不在的日子，我自己习剑，尽管没有无名的指导，亦能刺破长风。每一次练剑，我都衡量着，还差多远，能用这把音尘送我的玉梨剑，刺穿无名的心脏。

埋在梨树下的梨花酒已能取出，我坐在檐下抱坛而饮，酒中的梨花香气令人陶醉。醉倒就地而卧，与小白一起，它总是陪在我身边，用它柔软的皮毛蹭我，为我取暖。"幸好还有你啊。"我揉着小白的毛发，又喝下一坛。

我终于懂得音尘过去说的那些酒话，他说酒本是毒物，世人心里有毒，需要以毒攻毒。

人心里的毒，比酒更烈。

无名在离开梨花岛三个月后，终于回来了。

他还是穿着那一身墨袍，却多了几处剑伤，人也比过去消瘦。

这次回来他闭关了许久，出关之后，他又恢复如常，问我剑练得怎么样了。他亦看到屋檐下的酒坛子，却什么都没说，只是船夫再来，他会逐一检查船夫带来的东西，不必要的一件一件丢到海里。他也看到我逗弄小白，那眼神中的冷漠，我知道意味着什么，于是我让船夫把小白带走。

我让船夫帮小白找个能善待它的好人家，跟着我，迟早有一天会死，像我娘一样。

无名说："离殇剑法，想要达到顶峰，必得无欲无求。"

我又开始跟着无名练剑，不知是他剑术退步，还是我剑术进步，我虽一时不能取他性命，但他也不能再伤我分毫。

每次练剑结束，他会把自己关在屋里几个时辰。夜深人静的时候，我亦能听到他咳嗽的声音。

那梨树已结了果，大部分酸涩，唯独崖上那株结的果子又大又甜。

我爹过去也常咳嗽，尤其入秋换季之时，每每那时，我娘会亲手制作秋梨膏。

红枣去核，生姜切丝，梨果擦末，挤梨汁放冰糖小火熬煮一夜，火候最是要细细照看，成败就在火候。天亮之后，熄灭炭火，待熬好的梨膏冷却，加入梨花蜜，遂成秋梨膏。

每日取三勺用温水化开服下，生津止咳。

我端着秋梨膏，推开无名的房门。他侧躺在石床上，墨色的长发散落在床沿，少了几丝冷硬，多了一丝柔美，竟让我恍惚间以为自己看到了音尘。音尘在离欢谷的竹林练剑时，也常这样把头发散下来。

"出去。"无名冷冷地呵斥我，他从不让我踏入房中。

我把秋梨膏放在石桌上，没有看他，也冷冷地说："无名，你记着，你要死，也只能是死在我的剑下。"

七、我一直在等你

待到最后一片梨树的叶子也落尽，海风萧萧，无名的咳嗽好了，约我在断崖上比武。

他第一次没有用木剑，用的是一把玄铁长剑。他一手持剑，一手背在身后说："今日，我们打一个赌。若你赢了，那表示我被你杀死，你自可离开梨花岛。若你输了，也可离开此地，终生不得踏入，也终生不要出现在我面前，你可答应？"

我咬咬牙，拔剑而起。

我们战了三天三夜，难分高下。只是看着我青衫上的血迹，再看无名仍然洁净的黑袍，我知道再战下去必输无疑。我想起我爹、我娘，还有这梨花岛上孤寂的日夜，红着眼睛奋力刺向他。像那时在我爹坟前一样，我的剑被打落到尘土中，我输了。

那剑柄上镶嵌的白玉梨花，在尘土中也洁白透亮。入夜，船夫来了，渡我离岛。

船夫说："小公子你别伤心，这无敌亦是一种寂寞。无名这辈子习惯一个人来来去去，他心中只有离殇剑法，因这样才成了天下第一的剑士，可天下第一总是不会长久的。你看，那些想要离殇剑法的人都来了。他并非弃你而去，而是要保护你。”

海面上，有数十艘船，火光几乎把小岛围住。

火光中，我看到数十道身影踏船而起，飞上梨花岛，刀光剑影。

“掉头！我要回去！”

我冲船夫大喊，那一刻我只知道，我不能让无名死于他人之手，他的命必须由我来终结。可我身上受的伤，又让我渐渐失去力气，拼尽最后余力，我哑声求船夫：“渡我回去……”

船夫没有回头，他望着前方茫茫的海面说：“无名说，你若想回去，只让我问你，你可想做回自己？如果你想做回自己，那就把一切都忘记，他亦会把这一切都忘了，他不再是你的师父，你也不会是他的奴婢。他与你父亲之约，你们都可忘却。”

做回自己……

无名，他知道我是女儿身，原来他一直都知道。

船破开海上迷雾驶向谷口，身后梨花的火光很快就看不见了。

时隔一年，我又来到洛阳城。

十八岁，我做回了自己，以女儿身的装扮，一身白玉般的衣裳，在众目睽睽之下进了浣花楼，找花魁婉儿姑娘。

男人们在看我，女人们也在看我。

婉儿姑娘一袭红衫，在看到我手中的玉梨剑时，朝我温婉一笑。

她是音尘离欢谷笛声中思念的那个女人，她真美。

婉儿看着我说：“我一直在等你，莫愁姑娘。”

我问过船夫，江湖中可曾听闻音尘的名号。我跟船夫说他是离欢谷的弟子，他是我师兄，他腰间一支通透的玉笛，爱喝酒。

船夫不知，他说从未听过有音尘这个人。

我问婉儿，婉儿不语，只取来那支玉笛交到我手上：“音尘已死。”

我不信，音尘说待我做回自己，就可与他重逢。

婉儿带我去看音尘的墓，那墓碑上没有名字，墓碑前只有一壶酒，是他常系在腰间的酒壶。

八岁那年第一次见音尘，他已住在我心里。我不信他会死，那个有如仙人的音尘，他的温柔，他的笛声，他的笑，仍在我脑海里。

我还是不信，要掘地三尺，我要看到他的尸骨。

婉儿把玉笛放在我手中，轻声说：“这是音尘留给你的，他是为无名所杀，因为他爱上了你。”

八、音尘即无名

江湖里人人都说，当今无名的剑法天下第一，那场梨花岛的围攻，他一人决战数十名高手，全部败在他手下。

那场决战之后，再无人敢踏上梨花岛。从岛上活着出来的人都说，无名放下一句话，此生只有一个人能再踏上梨花岛，也只有那个人能杀他。

我爹无法参透离殇剑法的最后一层含义走火入魔而死，他和我娘太相爱，离欢谷是他的桃花源，我和娘都在他身边，他永远都不会参透离殇。因为有离，才有殇。

我悟出来了，在重回梨花岛的那日，在看到无名毫发无损之时，我悟出了离殇的最后一层剑法。

又是梨花盛开的时节，落花纷飞，凄美绝阔。

在无名还未拔剑之前，我剑已出鞘。我知道，我的剑再入他心脏半寸，他必死无疑。但那一刻我的心很痛，那剑仿佛刺在我自己心上。我摘下他脸上的人皮面具，那梦里的容颜出现，此刻他是音尘。

音尘喜白，无名喜黑，玉梨剑，梨花岛，离殇剑法。

我早该知道，音尘即无名，无名即音尘。

他嘴角的血色凄美，勾着唇对我笑。他说：“小丫头，你终于长大了，从此世上，无人能伤你。”

一朵梨花飘落剑上，我的心慢慢冷却，慢慢地把剑从他胸口抽出，拂袖离去。

这世上最厉害的武功，不是什么招数剑式，因情感而发的愤怒与绝望、爱恨与情仇，最能置人于死地。

我可以杀了无名，但我永远不会杀他。

只要我不杀他，他便活在这个世上。只要他还活在这个世上，我便也能继续活在这个世上。

浮生一尺雪

✲ 离少阳

楔子

姜狐眠说："以预占之法，你沿护城河往东，行满一百零八步，若闻暮鼓响，便是我答应你了。"

江南罗城主城正中一小山，山有得寂寺，卯时鸣钟酉时击鼓，序时朝暮，响彻罗城。

他怀着忐忑的一颗真心，在春城飞花中一步步数着，钟声响了！

他猛一回头，却早没有江南的烟波画船，只有漫城飞沙孤烟。

他困在黄沙石窟中，一生只画一尊神像——着琉璃宝珠滚绣绛云纹衣的供养人。朱砂点绛，绿松描丝，白贝摹她指间芍药"一尺雪"。

如他第一次见到的名门贵女，立在江南春初清景中，清濯滟滟，容光殊绝，漫不经心拈花而笑。

"巫傩嘛，冗杂晦涩非一日之功，我先教你第一要紧的——骗人。"

一

十二月初八，罗城大雪。

绯衣宦官捧着碧镂牙简穿过宫中长廊，将法宝节赏赐近臣的口脂一份奉于连苑世家，一份赐往九治巷的三科进士。

天子于廊下摆酒赏雪，玉屏风上鎏金祥云、金乌金蝠，栩栩如生。

是夜天子梦中惊醒，命宫人掌灯看屏风——金乌金蝠皆坠于碎雪中，正合他梦中所见。

司天监扑于阶下颤声禀告："今夜臣观星象，诸星皆在，唯不见北斗……"

乌、蝠堕地，示君王寿尽。

北斗星匿，昭朝运有变。

天子一口血吐在锦帕，推开慌乱宫人："传！传洛浮生！"

八百轻骑冲出朱雀门，腰佩玄铁令牌，马蹄踏碎连苑外冰封的莲花池，开始昼夜搜查罗城。

罗城这个冬天极漫长，桃花开时依旧盛雪纷繁。

郊外荒庙，数十仆役挑灯分路引进一群世家豪族子弟。

松逐透过幡布破烂空隙，见众星捧月中一名世家女，广袖青衫云叠翠嶂，腕缠红线，坠着六枚铜钱大小金面具，转身时松松挽着的簪子滑落，满殿烛火忽然挑高明亮了一瞬，三千青丝倾覆。

青衣侍女闪身接住银簪，展开整幅紫丝步障。

世家少年们吵着要下山，近来洛浮生的人不知在找什么东西，满城疯搜，回头与他的人撞上，烦得很。

"寒门入仕不过三载，真当能撼动百年世家？"

"他好好的探花郎不做，一头扎进毒蜂郎里做首领，也是晦气！"

"啧，那就要说起穷书生金榜题名马蹄疾，世家女当街强抢探花郎这一出榜下挂冠、殿前悬印的风流韵事……"

姜狐眠懒懒道："我将诸位送至洛府做鹦哥，挂在洛浮生梁间天天唾骂日日嚼舌，如何？"

天子现下重寒门兴科举，按军功封赏新贵，在朝堂疆场渐无立足的世家成了无根之萍，只能守着辉煌旧梦饮酒痛骂。

姜狐眠抬袖饮药，松逐脊背绷如满弓，雪亮凶狠的眼锁住她缠着金面具的皓腕——买主塞来蜡丸时说过，这截手腕握着江南漕运命脉。

他扑向屏风，刀光挑散她未绾的青丝。

姜府门前的桃树忽然簌簌落花。

拂面药香似有一刹桃花暖香，松逐手下匕首迟疑了一瞬。

掌下繁复锦衣覆着的肩骨轻纤如柳，广袖堆叠如新描的飞天，病骨支离，眉眼清冽，若有风起，合该吹回壁画上。

刹那已失良机，青衣侍女飞出银簪洞穿他执刃的手腕。血珠滴在姜狐眠苍白颊边，像落在雪地上的朱砂符印。

他被反剪在地。

姜狐眠纤细的指尖掠过他流畅的脊背，精准按在粗麻布衣下凹陷的肩胛骨，松逐痛呼。

她竖指压在他唇边："嘘，听。"

山下隐隐传来金锣响，却不是寻常打更声，而是码头漕船正撞开春冰，十二道金锣为今岁首航开道。

二

"银鞍照白马，飒沓如流星。十步杀一人，千里不留行。"

买主用蜡封住写了名字的绢布，将蜡丸与银钱塞于城中游侠少年，双方互不通姓名，便可达成夺人性命的买卖。

但眼下不比前朝，流民啃草食土尚难活命，何况读书识字。

姜狐眠瞧了眼潦草字迹，甚至笑了一下："布条上的字是——洛浮生。"

"真是'卦无不应'，你说山上有人就蹦出个人来。上次让我到你卦上指定的地儿逮野猪，那数也和你说的一模一样。"

秦家与姜家同气连枝，姜狐眠让他在某时某刻至一处荒园子树下给她逮七只野猪，秦昭就顶着大雪轰轰烈烈带人拿了布袋蹲守。时辰到时果从树下涌出七只小猪，而后北斗七星消失，坊间传言都说是姜狐眠仗着巫觋血脉，将北斗七星捉了起来。

松逐大口撕扯炙羊腿上的肉。

他看着十七八岁，却有些与年龄不符的傻气天真，极好哄骗。世家子轻狂惯了，无人将这样的刺客放在眼里。

姜狐眠垂眸为松逐缠住受伤的手腕，发尾松松挽着的鲛纱泛着银雾流光，疏漠矜贵。

松逐发现自己愣怔盯着她许久，掩饰挑衅道："你既起了卦，没算到今日会遇着刺客？"

琵琶声在倾颓的石墙里响起，世家少年们七嘴八舌地喊："琵琶起了姜二何在？你们都是班门弄斧，快换姜二来！"

山风料峭，翩翩月色落在统领罗城世家的女子眸底，雪质松华，容姿灼灼。

“先得了巽，巽为风，自要柔顺如风才能在少侠手中保命。”

她抬眸笑道：“后来风起，把巽吹倒成了兑——江河相逢，金玉琳琅，正合此刻良人美景。”

松逐的耳尖在寒冬古寺暧昧的烛火下绯红一片，秦昭不由摇头，眼神怜悯。

姜狐眠接过琵琶信手拨划，清亮弦响声声急催。她仰头饮尽琵琶女奉上的金樽酒，看着那块写了名字的蜡丸布条，摇头一笑，侍女便将布条丢进篝火燃尽。

侍从捂了松逐的嘴，将他从悬崖推下去。

回城时姜狐眠犯了头疼，脸色苍白倚着鹅梨斑丝隐囊，马车却被一队“毒蜂郎”拦下。

“毒蜂郎”是世家子给随宗室新入城的甲兵起的诨号，这几日他们巡城日发急切，不知在搜寻什么。

“毒蜂郎”指着远远坠在队末的少年扬声道：“你们出城时三十九人，回城却多出一人！”

瘦弱少年被重甲佩刀的甲兵摁在地上，双手被“毒蜂郎”反拧，关节扣在石板的脆响盖过了他低低的哀呼，却只倔强望向姜狐眠的马车——正是本该在崖底的松逐。

琵琶女掀帘斥道：“他既跟在姜府队中，你们岂敢擅自拿人？”

“这流民来历不明，自要审问清楚。”

领队看了眼严阵以待的毒蜂郎，目光轻飘飘扫向后面马车：“还请贵人不要为难！”

绣帘后琵琶女招手。

领队在马上压低身子轻佻靠近，笑盈盈的琵琶女却猛地揪住他铜衣甲上唯一软领，单手将他摔在地上，抱着的琵琶实实压在领队心口，精铁所制，根根冷弦泛着煞气。

城中百姓越围越多，毒蜂郎面面相觑无人敢上前，领队只得忍气吞声问：“不知这位小公子姓甚名谁，属下好为贵人登记在册。”

琵琶女答：“不必，大人当街杀了吧。”

她身后车驾静默，姜府连侍女都不出面，世家子们高马华裘跟随在侧，威势重重。

领队憋红了脸：“洛首领曾说山雉尾长，雨雪来时，栖在高树枝上不肯下来，往往因此饿死。”

一串红线金坠从马车窗内抛向松逐，按住松逐的毒蜂郎看清后愕然退开。

捧在松逐掌心的红线缠着铜钱大小六枚金面具，正面为悲，反面为喜，昭以阴阳，示之六爻——姜家与别的世家不同，以巫脉传承，赠金为信，持者如家主亲临，承袭太卜令之职，可直奏天听。

此刻起再无流民松逐，而是江南世家之首姜氏的话事人。

三

赫赫姜府，却种满并不名贵的桃花，雪落满枝，也遮不住大半枯树。

“传说乾陀国头河岸有系白象树，花叶似枣冬日才熟。”姜狐眠负手，“此树灭，则法灭。”

秦昭呵斥下人速将枯死的树移去。

“毒蜂郎的胡话也值得你听？你家巫脉传承，怎可妄言生灭？”

姜狐眠笑道：“你知道的倒多。那九治巷上奏，说世家圈地占田，游船的池子养鹤的园囿每日耗工外扩，以至农失其时。你知晓吗？”

秦昭不解：“咱们不素来如此？”

花廊前，松逐一个人立在雪中怔怔地望着她。

姜狐眠疲倦闭目。

“学完规矩，来我门前听讲。”

高门规矩繁复，姜府却只有三条。

杀人者诛，伤人者罪。无锁之门不可入。

姜府厨房马肆都有阴阳契锁，唯一间楼阁，门上无锁，却三尺内皆需低首急行。

除此外，姜狐眠对松逐极好。

罗城中第一等的锦衣玉食供着，还带他前往世族赴宴。

世家子们故意以松逐听不懂的清谈和机锋排斥他，姜狐眠却以指蘸酒，用她教给松逐的“藻文笺”和松逐闲聊。

藻文笺是修习纳甲筮法时用来翻译天道文书的文字，世家子们见两人不时相视而笑，探头探脑也识不得。

胡姬端着酒娇滴滴敬来，含羞带怯地往松逐身上靠。松逐面无表情地拉起姜狐眠宽大的袖子，挡在自己胸前。

胡姬绝艳的笑脸僵住，不死心将青玉杯递到松逐嘴边："小郎君莫非看不上奴家？满座衣冠谁能拒这黄粱琼液？"

一枝桃枝轻压在她捧着的青玉杯沿，她袖中的双手竟不能再进半分。

姜狐眠笑道："美人休恼，我替他喝。"

她手中桃枝一转，无意般挑起胡姬衣袖——袖下捧杯双手竟藏着两把匕首。

松逐将她揽至身后，腰间短剑拔出。

胡姬尖啸往后翻去，夺门而逃。

松逐要追，却被姜狐眠拉住安抚道："好啦好啦，她是想留你下来做新郎。你这么凶，她肯定不喜欢你去找别人了。"

松逐抿了抿唇，收起短剑似生闷气。

整座酒楼都被这动静惊动，无数蒙面人从楼道涌出。

松逐砸开窗户，翻上屋檐单膝点地，回身来拉姜狐眠。

姜狐眠却怀拥桃枝倚在窗前无辜看他，身娇体贵的姜家家主拒绝从窗口爬出去，有失体面。

松逐只好又跳下来背她，她伏在他背上凉凉叹道："徒儿，为师久病，不如你丢下我，自己逃命吧。"

一直有点傻气的少年难得怒道："闭嘴！"

他抠在窗棂的五指甲肉迸裂，那胡姬却又回到楼内，双手持刃，刺向松逐五指，松逐闷哼，伤可见骨，另一只手却把姜狐眠护得更紧。

姜狐眠冷眼旁观，终在胡姬再次斩下时，轻叹一声，丢掉桃枝，汹涌的刺客便如来时一般迅速退下了。

唯有松逐依然护紧她缩在檐上，青衣侍们赶到时才发现他因失血早不知昏过去多久了，只护着姜狐眠的手，依然紧紧抓着她不放。

至此一事，起初长街上随意认下的话事人，开始真正在姜家有了立足之地。

四

"你这是养了个什么？"秦昭未进亭子已经高声埋怨。

"府库钥匙也交给他，一应钱财也随他支取，我来借个摆件，倒得找青衣侍通报一声'松逐少主'。"

昨日他来，更见着姜狐眠拥着松逐，握着他的手习字。

"我看他就算打开那无锁的门，将里面东西都盗了，你也不管！"

姜狐眠抬眼看他："九治巷上月奏请丈量田亩，世家圈占的茶园、盐井皆要充公。"

秦昭息了气焰，半晌从嗓子里挤出一句："难道我们真要步步退让？太卜令是你家世代承袭，那漕运之利更不能……"

姜狐眠摇了摇头，示意不必多言。

松逐衔花自角檐踏月落下，檐铃悄然无声。

他昨夜也这般潜至无锁门中，窥见满室舆图：江淮漕运、陇右马场、岭南盐道……有一幅从未见过的舆图被朱砂圈起，注文皆是"藻文笺"，他却尚未完全习得。

他单手撑窗一跃而入，瞪秦昭一眼，将衔着的白芍药放在相思案边。

秦昭斜眼，将花拍到地上，娇弱的花瓣散了一地。

松逐低头去捡，被秦昭一把踩住了手指。

"字都不识一个的乡下小子，你送的芍药能和当初新科探花手里的御园名品'一尺雪'比吗？"

罗城中人盛传姜家家主喜爱白芍药"一尺雪"，实是因洛浮生而起的谣言。

那年殿前钦点了新科三鼎甲，探花洛浮生红衣金乌琼林宴归，鸣鞭白马过长街，行至乐坊梅树下，楼上一阵琵琶响。

对街茶楼雕窗推开，手持文稿背窗而坐的世家贵女手腕搭在窗棂，转身笑道："姑娘错了一个调。"

对面楼上琵琶女们笑着探出身子道："呀，还请姜家家主指点！"

姜狐眠出身高门，擅琵琶，师承大家又家藏遗世珍谱，乐坊中人常以琵琶上受过姜狐眠点拨标榜自身，便常有琵琶女故意曲误，换她"周郎顾"。

世家子们瞧见游街的队伍，唤琵琶女捧来带刺梗硬的花，皮软多汁的瓜果。

"姜二你说这三鼎甲哪一个最俊俏，能得着咱们投花掷果的彩头？"

姜狐眠漫不经心扫了眼窗下，银鞍白马，玉梅纷纷，一身正红衣冠的洛浮生仰头看她，眉目清俊，如松如玉。

“昔，西夏仁而去兵，城郭不修，武士无位。唐伐之，西夏亡。而玄都贤鬼神道，废人事，其谋臣不用，龟策是从，忠臣无禄，神巫用国。”

姜狐眠指间代表巫祝传承的红线金坠，敲在洛浮生这篇大骂巫祝的文稿上，垂眸道：“探花郎好风光。春花怎比探花郎？”

世家子们抬手便砸，洛浮生身手敏捷，却被世家豪奴拉住马鞍，要将他揪按在地上去砸。

姜狐眠懒洋洋道：“算了，他手中已有花，不好再要我的花。”

世家子们起哄：“喂，探花郎，还不把你手中‘一尺雪’赠予我们姜家家主！”

洛浮生俯身护紧了来自宗室御园，象征罗城第一枝春的白芍药。若他迫于世族压力交出去，此后官场还如何直得起脊骨。

“人说断肠春色在眉梢。”姜狐眠临窗观赏他愤恼神色，悠悠笑道，“探花郎眉间颜色倒还胜却春色三分。”

那一年的罗城百姓，都见到姜家女家主施施然从高楼行下，指尖金坠轻佻梭巡过探花郎气红的俊美眉眼，笑着离去。

探花郎仪容狼狈，背脊孤峭如剑，朱衣似燃。

他抬手将金花纱帽扯下，抛于姜狐眠先前所在窗边的玉梅花枝，悬印辞官，挂冠而去。

此后翰林院少了一位惊才绝艳探花郎，毒蜂郎中多了一名铁血手腕洛首领。

五

松逐将已枯萎的白芍药插回土里，小黑猫一样抱膝蹲坐守着，半晌扒拉一下。

春夜飞花，少年神色落寞。

“秦昭和你道不是了吗？”

“嗯。”

“手上过药没？”

“嗯。”

“还疼吗？”

“嗯。”

姜狐眠失笑：“怎么，他把你踩哑了？明天我得让人打他一顿。”

她重新为他上药，让侍女端来王楼前獾儿肉，爽口的杏片、梅子姜，都是往日陪松逐去龙津桥夜市时他爱吃的东西。

她将蓍草浸洗后在月下分晒，教松逐卜筮之法。

“上古认为蓍草圆而通神，三株相合，四、五为阳，八、九为阴，如此往复，分三变，定六爻。”

松逐手指有伤，心中憋闷，将蓍草“吧嗒”捏断，飞转滚落一桌。

“姜狐眠，你卜筮第一，卜不出我的心在哪吗？”

松逐此时的神情，委屈、嫉妒、卑怯，但他到底是拿了蜡丸就敢揣一把匕首行刺的游侠，不知道什么叫退缩。

“你一直没有问过我，当初我为什么叫人把你丢下悬崖。”

“因为我做错了，刺杀你，那布条上就是你的名字。”松逐又很快为她辩解，“但你后来一直对我很好，我已经不生气了。”

他像个小奶猫，喵呜喵呜凶着人，略顺了毛，又会用后背拱你。

他仰望她时，坦荡炙热，她却生如残烛，命数将尽。

“我将你丢下悬崖，是想放你一条生路。如今对你好，是在害你。”

松逐垂头丧气，姜狐眠像年关时的烟火，遥远，绚丽，危险，不肯回应他的心意，还说这些他听不懂的话敷衍他。

他赌气道：“我不喜欢卜筮，我老家在洛水边上，村中荒废耕纺寄心巫筮，饥荒养不起孩子，就把新生下来的小娃扔进洛水占卜，浮起来了就养，沉下去就是天命当夭。”

这话有人也同姜狐眠说过。

从春风得意滚落一身狼狈的洛浮生在入了毒蜂郎后，数次刺杀她。

某个月夜被她困入阵中不得解脱，也曾痛恨嘶吼：“你们世家豪族笑我出身贫贱，笑我也配浮生长恨欢愉少，肯爱千金轻一笑！却怎知洛水巫蛊横行，沉死浮生，我为浮生，是九死一生！你因我一篇《仁论》讽你就恨我至此，我十三岁才开蒙，十年寒窗，一朝高中却被你逼得榜下弃官，我又该如何恨你！”

世间巫觋岂姜狐眠一人，宗室所募方士便有三千，偏她一人名高，因此世间巫觋所造三千业障都归她。

也因此她成了他高中探花的箭靶。

他成了她立威宗室的垫脚石。

因果纠缠，说不清谁先负谁。

“我对你有愧，世间之事、世间之物，但凡你想要，我都会寻来给你。只求他日梦觉，你只恨我一人，放过你自己。”

松逐只听得懂自己想听的话，眼睛一亮，伸手去拉姜狐眠：“那我想要……”

月至中天，姜狐眠身后桃树枝丫正有一枝点在月边。

松逐眸光惊诧：“姜狐眠，月亮！”

姜狐眠回头，那月亮如被桃枝点燃，忽然炸开散作许多星火，呼啸着落往连苑世家所在。

六

姜府外已变了天。

十五夜，星坠大火于连苑，巡城的“毒蜂郎”闯进连苑各府中救火，却在许多世家中搜出谋反书信。秦昭在内，诸多世家子弟全被就地拘禁在各自府门。

松逐一柄短剑守在姜狐眠小院的檐顶，往姜府投掷反信的飞贼皆被他斩下。

这些天，姜狐眠四处奔走，交出了漕运、马场、盐道，交出了那间不许人进的小楼里所有的舆图。

“你说，天子还想要什么？”

松逐持匕首的手僵住，他颤声委屈道：“我没有……”

虽然不知被什么牵引，他的确无法自控地去打探过那座小楼，但他绝未同人说起过。

姜狐眠笑道：“若真是什么要紧的东西，怎么那楼偏不上锁呢？”

她看着四处救火的家丁，让松逐带着她飞上了小楼檐顶，亲手又放了一把火。仿佛永远不会熄灭的火焰席卷世家百年的繁华腐朽与这座城池的盘根错节，竟一路烧向了宗室的府宅。

天子只得召集三千方士于摘星楼，祈雨灭火。

“皇皇上天，照临下土，集地之灵，神降甘雨。庶物群生，咸得其所。”

姜狐眠在方士急促的念祷中走上摘星楼的最高处。

“陛下，这些未得传承的方士门生，祈雨辞都念错了。连苑不足惜，只恐火势殃及罗城。”

天子按方士观星所得，借着火流星派飞贼将诬陷信件投到各世家，却没想过火势绵延至此，这些人求了许久，半滴雨也没有。

天子只得同意，令姜狐眠承袭太卜令。

姜狐眠褪下繁复锦衣，着红衣巫袍，披发如墨。她逆风立于一人高的巨鼓之上，赤足踏鼓祈舞，瞬间雷势如山暴雨倾城，四处火势随鼓点而灭。

内侍匆匆赶来附耳天子：“司天监报，北斗重现。”

天子神情一动，看向姜狐眠。

司天监说古书曾记载北斗星失，靠大赦天下才寻回。天子原以为这是姜狐眠要挟他释放世家的手段，却不想她半句不提世家，反又献上一册舆图。

封上绘西王母羽人捣药图——羽人为西王母使，擅制长生药。

天子近乎失态地翻开，却气笑了——图上文字竟是只有姜狐眠识得的“藻文笺”。

“狐眠病体羸弱，弟子松逐可代为寻药。”

天子绝不允许作为望族之首的姜狐眠离开罗城，一名无足轻重的弟子倒是可以，同令素与世家、姜狐眠不和的毒蜂郎首领洛浮生领队。

天子绝了姜狐眠为世家求情的路，许诺会为姜狐眠挑选如意夫婿，待她大婚便可登摘星楼拜国师，延续姜家气运。

七

月夜，松逐背着越发虚弱的姜狐眠跃上了姜府的飞檐。

姜狐眠摘下披风的兜帽，月华落发上，如霜雪白头，松逐忍不住伸手想为她拂去。

姜狐眠笑他傻气。

松逐盘膝在乌瓦上坐下，撑着下巴看她。

“什么样的人才能做你的如意夫婿，寻回长生药的功臣可以吗？到时你选洛浮生，还是我？”

少年脊骨微弯，像一柄黑布裹住的利刃。

在他背后黑夜盖住的西北方，有连绵山脉，翻过那些山脉再往西，黄沙漫天处有绿洲，养着一个小城，因偏远，不受江南战乱的侵扰。

显赫世家们在黄沙掩盖的戈壁上凿窟，年年靠着漕运、马场、盐道，把明明暗暗、金子光泽的愿望换作无数珠宝寄往那些石窟安存——姜狐眠的父兄，就驻守在那。

“传说有兽名乘黄，背生独角，乘之可岁三千。你背脊凹陷说不定就曾是乘黄角，三千岁那么长，足够等你回来了。”

姜狐眠看着他，对着月亮承诺。

“等你回来，我就告诉你。”

寻药队假托通商之名带足了金银宝物，天子新收的世家金银尽数充进，又从宗室府库中拨出大半钱财。

毒蜂郎此前四处搜寻的洛浮生，直到火烧连苑才从世家被救出，他越发沉默冷酷，连最亲近的手下都难近他身，他令侍从全部头戴毡帽，不许与人交谈。

松逐怀里护着一盏琉璃灯，频频回头望向罗城。

姜狐眠临行前点亮一盏灯递给他，说是她的本命灯，只要灯焰不灭，她就一直好好活着。

松逐虽然相信姜狐眠作为巫觋的能力，也没有想到那么快就能顺利找到长生药——那里翠石朱砂不足贵，金银销作日月光，地图的终点是姜狐眠父兄镇守小城的戈壁石窟，石窟碾金碎玉的壁画里四处绘有长生草。

江南世家的全部身家和宗室半个府库的金银，一入这偏远小城，就被姜狐眠父兄亲自押走了。

小城放下城门，加固城防。

沉默一路的随从们摘下了毡帽，形容憔悴狼狈，竟是曾跟随在姜狐眠身边的世家子们。

松逐心中忽然有了极荒诞的猜测。金蝉脱壳，那小楼中珍藏却从不上锁的舆图，那荣光无限的太卜令，那招摇的世家之首姜狐眠，都不过是一早就被放弃的蝉壳。

他摸到城门边上想寻机出城，附近驿馆里却起了琵琶声，声声凄切，一曲未尽，复又有茶摊上琵琶声起，由近及远，哀声响彻。

“她们在为罗城里的知音送行。”

洛浮生听曲的身姿松垮，不像个冷面毒蜂郎首领，倒像个久浸富贵乡的纨绔。

松逐手中的琉璃灯被洛浮生打落，他半跪下去捡，却被洛浮生的靴子先一步碾过了，他抬头，竟见洛浮生泪流满面，将一杯酒祭在飞沙地上。

“姜狐眠，遍地琵琶声送你！”

“你不是洛浮生！”

“洛浮生”哼笑，缓缓揭开脸上的伪装面具——竟是秦昭。

“我当然不是洛浮生，你才是啊。”

尾声

他是洛浮生，新科探花郎，毒蜂郎首领。

他刺杀姜狐眠却反被她困住，阵中黑暗无光，只有姜狐眠来时，会点一盏琉璃灯。

她喜欢与他聊天，聊世家与宗室的争斗，她府前与她命线相连的桃花树，甚至巫族傩法。

“如果你换个身份和我相遇，我们会怎样？”

她从木匣中拿出一副不知什么材质的轻薄面具覆在秦昭脸上，秦昭抬头时，竟与洛浮生的脸一模一样。

巫族所称的“傩”，即“挪”，借天地间的能力模仿万物，傩面，是戴上可以成为别人的易容之术。且在巫觋的医书上，人的背脊处，有一块鱼尾状的“威骨”，若取出，人会退损心智、记忆和容貌。

他在疼痛中昏睡，醒来时成了荒山废庙里的流浪少年松逐，容貌与记忆都退回到十三岁进学前。

那粒蜡丸，也是姜狐眠亲手塞进他手中。她用谎言和假面，制造出一个彻底失去身份过往的人，成为她瞒天过海中的一粒棋子。

“我只求他日梦觉，你只恨我一人，放过自己。”

飞沙落进洛浮生眼中，他恨红了眼，喉间嘶喊姜狐眠的名字，如要饮血食肉。

而那个他恨的人已与黄沙同散，唯谎言不朽。

君埋泉下泥销骨

✲顾　曲

一

连昆吾这样低微的太虚观弟子都知道杏林堂出了内乱，杏林掌门私自将镇派之宝寒铁针带出了江南。

中原的太虚观和江南的杏林堂，一为修道，一为医人，是世上最负盛名的派系。尤其是杏林堂的寒铁针和逆转丹行，两者乃是圣物，互为配合，可起死人肉白骨。

惦记杏林堂这起死回生之术的人自然不在少数，天下人皆知玉玑子为了寒铁针不惜堕入魔道，叛出太虚观，搅得九州风云大变。

杏林堂掌门被掳走时，杏林众弟子随即从江南追到了中原，却没想到在中原遇到了太虚观的叛徒玉玑子。

饶是太虚观派了数百名精干子弟前去解围，杏林弟子仍旧死伤过半，连掌门也未能幸免，只是寒铁针却不知去向了。经此一战，杏林堂门派弟子所剩寥寥。

“听说杏林堂新任掌门是个小丫头片子，看来真是无人可用了……”为首的胖师兄咂了咂嘴，“要我说啊，玉玑子就算抓到了这个小丫头片子能有何用，估计毛都没长齐呢——”

胖师兄尾调拉得极长，滑稽的表情逗得围着的几个小道士都忍不住扑哧笑作一团。

听其他师兄弟有一拨没一拨地聊着，昆吾脸上的神情像是失望中又带有几分庆幸，他忽然出声问：“昆玉师兄，您是怎么知道杏林堂新任掌门是个小姑娘的？”

“废话，自然是从沧溟道长那里知道的——”胖师兄话说到一半，忽然拔高了音量，“怎么，你敢质疑我？”

昆吾连忙摇头：“师弟只是好奇玉玑子道行高深，怎么会眼睁睁地看着寒铁针在自己面前消失了呢？”

“你一连给我提鞋都不配的弟子，问这么多玉玑子和寒铁针的事情干吗？！还不赶紧做事去！”胖师兄踹了昆吾一脚，极其不耐烦，“滚滚滚。”

昆吾被踹得一个踉跄，狼狈地扑在地上，绲着白边的蓝色道袍沾了灰便脏了。

昆吾的脾气素来好，摔了个狗吃屎引得众人嘲笑，也只是拂了拂身上的灰尘，丝毫不在意。

而围观热闹的一众师兄弟在听到由远及近的脚步声后，都纷纷站起了身，自觉地让开了一条道，双手作揖，神态谦恭："沧溟道长。"

昆吾抬头一看，正是往日不可轻易近身的沧溟道长。

他神态严厉地喝了一声胖师兄："昆玉。"

胖师兄双腿一软，跪在地上："掌门，弟子错了，下次不敢了。"

很是诚恳地认错，可他的眼睛里却无丝毫悔意。

这一切，昆吾自然是看在眼里的。

胖师兄是沧溟道长俗家姐姐的儿子，自小便被送过来修行。

昆吾露出一个不甚在意的笑："沧溟道长，刚才师兄他们是在跟我开玩笑呢。"

轻轻巧巧的一句话就为胖师兄开脱了。

可有人却不愿这么轻易放过他，为昆吾出头的是沧溟道长身边一个着粉衣的小姑娘，两眼弯弯，笑眯眯，很可爱的样子。

她指了指昆吾掩在衣袖下的左手："这玩笑开得有点忒大了，手掌都擦伤了。"

声调仍然是上扬活泼的，可她那双黑白分明的大眼睛盯得胖师兄的脸色倏忽一变，往人群里缩了缩。

昆吾下意识将手往衣袖里缩了缩，手掌渗出来的血珠蹭在了蓝色衣袖上，很快便氤氲成深蓝色。他眉眼未动，言辞恳切："沧溟道长，师兄刚才只是与我玩笑罢了，是我自己擦伤的。还请这位姑娘也不要介意我们师兄弟间的玩笑话。"

"你——"那粉衣小姑娘气得直跳脚，白了昆吾一眼，"哼，好心被当驴肝肺！"

昆吾不置可否，只是敛眉笑了笑，对粉衣小姑娘的不屑照单全收。

二

后来昆吾又好几次听到胖师兄他们在议论寒铁针的去向。

胖师兄讲得唾沫横飞，眉飞色舞，一旁的昆吾听得提心吊胆，不自觉就往胖师兄旁边靠了靠。

胖师兄抬脚就踹了他一下："看什么看，还不去采药，你不知道药铺里没药了？！"

昆吾的拳头不自觉紧了又紧，最终却背起了药篓往山上去。

只是昆吾没想到，有人比他更早地到了山上。远在山腰上，就能看到一袭粉衣在树林间窜来窜去，是那天为他出头的粉衣小姑娘。

看到昆吾也跟着过来，她似乎并不太高兴："你跟着我干吗？！"

昆吾低头，隽秀的脸上挂着和善的笑："不是跟着你，是药铺里没药了，我来采药的。"

粉衣小姑娘斜觑了昆吾一眼，他此刻脸上的神情和那日受辱时挂着的笑一模一样地假，她忍不住啐了一声。

山林静寂，昆吾自然将粉衣小姑娘的不屑听得一清二楚，但仍默默无言地跟在她后面采药。

粉衣小姑娘大概有些不习惯山林的阒寂，这才主动开口问他："你想过离开太虚观吗？"

她不解他在这太虚观待得憋屈，却还不走。

昆吾锄草药的手一顿，脸上挂着不以为意的笑："我怕死。"

这句话引来了粉衣小姑娘更加不屑的目光，脆生生的声音惊得林间鸟儿掠翅飞腾："现下这九州鏖战的战士中有不少是你们太虚观的，你这样一个人，怎么也能入观？"

再鄙夷不过的口气，昆吾却只笑了笑，将刚采的草药往药篓里放。

粉衣小姑娘眼尖，瞥见昆吾刚放进药篓里的草药是断魂草，赶紧喝止他："哎——你这刚放的是断魂草可不是鱼肠草！"

昆吾不通药理，只道这断魂草就是平日里师兄们用的鱼肠草。被粉衣小姑娘这一喝止，昆吾讪讪地笑了笑："你懂草药？"

"我是杏林弟子，怎么会不懂草药。"粉衣小姑娘回答得漫不经心，递给他一把她刚从旁边采的草药，"这才是鱼肠草，叶细有锯齿，而断魂草却没有。"

就着林子里透进来的日光，昆吾仔细辨认了下两味草药的区别。

粉衣小姑娘早走到前头去找别的草药了，昆吾盯着她娇小的身影看了半晌，眸色深沉，不知在想些什么。

他们爬的这座山是离太虚观最远的一座山，山路崎岖难行，才下到半山腰，月亮就升起来了。

夜里山风冷，粉衣小姑娘冻得嘴唇发乌。昆吾将外衫脱下来递给她："衣衫有些旧，但好歹能御寒，你且先披上吧。"

粉衣小姑娘勉力朝他笑了笑道谢，这一笑，愈发显得她的脸色苍白，衬着乌黑的唇，月光下竟有些吓人。

昆吾道行浅，却也看出来粉衣小姑娘有些不对头，也不管她愿不愿意，且将她双掌合于自己手掌之上，为她源源不断输送灵力。

但他地位卑微，修为尚浅，过了半晌，粉衣小姑娘的掌心仍如寒冰一般。昆吾便将她扶到自己背上，身前背着沉沉的药篓，深一脚浅一脚走下山。

回到太虚观的时候，后山的寝殿灯火通明，沧溟道长正背手立在大殿门口，底下黑压压地站了一群弟子。

眼见昆吾背着粉衣小姑娘回来，一群人都围上来，七嘴八舌议论纷纷。

沧溟道长却只命令道："将她送到书房里去，其他人都散了。"

昆吾顺从地背着粉衣小姑娘，跟在沧溟道长的身后，往他的寝殿方向去。

沧溟道长惯用的两名弟子守在门口，昆吾连寝殿的大门都没能进去，就被拦下来了，早有一名长身玉立的弟子抱过昆吾背上的粉衣小姑娘。

昆吾见进不去寝殿，便在殿外的广场上守到月上中天。

沧溟道长从书房里出来的时候，隔着大门，远远地便瞧见了广场上那个背着茕白回来的弟子。如果不是他身穿蓝色道袍，他其实都不太能认得出是自己门派的弟子。瞧见他白色中衣上挂着几条血痕，应该是下山的时候，慌不择路被荆棘划伤的。

"你先回去上点药，茕白她没事了。"沧溟道长走过去，和蔼地同他说了几句话。

原来粉衣小姑娘名唤茕白，昆吾按捺住心中涌上来的窃喜，素来寡淡的脸上仍旧无甚表情，只是点了点头，转身就走。

他没回自己的房间，只是就着月光，悄悄地下了山。

三

次日众弟子集合上早课时，昆吾早到了片刻。刚踏上最后一阶石阶，忽然有个肥硕身影挡在他面前，指着他的鼻子问："你昨夜为什么偷溜下山？"

昆吾脚下一顿，脸上却挂了笑："昨夜背茕白回来的时候，把我娘留给我的玉佩落下了，便下山去找了。"

太虚观的山门一过子时便会关闭，无论是谁都不能下山，何况昆吾只是一个小小的弟子。

众人自然是不信的，昆吾便从腰际掏出了一个成色一般的圆形玉佩，递给胖师兄。

此前，他们谁都没见过昆吾有这么一块玉佩，如今面对手掌上的小小玉佩，大家面面相觑，想从昆吾的言辞中寻找一两处的漏洞。

胖师兄想起来一件事，朝昆吾笑得促狭："我记得以前每逢中元节你就会消失一整夜，不知是不是也如昨夜一样偷偷下山去了？"

众人议论纷纷，更有人主张要将昆吾绑起来问清楚："莫不是叛徒玉玑子的内应，来观里刺探军情的？！"

此言一出，众人哗然。自从玉玑子叛出太虚观后，这个名字变成了太虚观的禁忌。

负责他们早课的道长将昆吾叫到跟前，厉声盘问他："昆玉所言属实？你私自下山究竟所为何事？"

正巧被欲将道袍送还给昆吾的茕白瞥见了这一幕，黑压压的一群人，她什么也看不见，提脚欲走，忽然听到有人出声辩解："道长，我只是为了捡我娘亲留给我的玉佩。"

是昆吾的声音，茕白下意识止住了脚步。

透过缝隙，她看到昆吾低垂着头，眼睫微颤，背却挺得很直。

茕白到底不忍见他再一次被众人为难，忍不住开口："昨夜昆吾背我回来的时候，确实将玉佩遗落了，我说要回去找，他执意要将我先送回观里。"

有了人证，谁也说不得什么，就连此前昆吾每逢中元节便消失的事情也就一笔带过了。

苋白上前两步，递了一个白玉瓷瓶给他：“金创药。”又把道袍还给他，连眼神都没给他一个。

尽管昆吾救了她一命，可她到底还是瞧不上昆吾这样的人，胆小如鼠，又怯懦逢迎。

昆吾像是明白她的想法，又像是并不知道她心里对他的鄙夷，只是接过了瓷瓶和自己的道袍。

山下依旧战火纷飞，魔气侵扰九州大地，阵亡将士的白绢很快就被送上了太虚观，绢布上一排排的字，个个都是熟悉的名字。

这白绢既是报丧，亦是求救信。原先下山的师兄弟们苦战许久，死伤大半，已撑不下去了，是该再送一批去战场了。

这一次再送走众弟子，太虚观便没什么人能留下来了。

四

是夜，昆吾主动去了沧溟道长的寝殿，站在大门口高呼：“弟子求见掌门。”

正在书房内收拾包裹的苋白闻声一愣，兀自开了门，沧溟道长主殿的门也应声开了。

昆吾屈膝跪在沧溟道长面前：“掌门，弟子自请将苋白送回江南。”

听到这句话的沧溟道长眉眼微动，看了一眼跪在跟前的昆吾，太虚观没多少人知道苋白的身份。

昆吾见掌门狐疑，便主动解释：“我原是江南人士，也听说过杏林堂的一些事情，所以不难猜出苋白便是杏林堂新任掌门。”

沧溟道长对他的说辞未置可否，只淡淡道：“我已安排了别的弟子送她回江南。”

听此言，昆吾脸上神色未变，只是眼中眸光沉了下去：“既然如此，那弟子就先回去。”

在一旁看着的苋白自然明白他为何要主动提出送自己回江南。他怕死，当然不想跟着其他师兄弟一起上战场送死。

可这普天下谁不怕死，哪个男儿不是前赴后继地上场杀敌。

苋白头也没抬，转身就回了书房。

可当她收拾包裹的时候，却忽然想起昆吾所说的玉佩。

什么玉佩，她压根没听过，她替他辩白的词，不过是顺着他的谎言继续往下说而已。

她一直瞧不上他，可她还记得当时被众人围攻的时候，他竭力挺直的背，怎么看都不像是一个贪生怕死的人。

苋白追到了殿外的广场，扬声喊道：“站住。”

昆吾停住了脚步，苋白的声音从背后传来：“你为什么想送我回江南？”

面对苋白直截了当的发问，昆吾顿了一下，才转过身来，脸上挂着谦和的笑：“你知道的，我怕死。”

苋白自是不信：“如果你说真话，那我就考虑让沧溟道长换你送我回江南。”

昆吾闻言，微微一笑：“此话当真？”

他这一笑，才露出几分少年人该有的意气。

苋白扬眉看了他一眼：“我是杏林掌门，说话自然算数。”

昆吾盯着面前的女孩子看了一眼。苋白虽然贵为掌门，却是娇滴滴的小姑娘，一言一行都藏不住心事的那种。

他知道她心善，便寄希望于她：“我知你是杏林掌门，医术高超，便想请你回江南之前救救我母亲。”

“所以你在这太虚观窝着，就是为了救你母亲？”苋白看着他。

昆吾点点头，苋白便也不再多问，只是问了他一句别的：“此去江南，山高水长，危险得很，你会不会中途逃走？”

昆吾闻言笑了笑：“你放心，我虽怕死，但知晓做人当结草衔环，以报深恩。”

见他做了承诺，苋白便也没再说什么。

既然杏林掌门主动选了护送自己回江南的弟子，沧溟道长自然不好再说什么，只是将昆吾叫到了自己的寝殿，将太虚观至宝聚魂符交给了他。

聚魂符乃是太虚观圣物，能聚天下圣灵，庇护本体。

五

昆吾带着苋白一路往山下去，行至半山腰，苋白主动同他讲："现在可以去救你母亲了。"

昆吾便带着她拐进了一条荆棘小路。

"以前小的时候发现过一个奇怪山洞，洞里总是会有很多动物的尸身，后来才发现这个山洞竟可以保持尸身常年不腐……"昆吾一路上话很多，茕白跟在他身后，心中却涌上一股不好的念头。

走过荆棘密布、杂草丛生的乱石，拐过山坳之后，却是别有洞天，映入眼帘的是流水潺潺的涧溪和冒着寒意的幽深山洞。

穿过幽径，眼前赫然出现的是一口石棺，茕白脸色大变："你让我救的是死人？！"

顿感不妙的茕白转身就跑，却被昆吾拦住，他忽然紧紧抓着茕白的双手："我知道，寒铁针还在你身上，只要你肯施针，我娘就能活过来。"

茕白愕然抬头，面前这个蓝袍小道长处心积虑地接近自己就是为了寒铁针和逆转丹行，可笑的是她偏选了面前这个人送自己回江南，亲手将自己送上了死路。

世人皆知历任杏林掌门只需以寒铁针为亡者施以逆转丹行，亡者即如常人。但从无人知，施行者需要承受异常惨烈的代价，茕白曾亲眼见过师父施行时，因内力反冲，导致自身筋脉尽断，最后一辈子都再不能下床行走。

茕白愣了神，忘了自己还被紧紧攥着的双手。

昆吾看她的眼神殷切而热望，茕白蓦地生出错觉，眼前的这个青袍少年似乎并不是当晚背她下山的那个小道长，也不是竭力挺直腰背的那个小道长。

难怪，难怪他无论受了多少屈辱，都能咽下，还能装作若无其事。

"茕白，只要你肯帮我，我这一世、下一世、下下一世都当结草衔环，以报深恩……"昆吾说这话的时候，茕白一直盯着他看，想从他脸上、眼睛里看出些什么。

她想，若是自己真的不顾生死去助他达成心愿，那他的眼里最起码也该有犹豫、有不忍吧。

可昆吾没有。

茕白干笑了两声："你处心积虑地把我骗过来，就不怕我撂挑子不干？"

昆吾愣了一下，他下意识回答道："不会的，你不会的——"

"有趣，有趣。"洞外忽然传来一个男人的声音，昆吾惊惶回头，走进来的是一个紫衣绶带的青年男子，在看清楚黑色斗篷下的那张脸时，昆吾和茕白的脸色俱是发白。

这人不是别人，正是太虚观叛徒玉玑子。笑意隐藏在斗篷里，看不真切："顾掌门，别来无恙。"

茕白眼见自己无路可逃，扭头看了一眼昆吾，忍不住喟叹了一声，问他："你可知我这一辈子只能救活一个人，你何必跟玉玑子联手。"

昆吾不明她的意思，急急解释道："我并没有同他联手——"

"轰隆"一声巨响打断了两人的对话，一道蓝光劈开石壁，露出里面一口透明水晶棺，里面躺了一个容貌淑丽的年轻女子。

玉玑子走到棺椁旁，轻轻抚摸着棺里女子的脸庞，忽然转过头，对着茕白温和地笑了笑："只要你能让她活过来，我就答应把你的尸体运回杏林堂，寒铁针也会一同回到杏林堂。"

茕白明白事到如今，自己已无退路。横竖都是一死，她苦笑一声："我可以救她，但你须得平息战火，不可再令九州生灵涂炭。"

茕白纤纤手指指向了昆吾，冷笑道："至于他，也放了吧，他虽自私了点，可也没害过人。"

她扭头朝昆吾笑了笑，眼中含泪："你啊你，还真是辜负了我一番信任。"

说罢，便头也不回地朝水晶棺走去。

听得茕白这番话，昆吾只觉喉咙一紧，千言万语只得一句话："我不该带你来这里，否则也不会遇到玉玑子——"

那厢长身玉立的玉玑子却突然朗声大笑："就算没有遇到我，她不一样也必死无疑么，你不知逆转丹行是逆天改命吗？你逼她救你母亲，本就是把她往火坑里推……"

轻描淡写的一句话却似惊雷在昆吾心里炸开，他不知逆转丹行竟然是要以命易命，而自己竟还觍着脸央求茕白救活自己的母亲……

"你——"昆吾直直地盯着茕白，想问她为什么不说清楚原来逆转丹行竟然要付出这样大的代价，但他最终却只是垂下头，停在她脸上的最后一眼竟说不上是什么情绪。

玉玑子对乖乖听话的苌白很是满意，便意欲离开："我去取来为师父准备的死而复生的礼物，你们要看住了苌白，必要时渡她修为。"

玉玑子离开后，手下的人注意力都集中到了苌白身上，没人注意到昆吾悄悄松了一口气。

他眼见苌白屏气凝神，将寒铁针刺入棺椁中的女子身上，淡蓝色的光芒聚于她的指尖，顺着银针走势渐渐牵引入女子体内，而她指尖光芒渐微。

一旁守着的昆吾只不动声色地盯着苌白，食指指尖早已凝起赤色火焰。

好在临行前掌门将太虚观的聚魂符交给了自己，他说："这符虽然能聚天下圣灵，但不到万不得已的时候，不要轻易使用，你修为尚浅，一旦使用不慎就会反受其害。"

玉玑子的侍从虽比不得玉玑子功力深厚，但对于昆吾来说实属难事，便是搭上性命也未必能占得一两分便宜。

但无论如何，他总要一试，他答应过苌白，要把她平安送到江南。

庇护兽冲破符纸，口吐赤焰，朝侍从站立的方向呼啸而去，其中一名侍从脚点山壁，腾空而起，利剑破空而下，劈向昆吾。

待昆吾浑身是血倒提长剑，强行阻断逆转丹行时，苌白已然承受不住，一口血在心头翻涌几番，才吐了出来。

昆吾急忙上前抱住气若游丝的她，一番话哽在喉头，最后只在她耳畔说了"对不起"三个字。

昆吾深深地看了一眼洞中石棺，方才以命相搏之际，石棺早被庇护兽撞裂。这三年来母亲一直宛若活人的面容顷刻间荡然无存，三千青丝悉数化灰，露出森森白骨。可这又有什么关系呢，寒铁针可起死人，可肉白骨——

昆吾低头看了一眼自己怀里已经晕死过去的苌白，她身上的血一滴一滴地滴在石头上，仿佛也滴在了昆吾的心上，一个人怎么能流这么多的血呢？

他从来都不知道施行逆转丹行是会要了苌白的命，而原本她也不应该遭遇这些的。昆吾心一横，抱着她转身下山。

下山不能走来时的小道，也没有马匹，昆吾选了条灌木少的路，步履蹒跚地抱着苌白，山风在耳旁刮得直响，灌木上有的植物长满了刺，从昆吾身上擦过，血肉模糊。

下到山脚的时候，昆吾吃力地将苌白抱上马，回头看，他刚才点的那把火已经烧到整个山头。借着火光，昆吾看到山头上有一道黑影闪过，冲进了滔天大火里。

火中穿斗篷的人突然仰天大笑，黑色的帽子倏忽落下，被火龙舔舐干净，露出原本的模样，三千墨丝中皓发隐现，鬓角也已经花白："我穷尽一生之力，想要让我的师父活过来，从杏林堂的逆转丹行到太虚观的绝密典籍，我杀了许多人，昔日同门和挚友，却只能保她的躯体永生不灭。"

"我的双手满是洗也洗不清的血腥和罪孽，我知道这些迟早都会加诸到我的身上，可是我不怕。我要她活过来，她还那么年轻，却因什么天道伦理而丧命；我要她再不用理会什么天道伦理、世俗禁忌……"

穷尽一生之力，最终只落得这样惨痛的下场，昆吾在山下听得玉玑子师叔仰天长啸，声音似水波在山林间涤荡，悲凉慷慨。

山头的火越烧越烈，与此一同化为灰烬的还有昆吾辞世已三年的母亲。

山下的昆吾望着黑烟滚滚的山头，不敢多停留，费力地跃上马，便朝江南赶去。

六

苌白是在马背上被颠簸得醒过来的，睁开眼的时候，头顶上赫然响起昆吾疲惫不堪的嗓音："等到了城里，我们找家客栈再好好休息。"

不过片刻，昆吾的头便渐渐地垂在了苌白的肩上，苌白连唤了几声"昆吾"，没有人应，苌白不敢大喊，握紧昆吾的手，翻身跃下马。

昆吾倒在马背上，浑身血迹斑斑，脸上也挂了几道彩。苌白慌慌张张地去探他的鼻息，发现他体内真气乱窜，血脉逆行。

苌白蓦然红了眼，翻身而上，狠狠地扬鞭，去势汹汹，马不停蹄，直朝附近的小镇而去。

苠白守了他一夜，见他睁眼，便知他算是熬过来了，没有性命之忧了。

昆吾没想到自己一睁眼，看见的便是苠白。他神色诧异又羞赧。

苠白反倒像个没事人一样问他："有没有觉得哪里不舒服？"

昆吾摇摇头，几次张嘴，却吐不出一个字。

苠白见状，也懒得再同他讲话。

说到底，她是怨他恨他的。他骗过她许多次，她自然不想再听他的谎言，便起身出了房间。

昆吾看她脸色不佳，也不好再说什么。毕竟他害人在先，就算再道歉再解释，想必也无人会信。

两人就这样抬头不见低头见地在小镇待了几天，等昆吾恢复得差不多了，才动身往江南去。

路上苠白讥讽地问了他一句："不用我再去救你的母亲？"

昆吾只低低地说道："不用了。"

苠白冷笑道："你可要想清楚，一旦回到杏林堂，你便再没有机会了——"

"下山的时候我已经一把火烧光了石洞，"昆吾的话罕见地多了一句，"这样玉玑子就不会再对你虎视眈眈了。"

苠白愣了片刻，随即脱口而出："可你的母亲——"

昆吾挤出一抹笑意，像是在安慰她又像在安慰自己："生死有命，强求不来。"

苠白看他微垂双眸似有泪珠凝睫，心里似乎有东西在悄然破壳："你——"

她顿了一下："若是天下太平了，日后你有什么打算吗？"

苠白的声音随风散在羊肠马道上，猎猎粉衣在昆吾面前扬起，像极了太虚观山门口的那株桃树盛开的颜色。

昆吾的声音也四散在风中："留在太虚观，在那里种十里桃林。"

将苠白送到杏林堂时，昆吾看着一身粉衣的苠白突然开口道："我并不知道原来逆转丹行是以命易命……"后面的话，他渐渐说不下去。

若真要以命易命，他愿用自己的命，而不是苠白的命。

"我走了，后会有期，不对，应该是无期……"昆吾有些语无伦次，也不敢去看苠白的眼睛，只垂着眼牵着马往回走。

苠白朝他背影大声喊："若天下大定了，我便去太虚观看你的十里桃林。"

可昆吾并没有回头，也不知道他听到了没有。

苠白站在杏林堂的门口，看着他牵着马往回走，天边的夕阳红得火烈，青衣少年的身上也带了夕阳的暖意。

昆吾一直没回头，苠白就站在门口一直看着他的身影越来越小，最终消失在路角，连夕阳也消失了。

七

再次听说昆吾是在三个月后，战场频传捷报，说太虚弟子已经击破了叛军在中原的防线。

而此时的苠白在另一处战场后方忙得满头大汗，手下的伤兵说着前方的战事。

在听到昆吾的名字时，苠白愣了一愣，伤兵说道："昆吾道长杀敌勇猛，据说曾一人斩杀百余骑……"

苠白恍了一下神，手中的活计仍未停下。

以前，他常说自己怕死不愿上战场，如今却从别人的口中听说了他斩敌百余骑。

到此时，苠白突然明白过来，是自己一直误会了他。

他何曾怕死，只不过是因为想复活母亲，便一直曲意逢迎、苟延残喘地窝在太虚观里。

不过一百多日未见，苠白总觉得当初两人在玉玑子手中慌忙逃命已是很久远的事情了。她很想看一看他现在的样子，披坚执锐，金戈铁马。

后来她果真还是在战场上遇到他了，不过并没有见过面。那个时候他正率大军踏平玉玑子的老巢，作为杏林万千弟子中的一个，她留在后方救死扶伤。

夜里她提灯照看病者，从帐篷里出来的时候，正碰到一群走远了的人，为首的少年被簇拥着，夜色又黑，她看不清那人的模样。

"那就是昆吾道长啊。"旁边的一个伤兵感慨道，"只可惜老天不开眼，道长年纪轻轻就时常犯病。"

"犯病？他犯的什么病？"苠白不自觉声音都

变了。

“听说是几年前落下的病根，我也是上次军营议事亲眼看到道长发病，当时啊，他整个人疼得都缩成一团了，面目发黑，我们在旁边都觉得揪心地疼。”

“昆吾，昆吾！”苘白想也没想，扭头就朝昆吾刚走的方向狂奔，她从未质疑过，他一个普通弟子为何也能召唤庇护兽，原来是他以命相搏，才召唤出了庇护兽，将她救了出来。

追上那群人时，苘白腿一软差点没跪在地上，断断续续地喘着气：“昆吾，昆吾。”

“昆吾道长已经回营休息了，姑娘找他可是有要事？”为首的男子微微颔首。

“昆吾，他是不是因为当年召唤庇护兽落下的病根？”苘白以手抚胸，大口喘着气，问完又摇头笑了，这些人又怎么会知道当年的事情呢。

她低头从腰际掏出一个小瓷瓶，递给为首的男子：“你跟他说，难受的时候，就服一粒这个药丸，等到天下大定，我去太虚观找他，给他治病。”

“不知姑娘姓名，等见到昆吾道长，我也好转述。”那男子见苘白越走越远，忙追问，却见她转过身来，摆手道：“你跟他讲，让他千万要好好的，等见了面我一定会治好他的。”

战乱渐渐平定，玉玑子在他师父被烧之后，便销声匿迹了，没有人知道他是死了还是云游方外去了。九州的有识之士群起而战，一寸一寸地收拾着破旧山河。

苘白回杏林堂的时候，正是城春草木深，满城都是新冒的绿草芽儿，盖住了土里猩红的血和森森白骨，院子里的桃花开得灼灼，春光正好。

多年战火总算是平定了，不久苘白便听说，昆吾道长回了太虚观。

她当晚便收拾了包袱，牵着一匹马，趁着月色上路。

她要去太虚观找他，为他治好病，她要当面跟他说一声“抱歉”，她一直误以为他是贪生怕死之辈，还几次出言讽刺他。

可她没机会了，太虚观被灭门的消息传来的时候，她离太虚观已经只隔着一座城池了。

说是玉玑子的余孽背水一战，攻陷了太虚观，昆吾和众弟子战死，万马践踏，尸骨无存。报消息的人说得那么真，悲痛欲绝，可苘白不信，她狠狠地扬鞭，策马上山，路已被踏平。

最后苘白是在残存的衣衫碎片中找到绣了“吾”字的一角，苘白膝下跪着的地方血腥味浓郁不散，连衣衫都已经支离破碎，嵌入红色的土里。她用手去抠那些被嵌在土里的碎片，只要能找到昆吾的白骨，她就可以救活他。她一寸寸地抠，抠到血肉模糊，分不清是她的血肉还是那些葬身于此的太虚弟子的。

到最后她终于忍不住号啕大哭，她是杏林堂的弟子，她有寒铁针与逆转丹行啊，可是这有什么用，她根本救不了他，甚至连他的尸骨都无法去寻找。

这偌大天地，她只能空守着世人孜孜以求的寒铁针。

八

苘白没想到在昆吾离世十多年后竟再次听到了昆吾的消息。

那个时候，她在江南杏林堂问诊，一个中年人见她一袭粉衣，便好奇地问了她一句：“你可是苘白？”

苘白并不识得这个人，只迟疑地点了点头。

他笑得憨厚：“你还记得昆吾道长吗？”

十多年后，再次听到昆吾的名字，苘白心头有阵阵刺痛蔓延开来。

中年男子笑容可掬：“昆吾道长跟我提过一次，说等天下大定后，他要在太虚观等一个穿粉衣的杏林弟子，陪她一起看十里桃林，他说那弟子名唤苘白，我估摸着就是你。”

直到中年男子起身要离开，苘白还愣在那里。

是她惯常带着的那个刚入塾读书的小弟子抱着一册书过来找她，摇着她的袖子，撒娇道：“师父，师父，这个字念什么？”

苘白才回过神来，将小弟子抱到自己膝上坐着，她将书摊开，一字一句地教着：“君埋泉下泥销骨，我寄人间雪满头。”

小弟子奶声奶气地跟着念：“君埋泉下泥销骨，我寄人间雪满头。”

西风惊绿衣

风起时喃喃：早知涟漪易散，不敢种涟漪。

云之宴宴

鹿屿森

一

我在御史府度过的第一个早夏，恰逢风铃初开时。

“这是新品风铃草，去年从西陵移栽过来的。”我的手指刚触上花瓣，身侧便有人携香而来，“你若喜欢，我再命人种些在府上。”

我在来人静静的注视下羞红了脸，摆摆手道：“不用，我只是觉得挺好看的。”

“确实好看。”

对方轻笑一声，抬手缓缓从花丛中折下一朵，还没来得及说话，便被一只乱入的手截了胡。“此言差矣！怎么能只说花好看呢？”手的主人倏地把花插在了我的额角，“应该说，花无色来人更娇……对不对，小师姑？”

心里刚起的那点儿涟漪瞬间平息了，我默默拍掉那朵可怜的风铃花，换回表情淡漠的僵尸脸，对着眼前眸子晶亮的不速之客腹诽：狗皮膏药。

这块长得还挺不错的狗皮膏药叫唐景云，他爹是当朝崇远侯，姑姑是尊贵的德宁郡主，外面的人都唤他唐小侯爷。他出身是镀金的，样貌是出挑的，这么一个本该谪仙一样的主儿，却天天黏着我当块狗皮膏药，我至今也不能理解。

“晏晏脸皮薄，你快别闹她了。”

“段宜修，你该去上早朝了吧？”唐小侯爷似乎对旁人很不满，怒目怼了他一句，转而又笑眯眯地看向我，“等会儿小师姑教我练剑，好不好？”

“不好。”我硬邦邦地拒绝道。

“那就这么说定了。去后院练，我先换身衣服准备一下。”

我怀疑唐景云有选择性屏蔽别人说话的特殊能力，不然为什么我冷脸对他那么多次，他却一点儿没受影响？不过也可能是他脸皮厚。

二

唐景云与我的孽缘始于五个月前。

那时我不知道段宜修是御史大人的公子，我也还没成为伴他左右的女护卫。我跟他都在钟鸣山上的玉衡谷习武，我是被老谷主从溪畔捡来的弃婴，一直被老谷主养在身边。他则是十六岁才入谷，虽然他比我年长，但按照辈分，他还要尊称我一声小师姐。但他很少这么叫，大多数情况都是直呼我的名字。

而唐景云，自段宜修出谷后便死乞白赖地讹在御史府不走了，美其名曰向他讨学问、习武功，非要拜他为师，一厢情愿地喊我小师姑，乐此不疲。

“其实景云只是看着不正经而已。”段宜修早看出我厌烦唐景云，总是很有耐心地跟我解释，“崇远侯老来得子，他母亲怀他怀得很辛苦，出生时又差点儿被脐带缠住喉咙夭折。他没经历过世事烦扰，多少养出了点儿骄纵的少爷性情。他就是单纯地喜欢你，没有恶意。”

“可我不喜欢他。”我压着嗓子，心里闷闷的。

没错，世事就是这么难料。我偷偷摸摸地喜欢的师弟，是唐景云这块狗皮膏药的发小。

听段宜修说，他跟唐景云少时总能在各种各样的筵席会面，但也仅限于点头之交。可某次宴会时，他们意外地发现对方都很讨厌吃芋头，自此产生了深厚的友谊。

听完我差点儿窘得翻白眼，但又不好说什么，只得淡淡地回个“哦”字了事。

“晏晏，我觉得你不用时常冷着一张脸，女孩子笑笑才好看。”

我倾慕的少年郎，他丰神俊朗，长身玉立，喜欢笑起来阳光灿烂的姑娘。但我从小就很少笑，纵然在谷中老谷主给了我许多的关爱，可比起其他同门，我还是有挥之不去的自卑感。段宜修刚来谷中时就很讨人喜欢，有好几个师姐妹都倾慕他，她们会大方地送他好吃的果子，约他爬山看景，而我只会默默地观察他，不敢声张，不敢靠近。

我是不配去接近段宜修的。

可少女心事堆积到一定程度，总成愁绪。某日我偶然撞见段宜修跟一个小师妹在竹林中练剑，两人说说笑笑的，氛围融洽。小师妹有一张圆圆的脸，笑起来露出唇边隐隐的酒窝，是他喜欢的模样。我躲在远处，酸得整个人都不好了，狰狞着徒手掰断了旁边的竹枝，等我意识到的时候，已经满脸都是泪水。

而倒霉的唐景云，就是在这时撞在我的爆发口的。

我转身欲逃，却忽然撞上一个陌生的少年——他紧蹙着眉，表情扭曲，龇牙咧嘴地歪头看了看我：“你……你怎么了？”他见我不答，便掠过我，伸长脖子往竹林深处望了望，眼睛“腾”地一亮：“喂——段宜修！”

我吓得猛然回头，段宜修果然听见了喊声，挥了挥手带着小师妹往这头走来。

那个奇怪的少年又瞥了我一眼，接着用更大的声音喊道：“段宜修！你快点儿过来，这有个姑娘她……啊……啊……！”

我在慌乱无措中把对方给打了，一拳重重地砸在他的腮边。

我承认，我挺对不起唐景云的。但谁让他乱喊乱叫——我绝对不想让段宜修过来看见我这副失态的样子。人一凌乱总是下手没个轻重，等我意识到时，少年已经被我一拳打翻在地，捂着嘴巴呜咽着惨叫。

在众人的目瞪口呆中，少年起身顶了顶腮，吐出一颗血糊糊的牙来。

三

唐景云真的不太正常了。

鉴于我一拳打掉了人家一颗牙，搞得我内疚又自责，决定跟他郑重道个歉，要不让他打回来，我也认了。

我找过去的时候，唐景云原本漂亮的半张脸还肿着，没骨头似的挂在段宜修后背上发牢骚：“你这待的是什么鸟不拉屎的地方？以后我可不来找你了，太折腾本小侯爷了！”

我以为他是说我，脚步一晃，差点儿摔倒。

唐景云眼明手快，压根儿没给我逃跑的机会，瞬移似的过来一把拽住了我的胳膊：“你……站住，别动，就是你！”

我认命般地闭上眼，没等来预想的咒骂或是拳头，却等来一个暖热的拥抱。

钟鸣山落日的余晖映在少年浮肿的脸上，把他照得像只清秀的猪头，“我还真没遇到过你这样的姑娘，”他扬起笑容，感叹地指了指他的腮边，“这颗虫牙折磨了我大半个月，疼得我吃不香、睡不好，居然被你一拳根治，太厉害了！”

我微张着嘴，被超出事态发展的结局惊得僵在当场。唐景云继续眨着他炯炯有神的眼睛说：“我叫唐景云。恩人，你叫什么名字？”

我偷偷瞥了一眼段宜修，他的脸上有隐忍的笑意，好像在旁观一场笑话。我只觉得在他面前丢了人，所有愧疚之情一扫而空，没个好气地回道：“许晏晏。”

“晏晏，好名字！”唐景云“啪”地一拍掌，俯身凑近我，“恩人，大恩大德，我仔细想了想，怕只有我追随左右来报了。”

听到这儿，段宜修终于笑出了声，而我至此被一个只见过一面的人给缠上了。他恨不得昭告天下说他喜欢我，只是因为我一拳打掉了他一颗……虫牙。

唐景云真的非常不正常，这话我已经说倦了。

“或许是因为你对他来说很特别，”段宜修还尝试着劝我，“或许他对你一见倾心，也说不定。”

算了吧，这是什么奇葩的一见倾心，我一点儿也不想要。

何况就算是要，我也不要从段宜修那儿送来的——他没有对唐景云缠着我这件事表现出任何烦闷的情绪，反而十分惊喜地告诉我，他的发小小侯爷从没对任何姑娘如此上心过。

我该感到开心吗？被我倾慕的少年郎推给另一个人，我该感到开心吗？

而我左右为难之际，段宜修要出谷了。他马上到了入仕的年纪，出谷后不久便要参加科举考试，从此走上仕途，不会再回谷了。我差不多做好了跟他再无相见可能的准备，谷主却突然向他提出了招我做护卫的建议。

“晏晏年纪虽不大，但在这玉衡谷中，数她资质最好，剑术、武学也最通透。”谷主把我和段宜修叫过去，倒上茶，慢悠悠地道，“她没出过谷，我也不忍心她这辈子殉在这谷里，索性让她跟着你吧。”

“我听晏晏的。”段宜修转头看了看我，“如果晏晏愿意，我很欢迎她来伴我左右。”

段宜修没有拒绝，我大大地松了口气。这是老天让我做的选择，留在谷中过逍遥闲适的生活，还是继续做一粒默默望着段宜修的尘埃，我想，在段宜修出谷那天，早早等在出口的我已经给出了答案。

我无法放弃段宜修，但我差点儿忘了，同样没放弃的还有一个唐景云。

四

唐景云在第一时间得知了我同段宜修一起回到御史府的消息并火速跟了过来。

他命仆从带来他的衣物用品，熟门熟路地搬进了客房，段宜修的父母都当他是半个儿子，由着他折腾。全府上下，最不高兴的恐怕就是我了。

段宜修回府后半个月便迎来了科考。

他一门心思窝在家里复习功课，起初我侍奉在他左右，但架不住唐景云每日来他的院子里寻我。我不理，唐景云还不罢休。无奈之下我只得找理由出府，以免因为我跟唐景云纠缠，扰了段宜修复习。

果不其然，唐景云又跟了出来：“小师姑，你做什么去？”

“帮公子订餐席。”我推开唐景云靠过来的头，没个好气，“听说科考结束后考生都会到酒楼吃席讨吉利，这届考生很多，晚了怕订不到，你别跟着我。”

“你要去哪里订？”

我停下脚步看着唐景云，不想吱声。

“不就是订餐席吗，跟我走。”他不由分说地一把攥住我的手腕，不知用了多大力气，我挣扎几下竟挣脱不开。他跑了两步，回头冲我桀骜地咧开嘴，笑容里有阳光蒸腾的味道："我带你去吃东邺最好的酒。"

丰月楼坐落在京城御街最北端，那是全东邺最好的酒楼。

御赐匾额悬挂其上，金字招牌，名不虚传。从前我只耳闻，偶尔下山采买的时候路过几次，从没真正涉足过这里。

唐景云大摇大摆地拽着我过去，刚进门就被人热情簇拥着入了楼上的包厢，一看就是这里的常客。不像我，到了这种地方几乎成了哑巴，只能眼睁睁地看他点了满满一桌的饭菜，趴在桌上用讨好的眼神看我："小师姑，你来尝尝。"

"我不尝。"

他挑挑眉，舀了一勺到我面前的碗里："丰月楼的蟹黄豆腐可是一绝，你尝尝。"

蟹黄的香气入鼻，我感觉自己的舌头都快打结了："我不想吃。"

"就当是替宜修吃的，你先试试口味。"

不得不说，唐景云这句话很有说服力。起初我在他期待的目光下浅尝辄止，后来……绝对不是我突然开启了什么吃货属性，只能怪这全东邺最好的酒楼让人欲罢不能。等我跟他面对面强忍饱嗝时，桌子上只剩下空碗空盘。

我被撑得双目通红，还不忘提醒唐景云："别忘了给公子订餐席。"

"放心吧，我已经跟老板打好招呼了。"唐景云顿了顿，恍然意识到什么似的，"小师姑，你喜欢段宜修？"

突然被人戳破了心思，我慌乱地张张嘴，却又被唐景云截住："如果你的回答是喜欢，那我想说你错了。你只是因段宜修好看又优秀而欣赏他，这可不叫喜欢。"

"那什么叫喜欢？"我随口问道。

"像我喜欢你这样的。"唐景云笑得像只偷腥的猫，"我喜欢你，我很确定。"

就不能期盼着狗嘴里吐出什么象牙来。

唐景云话赶话，都在往我跟他身上引，我耷拉下嘴角，不想继续这个话题。如他所说，仰望多年的欣赏之情算不得真正的喜欢，那他对我的感情，怕是连玩笑都不如。

五

段宜修登科那日，御史府上下都一起来看了榜。

段夫人乐得嘴都合不拢，攥着手绢不停地感谢菩萨保佑。我也打心眼里为段宜修高兴，只有府外人士唐景云摇着折扇不以为然："要我说，登科有什么好？进了翰林院，整日与那些枯燥文书为伴，没劲！"

还在应付道贺的段御史听了一耳，笑道："景云来年也够了年龄，不想去试试吗？"

"算了吧。"唐景云"啪"地合上折扇，"我爹总说，在其位，谋其政。站得越高活得越难。段伯父做官做得开心吗？"

"别找借口，还不是你自己没出息。"我实在听不下去了，忍不住回了一嘴。

"我原本是这么想的，"唐景云见缝插针般钻过来，"段宜修有出息，小师姑喜欢；我没出息，小师姑不喜欢……既如此，我来年就去考上一考，考个状元回来，再风风光光地去御史府求亲，好不好？"

"跟我有什么关系？"我握着长剑的手心有点儿出汗，"随……随便你。"

"不能随便啊，我心里受伤了，要小师姑安慰才能好。"

"走开，走开，别缠着我……"

御史大人站在一旁，微笑着看我跟唐景云斗嘴，意味不明，我却感觉落寞。

唐景云有句话倒没说错，在其位，谋其政。我以前的身份是段宜修的小师姐，现在的身份是段宜修的近身护卫，不能逾矩，也无法逾矩。我从未妄想自己有朝一日能进御史府的门，我无父无母，这辈子过得平淡且窝囊，我认了，却忘了命数总有意外。

唐景云就是那个意外。

晚上御史府大摆宴席，我没参与，而是独自一人回了一趟钟鸣山。

没有向段宜修报备，没有打扰老谷主，真正的独自一人——我从未告诉过别人今天是老谷主把我从深山里抱回玉衡谷的日子，我把这天当作我的生辰。此时天色已经晚了，山中秋风萧瑟，我却在溪畔看见一个万不应该出现在这里的人。

唐景云正蹲在溪边洗脸，脸上的水珠被月光映得晶亮亮的。

他抬头认出我，“噌”地一下蹿过来，抱住了我的胳膊：“吓死你小侯爷了，我还以为你不来了呢……这山里又黑又冷，还……还有狼叫！”

唐小侯爷脸上的水珠打湿了我的衣袖，说话带着微微的颤音，我差点儿没绷住笑出声来，停了片刻反问道：“你怎么在这儿？”

他浓重的鼻音里带着一丝小得意：“今天不是你的生辰吗？我猜的。”

我突然感觉自己一脸疑惑的模样像个智障：“你怎么……”

“小师姑，我知道你的事，比你想象得多得多。”唐景云放开我，“喜欢一个人，就会忍不住想去靠近她，想了解她。我还知道……”他撇了撇嘴角，话锋一转，“你为了段宜修强颜欢笑的时候特别丑，还不如你哭起来好看。”

不会说话你就少说两句！

“我没开玩笑。”唐景云见我拉下脸，十分真诚地补上一句，“你哭的时候就是很好看啊。”

“唐景云！”我抿着嘴挤出一个哭笑不得的表情，“你有毛病吗？”

“你看这儿，哈哈……呃……气氛还是不错的，远方是巍巍山峦，脚下是白水清溪，皎白如是天上宫阙，凉夜恰似好景良辰……”冷风一过，唐景云话没说完便打了个喷嚏。他顿了片刻，索性舍弃了刚才的拿腔作势，只揉了揉鼻子，面向我轻轻一笑：“小师姑，生辰快乐。”

皎白如是天上宫阙，凉夜恰似好景良辰。我大概是昏了头了。手心的长剑被握得更紧，我盯着唐景云笑意盈盈的眉眼，心头竟不可自控地狂跳起来。

六

烦，无比地烦。

唐景云的阴影终于入侵到我的脑袋了，在我发现自己连续几天梦到他之后。连段宜修都看出来了我的烦闷：“晏晏，你怎么了？病了？”

“没事。”我一本正经地胡说八道，“可能是最近天干物燥。”

伏案执笔的段宜修停下手，默默地打开窗子，对着刚落了一地的秋雨挑了挑眉。

“公子这是在埋怨我吗？”我有些泄气，垂下眼帘，“我承认我最近状态不好，不过公子放心，我不会忘记自己的职责，会尽力保障公子的安全，不会让公子……”

“晏晏，”段宜修打断我，眼神微澜，“我没怪你，我只是不希望你不开心。”他停顿片刻，看了看我的反应，才继续问，“是景云让你困扰了？”

我被口水噎住，不知该如何回话。

唐景云确实让我困扰，只不过这个困扰法，似乎……有点儿跑偏。

我们在御史府抬头不见低头见，要是唐景云主动贴过来，我还能故作姿态地怼他几句，可有时分明是偶然撞见，我却也同样控制不住心绪。

最后没办法，我找到了一个能绝对隔绝唐景云的好去处——屋顶。

高处不胜寒。我心怀侥幸，也许吹吹冷风能让我脑子清醒点儿。我的出发点是好的。可就在我坐上屋顶，头昏脑涨地被风吹了半个时辰后，却隐隐约约听到了争吵的声音。

“不行！绝对不行，父亲，我们不应该……”

“有些事情是不得已而为之，你还年轻，宜修。”

“明知是错误的，也要不得已而为之吗？”

“……没有对错之分，你要知道，自己是为朝廷尽忠的！”

是御史大人和段宜修？我吐出咬在嘴里的叶梗，定了定神，偷偷摸摸地掀起一块瓦片。

但我努力听了半晌，也只是断断续续听了个大概，最后剩在耳边的居然是段宜修愤怒的反驳声。在我印象里他几乎没怎么发过脾气，对待父母更是敬爱有加，这到底是什么事，竟然能让他跟御史大人吵得这么凶……

“小师姑！你干吗呢？”

唐景云在下面喊我的时候，我正以一个极其诡异的姿势趴在屋顶偷听。本来就不是什么光彩的事，段宜修的怒火又让我摸不着头脑——

唐景云一嗓子喊过来，直接把我吓了个激灵，脚下一滑，直直地从上头栽了下去。

说来挺惭愧，虽然我的剑术在玉衡谷数一数二，轻功却一直吊车尾。人果然是不能做坏事的，现下被唐景云的喊声突然袭击，我来不及做出任何补救。掉下来的瞬间，我正好对上他惊恐的脸。他倏地展开双臂，趔趄着向前跑来："别怕，我会接……"

等我反应过来时，唐景云已经稳稳当当地被我砸在了身下。

后背有几处钝痛，但都不碍事，唐景云却显然没我这么幸运，为了防止我磕到石阶，他用右腿活活当了垫板——等我从他身上爬起来时，他的额角已经渗出了细密的汗珠。

"小师姑，想不到你还挺……挺沉的……"

"唐景云！"我听着他强忍的低吟，内心无比慌乱，口齿不清地胡言乱语，"唐景云，你怎么样，伤到哪儿了？"

房门"吱嘎"一声开了，是闻声赶来的段宜修父子。

唐景云冲他们摆了摆手，手心轻轻盖住了我的嘴，艰难地展颜一笑："嘘，别吵……你看，我说我会接住你的，我接住了。"

七

唐景云的右小腿受伤严重，被崇远侯强行带回府静养。

虽然崇远侯向来放任唐景云，但他是侯府的独子，又是在御史府伤的，如果不是看在御史大人的面子上不好发作，我甚至怀疑他会让人把我就地正法。

不过唐景云完全不想追究此事，他向来是乐天派，临走还不忘调侃我："小师姑，我以后要是落了残疾，你可得负责养我啊！"

"你住口，不许说这样的话，"我又羞又气，"你的腿一定能好。"

"你是不是心疼我了？"明明伤得路都走不了，他却笑得比谁都开心，"我走了以后你想不想我？我肯定会想你的，我舍不得你。"

"我不想你，"我的语气依旧很差，"你的伤一日不好，我就一日不想你。"

"段宜修，你看小师姑好无情。"唐景云委屈地对刚走过来的段宜修噘嘴。

"行了，别贫了。你快回府养着吧，过阵子我会找机会带着晏晏去看你的。"

"哈哈，段宜修，还是你够朋友！"

我默默地看着段宜修跟唐景云对话，这才是我记忆里一直从容淡然的他。当他跟御史大人从屋里走出来，好看的眉头紧紧蹙着，周身散发着怒不可遏的气息时，我觉得他有点儿陌生。因为唐景云受伤的突发状况，我也来不及多想，但事后他问我为什么会摔下来时，我没有对他说全部的实话。

唐景云走后，御史府突然恢复了清净。

每次行至后院，我却总是恍惚看到唐景云缠着我练剑的身影，就算被我恶言相向他也不会恼怒。院内的风铃草早就谢了，风里依稀还有花香，少年指尖灼热，总是追着我往我头上戴花，虽然总是会被我摘下来丢掉，踩烂。

从前我在角落注视段宜修时落寞心酸，却从未像现在这般难耐又不安。

于是我第一次主动对段宜修开口："公子，我们……有机会去看看唐小侯爷吧。"为防被他识破心思，我还煞有介事地补了一句："他是因为我才受伤的，总对他这么冷漠，我也有点儿过意不去。"

段宜修的眼神突然变得复杂："那……你觉得景云会愿意原谅你吗？"

我被问愣了。

是啊，一直以来都是唐景云追逐着我，而我几乎未曾温柔地回应过他。如果他不愿意原谅我，或者不再想要靠近我……我的心没来由地痛了一下，喉咙有些发干："我不知道，公子。但我还是想把我的想法告诉他，即使他选择不原谅。"

段宜修叹了口气，笑笑摸了摸我的头发："对不起，我不应该这么问的。你放心，景云不会在意的，你去看他他会很高兴的。"

"……真的？"

"过不久便是崇远侯的生辰宴，御史府也会上门尽礼，到时你跟着我便可。"

不得不说段宜修真的贴心又聪慧，这样的打算既避免了贸然登门的尴尬，也给我寻了一个过得去的理由。对，我可不是迫切地关心唐景云的，只是顺便，顺便去看望他一下！

为了防止自己被赶出来，登门拜访时，我一直低眉顺眼地跟在段宜修身边，寸步不离地尽着护卫的责任。

直到宴会快开始我才得了段宜修的令，让我趁着宾客寒暄溜去内院。

唐景云离开御史府已经月余。从前我在谷中时，只知太阳东升西落是一天，可没有了他在身边的日子，竟过得比从前还要简单无聊。

我不自觉地加快了脚步，想象等会儿唐景云突然见到我会是什么表情。

然而当时满心期待的我并不知道，我终究还是没能见到他。

八

当我尝试着睁开眼时，光亮并没有到来。

我的眼和口都被堵住了，鼻子能嗅到一股浓郁的潮气，手脚都被紧紧地绑住，使不上什么力气。这种酸软无力让我渐渐想起了刚才发生了什么——原本我正赶去内院，手脚突然一阵酸软，不受控制地栽到了地上。

不是吧？探个病而已，难道我真的开心到四肢无力的程度？

才怪！

我被人暗算了，甚至不知道对方是谁。

要是让谷主知道，他一定会气得臭骂我一顿。不过我细细想了一番，自己好像也没跟什么人结怨……难道暗算我的人是冲着段宜修来的？

我在黑暗里挪动身体，摸索着自救，却听见外面传来了一阵嘈杂声。

御史大人中气十足的声音极具穿透力地传入耳中："不论怎样，人是在侯府不见的，抱歉扰了侯爷庆生的兴致，可也得给我御史府一个交代吧。"

"御史大人放心，本侯定会给出交代，不会坐视不理……"

"既如此，侯爷不妨直接让我的人进去看看便是，左右侯府不差这一间屋子，侯爷这般遮遮掩掩，怕不是有什么交代不清的……"

我的鼻尖憋出几滴闷汗，停下摸索绳索的动作，有点儿头脑发蒙。

外面的吵嚷夹杂着由远及近的脚步声，让我的思绪混乱不堪。直到"砰"的一声响，有人似乎破门而入，我的眼睛才感受到外面突如其来的天光。有人解开我身上的绳索，眼、口处的封条，小心翼翼地把我扶了起来。

我从来没有在段宜修的脸上见过这样苦涩又隐忍的表情。

"晏晏，"他的喉头滚了一下，冲我伸出手，"回家了。"

后来我一直在纠结我被暗算这件事到底哪里显得蹊跷，其实我从一开始就想错了。

御史府犯不着为了找我在侯府大动干戈，并且侯府也压根儿就没有暗算我的道理。唯一行得通的解释就是御史大人想要破门去搜寻的目的不在于我，而在于搜寻。

他们不可能无缘无故地搜查侯府，只是想找个合理且不会落人口舌的由头。

"御史台早就查出崇远侯私下与反党勾结，但一直找不到证据，才借此机会搜查侯府，以便审结归案。"

"所以你们故意'暗算'我，拿我做诱饵设了一个局？"我哭笑不得地询问段宜修，"既然如此，你为什么要告诉我真相？"

"晏晏，对不起，但我不想骗你。"段宜修叹了口气。

联想到上次段宜修跟他爹吵架，我恍然大悟。

他不是没有抗拒过这样的提议，但无能为力——崇远侯犯了错，他只能选择毫不留情地参崇远侯，纵然……他要参的是他最好的朋友的父亲。

"对不起？"我忍不住阴阳怪气地嗤笑一声，"这句'对不起'你应该对唐景云说。"

我们都对不起唐景云，因为我也间接成了害他家破人亡的凶手。

因着御史台交上去的证据，崇远侯谋逆之罪已然坐实，不日将处斩抄家。郡主贬为平民，其余男丁发配充军。

段宜修说，他原本是想力保唐景云的，可唐景云拒绝了。

我不晓得唐景云要多久才能接受这样的变故。

就在我以为自己再也见不到他的时候，在他充军前一天，他却突然出现在御史府。

那天天气阴郁，下着薄雪，唐景云没有进门，默然等在门外。他的腿伤看上去好像又严重了，不便站稳，只能静静地倚在门口的石柱上，看着我和段宜修。

“段宜修，我就问你一句，”唐景云直直盯着段宜修，“那些证据，真的是从侯府里搜出来的？”

段宜修没有说话。

唐景云了然地敛眉笑了，一切尽在不言中。

御史大人说得没错，御史台效忠朝廷，只做对朝廷有利之举，没有对错之分。既然崇远侯有罪确为事实，那些证据到底是不是来自侯府？从何而来？孰对孰错？都不重要了。

唐景云问话时全程没有看我一眼，我几次想开口，又觉得没有立场，只能眼睁睁地看着他转身离开。他走了几步之后突然停下，没再回头，只摆了摆手：“晏晏，保重。”

九

冬去春来，一晃三年。

三年的时间里段宜修已经在翰林院混得风生水起，御史大人几次有意让他调职到御史台，都被他不着痕迹地拒绝了。他心里有一道始终跨不过去的坎，我也有。

段宜修到了适婚的年纪，但他对此事仍旧没有兴致。御史大人无奈之下甚至想把我往前推，可能觉得我在身边知根知底，乖巧灵秀，也是可以接受的。

我笑着问段宜修：“你想娶我吗？”

段宜修答非所问：“你还在等景云？”

我瞬间敛去笑容，瞪了他一眼：“你管不着，反正我不想嫁给你。”

有时候，你觉得放弃一个喜欢的人很难，但好像也很容易。

这年我生辰那天，特意让段宜修放了我半天假回玉衡谷看望谷主。下山途中我转了个弯行至溪畔，好像是某种约定。这一年也同往年一样，我静静地逗留了片刻准备离开，却注意到头顶上空飘着一只……风筝？

谁会在深山老林里放风筝，怕不是脑子不好……果然，我还没腹诽完，那只晃晃悠悠的风筝就被卡在树梢上不动了。我好笑地眯眼看了一会儿，飞身上树把风筝取了下来，却发现上面有字——是一个俊逸的“晏”字。

身后传来踩在残枝枯叶上的脚步声，我攥紧手指，却不敢回头。

“你的轻功倒是精进了不少，看来不会再摔了。”他在我身后站定，双手扶住我的肩头，让我不得不转身对上那双明亮如昔的眼睛，“好久不见，小师姑。”

唐景云回来了，当我终于快要说服自己相信他不会回来的时候，他却回来了。

如果不是他走起路来有点儿跛，恍惚还是从前那个不谙世事、单纯阳光的唐小侯爷。他拉着我找了个石墩子坐下，撇撇嘴道：“我知道你想说什么——嘘，我不怪你，这不是你的错。”

三年前的变故让唐景云的腿没有得到及时的休养，因此落下了病根。

因为跛脚，他在最初参军时吃尽了苦头，养尊处优的小公子在严苛的战乱打磨下，渐渐成长为一个隐忍又精干的小主将。

“当时气盛，又突遭变故，难免想不开。其实我不怪你，也不怪段宜修。”他看我一副快哭了的表情，抬手拍拍我的头，“你是受害者，而很多事情段宜修也身不由己，自从参军后，我才渐渐明白。”

我胡乱地点点头：“那你为什么回来？”

“说来有件很奇怪的事。”唐景云耸了耸肩膀，“以前我一直被虫牙折磨，从你把它打掉的那天起，我就不再疼了。可自从我离开你，那颗黑乎乎的牙洞……”他抬手指了指自己的脸，“不但又开始疼了，还反复提醒着我一个事实。”

“什么？”

唐景云咧开嘴角：“提醒我……想你了。”

我定定地望了他许久，好像又回到那个皎洁的凉夜，白水清溪，缓慢流淌。少年安静地站在面前，月色不会比他眼里的柔光更动人。

我深深地叹了口气，张开双臂紧紧抱住他：“我也是。”

赠尔月圆

✻何良人儿

楔子

寒冬腊月，飞雪漫天，贵妃陈氏回将军府省亲，赵小小作为贵妃的贴身丫鬟随同出行。

半天过去，将军夫人才依依不舍地放贵妃娘娘回宫。临走时，夫人严肃地交代蹲在门口吃了三个时辰糕点的赵小小："小小啊，芝芝她受了寒，嗓子也哑了，你可要好生照顾她，千万不能让不相干的人近了她的身！"

赵小小看了一眼旁边人高马大、面色红润的娘娘，嘴里的糕点渣子扑簌掉了一地。以往娘娘总是病若西子弱柳扶风的，今日这模样，这哪里像是受寒，明明像是喝了十全大补汤。

赵小小作为一个训练有素的婢女，什么也没多问，只是帮娘娘披上了狐裘，陪着她上了马车。

不知为何，今天的狐裘似乎变短了一大截，赵小小忍不住多看了几眼，贵妃娘娘觉察到她的视线，写了一张纸条递过来。

纸条上龙飞凤舞地写着："一直看着我做什么？难不成我今天看上去有什么不一样？"

赵小小想到她身体不适，不想让她心里更不适，发现自己新买的狐裘居然是个缩水的劣质品，于是牵强道："呃，变得更美了一点？"

对方听到了这句话，面带微笑，手中的狼毫笔却硬生生断成了两截。

难道生病的人性情都会变古怪？赵小小猜不透娘娘的想法，瑟瑟发抖地缩在了马车的角落。

等到晚上沐浴的时候，娘娘的表现就更加令人难以捉摸了，怎样也不肯赵小小近身，赵小小想着她今日生了病，就更加热情地想要帮忙。

雾气缭绕，赵小小摸到了结结实实的八块腹肌，后知后觉地觉察到了一丝丝的不对劲。

这手感，这腹肌，好像不应该属于贵妃娘娘，倒是应该属于一个长得和贵妃娘娘一模一样、脾气却天差地别的人——贵妃娘娘的双胞胎弟弟，小将军陈仲月。

趁着她发愣，对方终于忍无可忍地开了嗓，正是赵小小分外熟悉的低沉男声。

“你摸够了没有？”

陈仲月半身浸在浴桶里，用以伪装的妆容被水洗净，白色的里衣衬着蜜色的肌肉，在烛光照耀下交相辉映，好看极了。

赵小小两眼一黑，双腿一蹬，脑袋一空，晕过去了。

等到赵小小醒来的时候，陈仲月神色如常地招呼她吃饭。赵小小哪敢和这个将军府小霸王同席，连忙和饭桌拉开了十万八千里的距离。

“都是一张脸，怎么，就亲近我姐姐？”陈仲月见她反应如此之大，懒懒开口。

“您和娘娘不一样。”

“怎么不一样？”

“真要我说啊？”得到肯定的答案后，赵小小深吸一口气，十分顺畅地吐槽，“您脾气太差了，我怕您上一秒还招呼我一起吃饭，下一秒就叫我滚出去——别急着否认，这种事情您不是没有做过。您还爱挑刺，没事找事，我觉着您肝火旺盛——这可不大好……”

说到委屈，赵小小可是太多了。

曾经，她因为练舞太过投入，吃饭迟到了五分钟，他暴跳如雷，骂她是“会转圈的水桶”“旋转小乌龟”。

曾经，他自己要帅落入水中，她恰好目击，他怒不可遏，骂她是“没心没肺的小猪”“不懂看情况”。

看什么情况？她还能夜观天象，看出她自己有无妄之灾，看出他明日会落水吗？

赵小小义愤填膺、越说越勇，仿佛是苦口婆心、英明神武的诸葛亮，三顾频烦天下计，两朝开济老臣心。

“赵小小。”

她还在自顾自地慷慨陈词，突然被喊了名字，才意识到眼前的人并不是个善茬，哆哆嗦嗦地，又往后退了一步。

对方脸色十分不好，吐出一口浊气，妥协着缓声道：“过来吃饭。”

一

一入宫门深似海，从此少爷是路人

赵小小本不是将军府里的丫鬟。

十岁那年，她家里穷得揭不开锅，父亲和母亲一拍即合，由母亲将赵小小领去将军府，希望将军府能买下赵小小给陈仲月当童养媳。——之所以是童养媳，不是因为赵小小身怀绝技、倾国倾城，而是因为童养媳能比丫鬟卖的价格高一点。

卖了当丫鬟的多见，卖了当媳妇的还是头一回，十二岁的陈仲月冷冷站在将军府的台阶上，看着脸上还挂着鼻涕、一脸茫然如小傻子一般的赵小小，开口道：“当媳妇，她配吗？”

“配！当然配！绝配！”赵小小父亲一身算命先生的打扮，破衣破帽破草鞋，腰间挂着半串钱，从旁边冲出来，中途还摔了两跤，连滚带爬，“草民夜观天象，算出公子的真命天女远在天边，近在眼前，正是这个小丫头。”

见赵小小不吭声，母亲恨铁不成钢地踹了她的屁股一下，赵小小龇牙咧嘴地哭了起来，声音像只被掐着脖子的鸭，还是一听声音就知道发育不良的那种。

陈仲月盯着赵小小看了一会儿，似乎真的听信了赵小小父母的话，看出赵小小的不同来了，他大发慈悲给了赵小小父母几个银锭：“那就留下来吧。”

就这样，赵小小迷迷糊糊地入了府，府里的人喊她“小小姐”，虽然摸不透少爷的意思，但是都对赵小小这个童养媳很是敬重。

赵小小那时候不知道父母为了钱，就这样把自己卖了，总以为父母还会回来接自己回家，陈仲月知道了她的这个想法，毫不留情地戳穿：“他们才不会回来呢。”

“可他们走的时候还说会回来看我啊。”赵小小呆呆地说。

“他们在说假话。”陈仲月斩钉截铁。这是陈仲月独有的技能，他能看出一个人说话的真假。

“可我爹还说我是你的真命天女。”

“那也是假的，小蠢货，我怎么可能会看上你这个丑家伙。”

一句话被骂了两次，赵小小忍不住大哭起来，连陈仲月带给她的糖葫芦也不吃了。

陈仲月嫌她聒噪，拿了糖葫芦堵了她的嘴，语气硬邦邦地警告道：“不许再哭，再哭我就把你踢出去。”

赵小小不敢再哭，委屈地嚼着山楂，眼泪糊了陈仲月一袖子，浑身僵硬的陈仲月眉头直跳，几乎要跳出一曲惊鸿舞。

再长大一些，陈仲月上了几次私塾，回来就板着小脸，严肃地同赵小小探讨男女有别：“以后我们不能一起玩了，你去跟我姐姐玩吧。”

赵小小求之不得。可惜没玩几天，贵妃娘娘就要奉诏入宫了，陈夫人哭得上气不接下气。贵妃娘娘性子软，陈夫人怕她在宫里没个体己人，赵小小不想回到陈仲月身边被骂，便主动请缨，跟着贵妃娘娘入宫。

得知消息，陈仲月气急败坏地赶过来：“你和她才认识几天？你也不问问……”

“算了。”他说到一半，又不说了，俊脸一绷，咬咬牙，改为开始骂她，“你这小白眼狼，爱去哪里去哪里吧，别把自己笨死就成。”

为了配合心情不好的陈仲月，入宫那天，赵小小特地送了陈仲月一句悲伤的送别诗：“一入宫门深似海，从此少爷是路人。”

于是众人就看见，将军府门口，一个玉树临风的少年舞着一把扫帚，赶一个弱柳扶风的少女出门，一边赶，一边嘴里还骂骂咧咧：“就你会念诗，就你会念诗，啊？”

二

你不会想要我随份子吧？

屋漏逢夜雨，就在赵小小冥思苦想陈仲月为何要女装入宫之时，有太监来通传皇上要来贵妃宫里吃晚饭。

吃饭吃饭，吃完不就要侍寝了吗？赵小小看着大大咧咧叉腿坐在床榻上的陈仲月，目光流露出三分同情，三分幸灾乐祸，还有四分的期待。

“你知道怎么侍寝吗？”赵小小想到欺君之罪，又有些头疼，“需不需要我教教你？”

“怎么，你侍过？”陈仲月一道眼风刮过。

赵小小摇摇头，自豪极了：“我没吃过猪肉，但是见过猪跑啊，总比你有经验些。”

不知为何，陈仲月又怒了：“就你话多。”

赵小小还想分辩，陈仲月忍不住用手捂住了她喋喋不休的嘴巴。

两人的距离一下子贴得极近，赵小小的脑瓜子里仿佛有一万个陈仲月在骂人，乱哄哄的，不知在想什么，她伸出舌头舔了陈仲月的手掌一下。

那一瞬间，有什么东西炸开了。陈仲月的目光陡然变得凶悍，他倒吸一口凉气，恶狠狠地瞪她。

“赵小小，你属什么的？”

赵小小想了想，一板一眼回答道：“我属虎的，我老爹说我配狗，专克猪。”

陈仲月不知第几次气得跳脚，门口有人喊了“皇上驾到”。

不过片刻，穿着龙袍的男子便走了进来，赵小小怕因为欺君被满门抄斩，挣扎许久，决定要抢先一步，自荐枕席来阻止陈仲月侍寝：“奴婢心悦陛下已久——”

还没说完，陈仲月便拎着她的领子，黑着脸把她拖回到身边：“胡说八道个什么？安分点。”

而那边，皇上很没形象地笑出了声：“爱卿，这鳖味道如何？好吃吗？”

赵小小这才明白，原来皇上知道陈仲月女装入宫的事情，想到自己的举动，慢慢缩到角落里，不动了。

真是尴尬它妈给尴尬开门——尴尬到家了。

听了半天，赵小小弄明白，陈仲月这次入宫正是皇上的授意，国师意图在国宴上谋反，陈仲月临危受命，入宫布防。

“皇上，奴婢有一问。”在陈仲月的目光下，赵小小颤颤巍巍地举起小胳膊，“为什么不直接抄了国师的家？”

“因为朕也不知道，国师手中究竟有多少兵力，贸然出击，无异于上山打虎，有去无回。”皇上看了她一眼，居然真的解答了。

赵小小想说“不入虎穴，焉得虎子”，又怕胡乱用典被株连九族，咽了咽口水：“可如果百家宴那天，国师的兵力很多呢？皇上有没有什么计策？比如调虎离山、围魏救赵之类的。”

“那大概是没有的，如果他真的有那么多人，那朕和众爱卿估计就引虎下山，有来无回了。”

“……好，好随便哦。”赵小小发出了下位人的感叹。

皇上赞许地点点头，陈仲月依然沉默中。

“等等，那不是很危险？”赵小小突然意识到，这么看手气的部署，真的有用吗？

皇上神秘兮兮地说：“危险是危险，但是朕可是拿了宝贝和爱卿换的。”

“陛下慎言。”

见陈仲月脸黑，皇上又眉开眼笑，“是是是，朕说错了，是你家宝贝可以了吧？”

“宝贝”？什么东西能让陈仲月如此看重？或者是——一个人呢？赵小小灵光一现，突然有了想法。

几天之后，赵小小跟着陈仲月出门踩点，乘其不备，偷偷摸摸地凑到陈仲月耳边问：“皇上说的‘宝贝’，是不是你喜欢的姑娘啊？”

见陈仲月没说话，回以复杂的眼光，赵小小又眉飞色舞地说：“别藏啦，你天天随身携带的那幅画，我早就看过了。”

陈仲月有一幅他自己画的画，画中的姑娘沉鱼落雁、闭月羞花，他十分宝贝这幅画，赵小小那时候就知道，陈仲月有喜欢的人了。

“那……既然你已经知道了，有没有什么想说的？”赵小小惊讶地发现陈仲月居然脸皮那么薄，和别人谈论自己喜欢的姑娘也要脸红。

“说什么？”赵小小莫名其妙，“你不会想要我随份子吧？我可没钱啊。”

见陈仲月的脸色红里发黑，赵小小功成身就，主动告退。

赵小小走回自己的院子，忽然听见有人叫她的名字：“赵小小，赵小小……”

她回头，定睛一看，后墙的狗洞里，正缩着她许久未见的父亲，此刻，他身着华服，却猥琐依旧。

“爹，你可算是想起我了！”赵小小与他对视，眼泪汪汪，“爹，你是不是偷人家衣服了啊，怎么穿得这么富贵？”

赵小小爹连忙抬手，“先别急着叙旧，爹算命算成国师了，你不是还跟着陈仲月吗？爹有一桩能让你当公主的买卖，想跟你谈谈。”

她当公主，那不就是他当皇帝吗？所以皇上口中打算谋反的国师，其实就是她四体不勤、五谷不分的骗子爹？

赵小小呆了，一时不知道该作何反应。赵小小爹似乎看出了赵小小的迷茫，絮絮叨叨地给她分析：“你这孩子从小就不聪明，你喜欢那个陈仲月，可是现在你成了个丫鬟，他要是真喜欢你，怎么会舍得让你当丫鬟？但是等爹谋反成功，你成了公主，你不仅可以让陈仲月当你的驸马，还可以将天下美男尽收府中，岂不快哉？”

那么大段话，不聪明的赵小小就听进去了一句，她心慌意乱地跑开，边跑边喊："我才不喜欢陈仲月呢！"

而身后传来父亲殷勤的叮嘱声："爹就当你同意了啊！别忘了打探消息！"

三

我陪你俗

也许是那天赵小小把陈仲月气得很了，接下来的几天，陈仲月都不愿意理她。

她拿起筷子吃饭，他就放下筷子下桌；她喝水，他就去如厕；她呼吸——他也得呼吸，不过呼吸的时候离她十丈以上远，生怕吸了她呼出来的气。

眼见着冬至到了，陈仲月依然不理自己，赵小小有点儿不是滋味，她思来想去，决定要给他包饺子来表达自己的歉意。

当年，陈仲月弱冠，过生辰的时候，他收了别人的贺礼，却独独不收赵小小特地绕路去小厨房里顺来的豆腐干，扬言一定要她自己做，他才肯吃。

赵小小无奈走上了学习做饭的道路——三五年过去，张厨子终于忍不住把赵小小从厨房里赶了出来。

花了九牛二虎之力，赵小小煮好了饺子，白白胖胖的饺子摆在盘子上，看上去格外可口。

端着这一盘饺子，赵小小跑去和陈仲月道歉："你就把饺子想象成我，狠狠地咬它！"

陈仲月臭着脸，勉强答应了她的求和，他夹起一只放入口中，狠狠一咬，突然露出了五雷轰顶的表情。

"这饺子……""这饺子很美味？令人喜爱非常？""这饺子……生的。"

赵小小没想到自己的多年苦练居然是这样的结局，不过好在陈仲月也不计较，叫赵小小唤人去端了其他菜上来。

吃完饭，二人一起赏月，赵小小有感而发："只愿此月如大饼，随君直到肚子里。"

"今日又不是中秋节。"陈仲月习惯性打击她，"俗不可耐。"

"我本身就是个俗人，若是不入宫，应该也会嫁给一个货郎木匠，货郎木匠的妻子，能吟什么样的诗？"赵小小早已习惯了打击，"我的相公俗，我自当陪着他俗，这就叫夫唱妇随。"

赵小小突然想到了自己的父亲，他那么努力地向上爬，不也是为了不做俗人吗？她该怎么做？是帮助父亲，还是背叛父亲？

"无论你如何决定，我一直支持你。"

有那么一瞬间，赵小小还以为是陈仲月知道她父亲来找过她了，毕竟他说得那样庄重。可若是真的暴露了，他怎能这样不在乎？

"你入宫了，以后不会有什么货郎木匠，只有我。"陈仲月偏过头，他的瞳像是两樽杯盏，赵小小几乎能看见他眼底盛着的月亮，"我陪你俗。"

四

你能想我，我很高兴

日子一天一天地过去，国宴马上就要到了。

陈仲月的衣服要做新的，为了不暴露他是男子，量体不能经他人之手，赵小小只能自己拿着尺子量陈仲月的身材。

眼前的陈仲月宽肩窄腰，比例好得她一个女子都嫉妒。

量到腰围的时候，赵小小整个人几乎都贴在了陈仲月身上，仿佛正在拥抱他。

陈仲月身上并没有其他武将的汗臭味，反而有一股甜丝丝的糕点味道，就像是他虚张声势的性格一样。在府里的时候，赵小小总是闯祸，每次陈仲月都会恶狠狠地骂她，可是骂完之后，又会费尽心思为她打掩护。

他一直都对她很好。她肚子饿，他就陪她去小厨房偷糕点；她想家，他就陪她吃糖葫芦哄她开心；

她说想试试冰嬉，他就悄悄去府内的湖面上试，又因为冰面太薄而掉进了冰湖里，还被不知情况的她笑话了好久。

“在想什么？”也许是她顿了太久，怀中的陈仲月说话了，“想我吗？”

他含笑的声音从头顶传来，似乎有些愉悦，赵小小赌气地摇头否认：“才没有呢！”

“你说谎。你是不是忘了，我可以看出他人话语的真假了？”陈仲月顿了顿，似乎是在组织语言，复又别扭地补充道，“……你能想我，我很高兴。”

赵小小的心避无可避地开始颤动。其实这只不过是陈仲月让赵小小心动的无数个瞬间之一，早在将军府里，赵小小就喜欢上陈仲月了。只是她自知位卑，他又早已心有所属，她嫁他无望，这才趁着机会入宫，想要离他远一点。

她老死宫中，他娶妻后她离他那么远，也不至于太过难堪。

可是她是多么喜欢他，她又想到了她父亲的那一番话：若是她成了公主，便可以让他做驸马，哪怕，他也许并不愿意。

“想好了吗？”这天，父亲又出现了。

“我可以帮您偷情报，但是，您千万不能伤他。”赵小小犹犹豫豫地说。

赵小小父亲哈哈大笑：“放心，我知道的，女婿嘛！”

就这样，赵小小偷偷潜入书房，打算寻找有关国宴的情报。

“赵小小，你在做什么？”她正在翻动书架，突然，身后传来了陈仲月的声音。

“我……我在擦书架来着！”赵小小反应迅速，表情肃穆，仿佛是对这一面墙的书肃然起敬一般。

陈仲月狐疑地望着她，似乎并未取信，赵小小为了缓解气氛，手疾眼快地从书堆里挑出一本：“啊，你这里怎么会有这本书，我找了好久了！”

“……喜欢就拿去。”陈仲月并没有认真看她挑中了哪一本，挥挥手背过身，十分潇洒地离开了。

还好没注意，赵小小松了口气，泄愤似的抖了抖书页，里面飘落了一张纸——正是国宴的布防图。

五

你居然还想着跟这种人成婚？

转眼就到了国宴开席的那一天。

按照本朝惯例，贵妃要为宴会开舞。所以，这日，陈仲月同样也要献舞一曲。陈仲月的舞姿真的很不忍直视，可以说是翩若胖鹅，矫若虎鲨。

然，国师忙着谋反，没空关注舞蹈；皇上忙着看国师，同样也没空关注舞蹈；在场的文武百官、六宫妃子见皇上的注意力都在国师身上，齐齐以一种诡异的目光看着皇上，大殿里一时间竟没有一个人留意陈仲月。

——噢，还是有的，站在贵妃位子旁边乐颠颠嗑瓜子的赵小小，正十分专注地欣赏着这一场视觉盛宴。

一支舞跳完，满身煞气的陈仲月走下场，狠狠地剜了满身傻气的赵小小一眼。

陈仲月不下场还好，一下场，更显得四周寂静无声，皇上环顾一圈，选中国师，没话找话道：“爱卿觉得这舞如何？”

赵小小她爹哪里懂舞蹈，更何况，他其实压根没认真看，也就只能不懂装懂地点头：“跳得好，这舞大吉啊。”

如梦初醒，众人也纷纷附和。酒过三巡，赵小小爹很老套地摔杯为号，顿时，一大堆身披铁甲的士兵涌入殿中，人们乱作一团，赵小小爹叉腰仰天大笑。

皇上大惊失色：“朕不是安排了士兵埋伏吗？怎的还是让他们冲进殿来了？”

陈仲月看上去倒是冷静，但是手中的琉璃杯却被他掐出了裂缝，赵小小看着那个杯子，总感觉陈仲月得知真相后，也会那样掐她的脖子。她脊背一凉，忍不住后退了两步。

“臣的女婿是个死板的，但是臣的女儿很是会看局势。”赵小小爹笑够了，当起了解说，“她早就把你们的计划告诉我了。”

一片哗然，赵小小低下头，不敢去看陈仲月的眼睛，倒是皇上暴跳如雷：“陈仲月，你真是瞎了眼，居然还满心满眼想娶这种人为妻！”

“娶这种人为妻”，这种人，说的是她吗？赵小小懵懵懂懂地抬起头，就看见了正定定盯着她的陈仲月。

原来，陈仲月之所以着女装，并且冒着这样大的风险冲锋陷阵，正是因为皇上允诺他，一旦平乱，便放赵小小出宫，与他成亲。

他竟然也心悦于她，这可真是……意外之喜。赵小小垂下头，露出了一个邪魅的微笑。同时，一大批皇家护卫涌入殿内，将赵小小她爹团团围住。

“轻轻松松就把我给卖了，就凭小时候喂我的那几口饭，就想要摆布我的一生？”尘埃落定，赵小小松了口气，躲在陈仲月背后耀武扬威，“我告诉你，没门儿！”

“你呀——”陈仲月也笑，只是纵容她。

在这位不称职的父亲对她不管不问之时，是陈仲月陪着她吃糖葫芦，安慰她不要太想家。他凭什么以为她会帮他啊？就凭他是个徒有虚名的父亲吗？

生而不养，赵小小的父母，压根就不配为人父母。赵小小给她父亲的情报，大多是假的，可以让他们进入大殿，却躲不开追兵。虽然她不聪明，但谁对她好，谁对她坏，她还是知道的。

陈仲月的表现实在是太过淡定了，赵小小有些郁闷：“你看上去怎么一点儿也不吃惊啊？”

“你父亲其实早就有谋反的野心了，只是你傻傻地以为自己家徒四壁，看不见他暗中的谋划。你被送到将军府也是他布下的计策，想用你我青梅竹马的情分摆布我，我一开始就知道他动机不纯。那天你和你父亲见面，对话我听到了。”陈仲月故意打趣她，“你说你不喜欢我，我听出了这是一句假话。你那么喜欢我，自然是舍不得我难做的，不是吗？”

“自恋狂！”赵小小不屑于理他，愤愤。

“不自恋。”陈仲月认真地望着她，“只恋你。我对你有信心。”

六

今宵苦短，赠尔月圆

几天之后，行赏的圣旨下来。陈仲月救驾有功，官升一品；赵小小机智勇敢，特封为公主。

“陈仲月，你给我老实交代，这画上的狐狸精是谁？”回家以后，赵大公主始终忘不了那幅画上的大美人。

陈仲月一愣，闹了个大红脸，他欲语还休：“你真的不知道？”

“怎么，难道我应该认识我的情敌吗？”

“不，不是情敌，这其实就是你。”见赵小小不信，陈仲月连忙替自己辩驳，“你看这荷包，这玉佩，这簪子……你别不信，这真的是你！”

赵小小定睛一看，嘿，还真的都是自己身上的饰品。看着画中仿佛经过了磨皮瘦脸大眼减龄的神仙妃子，赵小小没想到陈仲月对她的滤镜能有这么厚，呆呆地说：“这也许就是，情人眼里出西施？我这样一个俗人，怎么担得起这样的厚爱。”

陈仲月轻吻她的指尖：“别说是一幅画，就算你想要一轮月亮，我也会给你摘下来。”

“我已经有一轮月亮了。”赵小小摇摇头，“你就是我的月亮。”

她是一个俗人，他是一轮月亮，月亮挂在俗人眼中，俗人藏在月亮的心上。

陈仲月始终忘不了，在他弱冠之年，有一个小姑娘在厨房里为了他的生辰礼物而上蹿下跳。她的鼻子上沾了面粉，见他在看，她有些懊丧，又有些羞恼地瞪了回去。

一如初见，她睁着一双不谙世事的眼睛，干干净净地望着他。

仅仅是那一眼，他这一生的喜欢便已满盈。

山雨欲来风满楼

✲则音

一

我听见窗外的风声，松海汹涌的波涛声，还有小厮低低的交谈声，他们大约是在讨论山雨欲来。

六月的天气，前一刻还晴朗，后一刻便阴云密布。山里的天气更是无常，风有时大得几乎能将屋子掀翻。

我操着没用的心，躺在榻上。身体日复一日地麻木着，胸口却暖。正是这胸口的暖，才让我吊着一口气活到二十七岁。

窗外开始稀里哗啦下起雨来，激烈地拍打在屋檐上，发出类似于瀑布一般震耳的声音。窗户被关得严，因而窗外的寒气一丝一毫都没有进来。

门被打开，“哗”的一声。窗外的雨声便像被什么蒙住一般，闷闷地响，一下子开阔地打在我耳旁。也只是一瞬，门被关上。几重帷幔被挑开，有小厮凑近，轻声道：“少爷，是否口渴了？”

我懒得摆手，更懒得出声，便眨了一下眼。

小厮又道：“那……是否需要如厕？”

我干脆闭紧了眼睛，再懒得看那小厮一眼。

那小厮默了一默，又静静地开门离去。

我听着那风雨之中，轻微的关门声，才睁开眼，继续百无聊赖地盯着床顶。

耳边，仍是风雨声。

后背有些痒，像是有成群结队的小蚂蚁跑过。腿有些发胀，不知道是肿了还是萎缩了。

自从出事之后，我便再也没看过我的下半身。虽说四肢俱全，其实全是摆设。坐不起来，更别提站立。身体使不上一点劲儿，只十个手指头加脸上的五官还能稍微动一动。

我没事就喜欢做个鬼脸，五官也不能只当个摆设。物尽其用，就当是给它们做锻炼了。没出事那会儿，我还能弹个筝。这会儿，也只能将十个手指头晾着弹一片虚空。

窗外的雨好像停了，风似乎也小了。我耐着性子，等小厮替我打开西窗。西窗外风景很好。因为楼处高地，只需抬起眼睛就能看见窗外那一大片的松海。松海下，是热闹的京都。

我望不了那么远，只听着风送来隐约的喧哗声，便也能构想出一幅热闹无比的画面来。这可比整天盯着床顶要有意思多了。

我这么想着，恰好有风进来。西窗被小厮打开，雨后碧蓝而遥远的天空，翠绿的一望无际的松海一下子倾泻进来。我惬意地眯起眼睛，让那风拂面，令那景入眼。

靠窗的位置，是一棵长了几百年的老松。我视线微转，想在那树上找一只松鼠。可松鼠没找到，却找到了别的。

她趴在树上静静地看着我，黑色劲装，如蝉一般几乎与那树干融为一体。可我却发现了她，她也发现了我，一双眼杀意毕现。

我没记住她眼里的杀意，只记住了那一双如同星辰般明亮的眼睛。

二

我麻木了二十多年的人生，居然出现了转机。

这转机虽不是什么好转机，但好歹，也将我从百无聊赖的日子里解救了出来。

我盯着贴住我颈项的匕首，有些兴奋。灵活的五官才不管此时危险的气氛，已率先弯了眼睛挑起了唇，笑了起来。

“找死吗？”

她开口，又将匕首往我肌肤上贴近了几分。

我感受着匕首的寒冷，心情愉悦得无以复加。我竟还能如此灵敏地感觉到肌肤上的冷，可见我还能多活上几年。

“傻子？”

匕首被收回，她退回榻前，蹙眉看着我。

是个极飒爽的女子，我心里这样想。

我笑着开口：“我不傻。”

女子似乎吓了一跳，又将匕首贴着我的脖子，冷声道：“若不傻，便告诉我延生的下落！”

我说：“我不知道什么延生。”

“陈府的大少爷，怎会不知道延生！”眼前的人靠近我，眯起眼，压低声音道：“能起死人肉白骨的延生，陈府家传几百年的宝贝，你怎会不知？”

我笑得越发开了：“若我真知延生的下落，又怎会这样动也不动躺了二十几年呢？”

女子终于将匕首插回鞘中，原本望着我的坚定的目光，终有了茫然之色。她微张开唇，垮塌了双肩，一身凌厉的精气神一下子如同死灰。

我心有不忍，便道：“我虽不知延生的下落，却并不代表陈府内没有延生啊。”

她不理我，仍茫然地站着。

我想了想，又道：“现下陈府由我那个弟弟当家，说不定，延生就在他那里。”

我这句话，如同火光一下子点亮了她的目光。她蹙紧双眉，狐疑道：“你没有诓我？”

我撇撇嘴：“你爱信不信。”

她有些气急，但终究拿我没办法，瞪了我一眼，便要转身离去。

“你是谁？”我急急发问，身体因着急切的心情几乎要弹跳起来。可我是一截枯木，除了五官纠结在一处，连个脚趾都没动一下。

那女子居然理都不理我，转身跳出了西窗。

嘿，可真气人。欺负我一个废人，可有你的好果子吃。

我咧开嘴，无声无息地大笑起来。

三

第二日，我便听见小厮们议论，说山下陈府大宅遭了贼。那贼人将那当家的二少爷绑在城外的歪脖子树上，绑了一夜。直到家人寻去，才将二少爷救回来。

我听了，躺在床上“哧哧”地笑。又不敢笑得太大声，只得拼命忍着，将脸憋得通红。

二弟是在夜里到山中来的。

我刚用过一碗白粥，小厮正为我擦嘴呢，二弟便火急火燎地走进来。他望着我，踌躇了片刻，才笑道：“大哥，身体还好吧？”

我笑着答：“好赖还活着。”

二弟便也笑了：“我看大哥精神不错，看来在这山中休养是极好的。”

我不接话，只望着他笑。二弟终于憋不住，问道：“不知大哥将延生是否保护得很好？”

我挑了挑眉毛：“怎的突然提起了延生？”

二弟咬了咬牙：“昨夜我被一贼人绑架，索要延生。我口风紧，没有透露延生的下落。又怕大哥这里会有不测，便有此一问。”

我笑道：“谁会想到，延生在我一个废人手里呢？”

二弟亦笑："如此便好。若大哥不放心，可将延生交给我来保管。"

我叹道："二弟，你可别再抢我的事了。延生由我保管，我好歹觉得自己总还有点用处。"

"好吧，那便有劳大哥了。"二弟起身，又往我面上瞧了一瞧，才道，"大哥若有什么短缺，可一定要同我说啊！"

我笑着看他转身挑起帷幔，终于忍不住问道："父亲大人可还安好？"

他回头看我，笑道："父亲大人很好。"停了停，又道："有娘在跟前伺候着，父亲大人自然是好的。"

我笑着垂下目光，不再看他。

房内终于归于安静，洞开的西窗外，松叶窸窣。我抬起眼，看到了她。

四

"你骗我，延生明明在你这里。"

"你是谁？叫什么名字？"

我望着她，不等她话音落下，便急急开口。

她仍不想搭理我，只用一双冷冰冰的眼睛盯住我。

我笑道："你不回答就算了。你不回答，我便也不会告诉你延生的下落。"

寒光一闪，我的脖子再次被匕首贴住。我可一点都不怕，仍笑嘻嘻地说道："这延生的下落只有我知道。你杀了我，只不过死了一个废人。可这延生，你此生就再也得不到了。"

"贺青。"她收回匕首，冷淡开口，"我的来历你不必知晓。"

"那你要延生，救谁？"我敛住笑，抬起眼皮望着她。还未等她开口，我又道："你近前来，我这样看着你费劲。"

贺青权衡片刻，大约是觉得我这个瘫子确实干不出什么出格的事来，便坦荡荡在我榻前坐下。

我心情好极了，耳边听她道："救一个曾救过我的人。"

"报恩？"

"是。"

我心情更好了，笑道："那个人，得多久会死？"

贺青朝我脸上狠狠地剜了一眼，双目之中杀意大盛。我只得替她顺毛："我只是问问，怕来不及救那位仁兄。"

贺青不语。

我道："延生我不会白白交给你，同我做笔交易怎么样？"

五

我同贺青做的交易，不过是指望着她能多陪我几日，同我说说窗外的世界。我只是想找个伴儿，聊聊天说说话而已。

贺青是窗外大千世界的鸟儿，我是被困在这山楼里的木头。目所能及的，始终比不过鸟儿所经历的。

"那夜你绑走我二弟，他是个什么样子？"我望着贺青的脸，她微微侧过头，娟秀的鼻子被烛火映照，在脸上留下小片的阴影。

"根本无须拷问，他便告诉我，延生在你这里。"说到这，她扭头看着我，讥诮地牵起唇角，"你那二弟，当真是没有一点骨气。"

我讪笑："这要什么骨气，保命最要紧。"

贺青仔细地端详了我一会儿，突然道："堂堂陈府大少爷陈晏，瘫在床上二十几年。原本该你继承的家业，全被二弟抢了去。你不愤怒吗？"

我笑："愤怒有什么用？我还能跳起来将我那二弟揍一顿，再将家业抢回来？还不如老老实实，吃好喝好地活着。"

贺青淡漠的眼中，有些许鄙夷："你也是个没骨气的。"

我忍不住哈哈大笑起来，笑到呛住。门外的小厮被惊动，打开门走进来，望着咳得脸色通红的我，不住地问："少爷，如何了？要请大夫吗？"

我闭了一下眼，脸上的笑容未散。睁开眼，盯着西窗外松叶间的人，胸口的温暖冷凝。

六

骨气这种东西，对于将死之人来说，当真算不得什么。

我六岁那年，就因为骨气，才成了一个废人。

人们都说陈家的陈晏，是个神童。才将将六岁，便熟读诗书，更弹得一手好筝，假以时日，必定能成为翩翩公子，国之栋梁。

被称为神童的我，在五岁那年死了娘。不过半年间，父亲便续了弦。后娘进门一载，又给我添了个弟弟。我其实蛮喜欢我那粉嫩团子般的弟弟，但奈何，我那后娘并不喜欢我。

常言道，慧极必伤。这四个字也在后来的二十年间，不断被人在唇齿间嚼磨。他们拿这四个字安慰我，我便也笑着听他们安慰。

谁都不知，六岁那年，我跌入还未完全冻住的河里，并不是一场意外。

我后娘不喜欢我，有很多原因。其一，我因为骨气，从未喊过她一声娘。其二，父亲从来都将我视为陈府家业的唯一继承人，即便有二弟的存在。

这其一令我后娘怒，这其二令我后娘怨。于是这怒与怨，便成了她将我推入河中的一双手。

我被冰挂住，只露出一张脸并一双手，泡在河里冻了四个时辰。听说被人救起时，只有出气没有进气。

我醒来时，已是半月后。父亲问我当时出了什么事，我只睁着眼，轻声开口，答不知。

我的骨气，就是这么被冻掉的。

七

贺青自那夜之后，当真履行诺言，常来看我。

她有时不说话，只坐在西窗的窗沿上，跷起一条腿，侧首望着窗外的风光。她望着窗外，我望着她。只觉得她这个样子，真是洒脱极了。我也想学她，跷起一条腿，目光冷凝，瞧人时微微抬起下巴。又傲气又好看，一身的洒脱不羁。

我知晓她是个江湖人，是在此后的第三日夜里。

她趁着夜色来，没料到我还未睡着。漆黑的夜里，我听见她略有不稳的呼吸声，心中一揪，开口问道："你受伤了？"

呼吸声停止，好半天，我才听见她答："被仇家追杀，无路可去，借你这里躲躲。"

我"哦"了一声，又想起什么，开口道："西边的柜子里应当有止血包扎的，你去看看。"

脚步声轻巧，柜门被打开。我一边听着动静，一边问："你仇家多吗？"

"一般。"

"他们很厉害？"

"尚可。"

"你伤得重吗？"

"不。"

"那你不回去，是不是害怕将仇人引到你恩人身边？"

我问完这一句，听不见她回答。黑暗重归宁静。我也静了下来，静得能够听见自己轻微的呼吸声。

窗外的山风呼呼地刮过，吹散了遮住明月的云。月光从西窗洒入，洒在贺青的身上。她坐在窗沿，任月光披挂。一张脸，是我瞧不真切的样子。

我听见她说："我是江湖人，有几个仇家是再正常不过的事。"

"可是，会受伤的。"

"过这等腥风血雨的生活，我自然做好了随时赴死的准备。"

"死了可就什么都没了。"

"那又何妨？"

贺青说完这句话，苍白的脸上挂起一丝笑。要命，这笑被我看清，竟又是一番鄙夷嘲讽的意味。

"所以，你到我这躲着，就是拿我给你那恩人当挡箭牌？"我哼哼，"当真是个无情的丫头。"

贺青不说话，放下纱布与药粉，起身便要离去。我望着她跳上窗沿，纤细的身影在山风之中几欲飘去。那么单薄，又那么有劲。像河边的芦苇。

我说："喂，傻丫头，报恩之前，可千万别自己断送了性命。与别人缠斗时，也当千万小心。受了伤，就到我这里来。上好的跌打损伤药，我全都有。"

贺青等我说完，回头看了我一眼。那眼睛清亮无比，却也如寒空星子一般淡漠。她看了我片刻，一跃而下，消失在月光中。

我听见风中她的回答："知道了。"

语气倒像个老朋友。

八

又三日后，是父亲的生辰。

山下的陈府大宅听说很热闹，宗族里几百号人全都过来为父亲祝寿。我躺在榻上，一边望着日头西斜，一边听着门外小厮们的窃窃私语。

山中高楼也是张灯结彩，可这灯笼却并不是为我而挂，这彩绸也并非为我而系。

我早早食尽了一碗粥，便躺在床上等着。月亮才将升起，便有第一拨访客到来。

这个是舅爷，那个是表姑。男男女女一堆，挤在我这小楼里。一个个望着榻上动也不能动的我，长吁短叹。

这个道："慧极必伤。"那个道："天妒英才。"个个满脸愁容地安慰着一个笑容满面的我。

我一边应酬着，一边抽空看向西窗。松叶深处，那影子还在。我不由头痛，又听见人道："你莫要伤心，也莫要放弃。人只要活着便胜过一切。要放开心，不要忧虑。"

我望着那张明显比我忧虑的脸，张口结舌，只得勉强微笑。

送走了一拨拨访客，我已累极。西窗外，明月高悬。松叶间的人，仍不进屋。我正欲开口，房门又被打开。

"晏儿。"

我听见了父亲的声音，喉间不由一哽。视线里，父亲的脸越来越近。多年未见，陡然相看，我竟不敢直视面前双鬓雪白，脸上平添沟壑的父亲。他竟这样老了。而我却什么也不知道。

父亲由后娘搀扶着在我榻前坐下，他伸出手覆在我面上。那手厚实而温暖，一如童年记忆中那般。

"你瘦了，晏儿。"父亲眼圈泛红，他仔细地端详着我，"是不是没有好好吃饭？只吃白粥可不行啊。即便没什么胃口，可为了养好身体，什么好的也都该咽下。"

我看着父亲，轻声笑道："父亲放心，这里仆从众多，会照顾好我的。"

父亲的手摸过我的眉毛，又摸过我的眼睛，他望着我，叹息道："为父一年老过一年，再来看你，又不知等到何时。你千万要好好的，你好好活着，为父才能活得更长久些。"

"老爷这说的什么话。"后娘上前一步揽过父亲的手，嗔怪道，"有昊儿在，自然能将小晏照顾好的。"

二弟也凑过来将父亲扶起："爹，你就放心吧，我自当好好照顾大哥。"

我望着他们母子二人，只觉得胸口气血翻涌。待看到父亲时，又平复下去。

我笑了笑，开口道："父亲放心，二弟将我照顾得很好。"

九

父亲走后，贺青才入了房。她先是走近往我面上仔细地瞧了一番，才掀唇嗤笑："我以为你要哭了。"

我笑："这有什么可哭的。"

贺青道："你老父亲进来时，你眼圈明明就红了。"

我住了嘴，抿唇不再言语。

贺青道："除了你老父亲，余下的人全都像是那戏台子上唱戏的戏子。"

我听她这形容，忍不住咧嘴一笑。

贺青看了我一眼，自在地坐在窗沿，跷起一条腿，望着窗外的明月。

这些天，她并不着急。似乎笃定我会将延生交给她，不会太久。

我问："贺青，你要救的是个什么样的人？"

贺青停下动作，望着明月的眼却没有移开。过了好半天，才开口："是位君子。"

我等着她继续说下去，视线不由得望向窗外的松海。松海外，街灯如星。风送喧哗，那么热闹。

"不计身份，不计生死。即便是最微小的生命，他都会倾力相救。"贺青微微眯起眼，神情困惑而迷茫，"他好像不是为了自己而活，是为了任何一个需要他的人而活。"

我嗤笑："那岂止是君子，简直就是位圣人。你那恩人，不是光头和尚吧？"

贺青瞪了我一眼，不再开口。

我面上笑着，心里却堵得慌。

说来好笑，我啊，活在这世上。除了消耗粮食，劳费人力外，似乎再也没有别的什么作用。若真计较起来，也不过是逢了日子便供人参观慰问的摆件而已。

没有人需要我。

或许是我许久没有开口，贺青忍不住回头看着我问："你明明是恨你那位后娘与兄弟的，为何？"

我望着她，轻笑道："我不恨啊，他们好吃好喝地养着我，细心地照顾我父亲，我有什么可恨的？"

贺青的目光望进我的双眼里，明亮又认真，像是个婴孩一般，单纯到让人忍不住喟叹。

"你心里想的明明和你说的话相反。你在躲什么？"她跳下窗，走到我面前。那目光从我眼里探进心底，她望着我，重复："你在躲什么？"

我想，大约是太久没有和别人说过这样多的话，也太久没有被人这样认真地注视着。我下意识一笑，那笑容或许并不是什么好笑容。因为我看见贺青的脸上，有一刻的失神。

"当你成了一个废人，没有丝毫用处，只能以养病为由被远远地丢在山上。你会知道，这时候，连命，都不是你自己的。所以，恨有何用？"我笑容大了些，贺青的脸色却白了些，"贺青，我也曾是个拥有大好前程的儿郎。"

我说完最后一句，闭上双眼。我怕再不闭紧双眼，会有眼泪溢出。可是，没有眼泪。我的眼泪早在六岁那年，上百个孤冷的夜里流尽。

我心中的怨怼与恨，作为一个废人，从不敢见光。

这是我的妥协，是我唯一能为父亲为陈家做的。

十

娘亲死后，很长一段时间，父亲都沉浸在悲痛之中，家业几乎都丢下了。若不是因为还有一个我，父亲只怕早已随娘亲而去。

我活在恐惧之中，我很害怕，父亲真的会丢下我，让我从此孤身一人。

幸得老天开眼，半年后，父亲遇到了后娘。父亲常和我说，后娘与娘亲很像。不止眉眼，更在内心。

我却不以为然。

不论如何相像，娘亲都是无可取代、独一无二的。

那段时间，我呆呆傻傻，终日沉默不语。顾不上父亲，就连他是如何悔痛都不清楚。

是后娘一直陪着他，安慰他，帮着他慢慢从悲伤里恢复。而那时，二弟又正是惹人怜爱的年纪。父亲移情，也是自然。

再后来，沉默孤僻的我便被迁移出陈府大宅，长居在这松林遍布的深山上。

父亲是害怕见到我的，他一见到我，就会觉得对不起娘。一见到我，就会愧疚、伤心。

我躺在这高楼之中，瞪着虚空发呆。日复一日，终于想通。

我恨有何用？揭发后娘又有何用？我只会让我那日渐老去的父亲再度伤心，令他更加悔恨更加愧疚。更让陈府这偌大的家业，再无后继之人。

我不能让陈府的百年基业，断送在我这样的废人手中。

所以，我只能妥协于命运。隐藏怨恨，便是我为陈家，为父亲，以这残废之身，唯一能做的。

十一

六月的天，阵雨来得快，去得也快。此时虽阴云未散，但西边已有蔚蓝的一片。

贺青从西窗翻进来，她浑身湿漉漉，喘着粗气，狼狈不堪。一看便知是淋着雨奔波而来。

她急急地走到我榻前，清亮的眼里有着掩饰不住的焦灼。过了许久，我才听见她开口："他快死了。"

我心里陡然难过起来。

我笑起来："你要延生？现在就要？"

"是。"贺青答得斩钉截铁。

我却安慰她似的，轻声道："再等等吧。再等等。你会得到延生的。"

贺青的双目已急得泛红，可看见我的脸时，她却突然安静下来。她什么也不说，像往常一样走到西窗前，翻身而上，望着窗外的风景。

我心里难过，是因为留不住贺青，更留不住这些天平淡却不孤单的生活。倘若我是个四肢健全的人，或许还有能力留住她。可我现在，只能躺在床榻之上，看着贺青的侧脸发呆。

她全身上下都有着勃勃的生机，强劲而凌厉。

而我，只是一截死气沉沉的朽木，毫无用处的朽木。

“贺青，如果有下辈子，我再也不想被困在这大宅深院内，周旋于叵测人心中。”我笑了起来，笑容越大，心中却越难过，“下辈子，我也要做个江湖人。”

贺青回过头看我，我却直视着床顶的祥云与蝙蝠自顾自地开口：“下辈子，我要做一个名震江湖的大侠。我要习得一身好武艺，再得一把好剑。然后仗剑行走，快意恩仇。看见弱小，我便帮他。看见恶人，我便杀了他。大口喝酒大口吃肉，做一个想去哪便去哪的豪侠。”

我说得激动，手指忍不住颤抖。可身体却如一块冷铁，丝毫不动。明明方才我还离肆意江湖那么近，可此刻，这麻木不堪的身体却告诉我，一切又都离我那么远。

“江湖没有你想得那么好，陈晏。”

我听见贺青冷淡的声音：“即便是下辈子，你也合该是个生于大富大贵之家的纨绔。一个一生顺遂，什么都不用背负的纨绔。一个想去哪便去哪，谁也拦不住的纨绔。”

我听她的话，眼里不知为何有了泪意。

豪侠也罢，纨绔也罢，只要能让我走自己想走的路。我这辈子做这样的废人，真的做得厌了，累了。

窗外有凉风入内，清清爽爽，吹拂在我的面颊上。我等了许久，等到那泪意平复，才轻声问：“那下辈子，你呢？你待如何？”

“我？”贺青仿佛未料到我有此一问，她停顿了很久，才仿佛叹息一般开口，“我这辈子杀孽太重，下辈子必然是不能做人了。”

“那做什么？”

我移转目光，看着西窗上的人。她也正看着我，目光安静。

“猫……或者狗。”

她说完这一句，仿佛再也承受不住这屋内太过平淡而悠闲的气氛。逃避什么似的，从窗口一跃而下。

我看着她黑色的衣带消失在视线，便将视线投掷在那破云而出的日光里。

留不住。我该知道的。

既然留不住，就将我带走吧。

十二

白昼越来越短。日头西斜，绯色的光辉洒遍房内所有的角落。两只手的十个手指还灵活，我便继续弹奏着虚空，心里默着歌。

已三日，贺青没有来。

想必是那个人拖住了她的脚步。

我心里难过的感觉已没有了。应当是大限将至，便不会再去计较这些。

新来的圆脸小厮不过十二三岁，正坐在我榻前的地上，手中拿着长草，编织着什么。我看他手中，一会儿一个蟋蟀，一会儿一个鸟雀，栩栩如生，好不可爱。

我便吩咐他，将我双手移到胸前视线可见的位置。这小厮很听话，一边帮我移动，一边问：“少爷，是不是手总这样放在两侧，不舒服？”

我看着这张稚气未脱的脸，笑了笑，才道：“你教我编长草吧。我躺在床上，左右也无聊。”

幸好我手指还灵活，脑袋也没坏。不过一会儿工夫，便出师了。

小厮看着我编织出来的玩意儿，兴奋极了，连声夸赞。

我望着他，笑道：“麻烦你去帮我找把小刀来，这鸟雀的翅膀得修一修。”

小厮应答了一声，眨眼便没了踪影。

贺青是在第四日来的。她来时双目赤红，脸上没有分毫血色。她木着一张脸，本该冷淡的双眸之中，却是一片茫茫。

她说：“能将延生给我了吗？”

她说：“陈晏，求求你将延生给我吧。”

我盯着她的眼睛，直盯着她移开目光，不再与我对视。

“再等等，明日……明日我便将延生交给你。”

这并不像我的声音。我虽是个废人，可声音也不会虚弱至此。

贺青听了我的话，竟看也不看我一眼，便想离去。我看着她的背影，开口道：“你等等，别走，再陪陪我。”

她脚步一顿，却仍旧没有回头，只是如同往常一般坐在西窗上。她看着窗外的风景，我看着她。

直到暮色四合，月上梢头。

我望了她一夜，她便在西窗上坐了一夜。她始终，没有回头看我。

破晓时分，并没有霞光万里。山风呼呼地刮着，刮得窗外松海发出如同惊涛拍岸一般的巨大声响。

山雨欲来，山雨欲来。

我手指灵活，已悄悄翻入衣襟里，摸到了那把冰凉的小刀。

我说："贺青，你知不知道，我第一次见到你时，便觉得你像极了一只趴在树上的蝉。黑黢黢，暗戳戳。"

我胸口麻木，只有指尖感觉到了血肉被刺破，鲜血汹涌而出的黏腻。

我说："贺青，你看我，就好像一丛生长在阴暗里的青苔。一点用处也没有，只能毫无力量地看着生命在眼前白白流逝。"

我双目发花，视线里出现了很多雪花。

我说："贺青，我总该……可以任性一回了吧。"

贺青终于回过头，她看到了我。看到我胸口慢慢化开的红。我也看到了她，看到了纷飞雪花中向我走来的她。

好像又回到了六岁那年，我被推进那冰窟窿里。茫茫四野，空无一人。我心里害怕极了，拼着仅剩的力气，用力地呼喊。

谁也没来，谁也没有来。

可是，贺青，二十多年后，是你听见了我的呼喊吗？所以，你来了？

你掀开我的衣襟，看着我胸膛的血污。你是不怕血的，可为何你脸色惨白尽是无措。贺青，别怕。

我说："贺青，延生就在我的胸腔里。六岁那年，我就已经死了。是延生，让我朽木一般躺在床上，躺了二十多年。"

我说："贺青，挖开我的胸膛吧，将延生取出来，去救你想救的人。"

我渐渐看不清贺青的脸，视线里的一切，终究被六岁那年的大雪覆盖。我难过，再也看不见那张英姿勃发、生机四溢的脸。于是，我张大了嘴巴，却奈何越来越多的血液自我口中流出。它们堵住了我的喉咙，让我无法说话。可是啊，我还有很多话想说啊。

我想说，贺青啊，如果下辈子你做猫或狗，我便要做那饲狗喂猫的纨绔。游手好闲，终日只与你厮混在一处。

我想说，贺青啊，如果下辈子，你当真不做人了，便做一只趴在我窗口松树上的蝉吧。那么，即便我只能躺在床上，也能日日看着你，从生至死，循环往复。

贺青，我活够了。我盼着下辈子，早点来。

尾声

陈家躺了二十多年的瘫子少爷，在一个山雨滂沱的破晓时分走了。

城外的陈家祖坟里，多了一座新墓，墓旁有一座小草房。

江湖里的女子偿还了她所偿还的，终于来到这墓旁。

圆脸小厮坐在小草房前等着，也终于等到了她。

他望着面目冷淡的女子，开口："少爷留了一个小礼物给你。"

女子闻言，暗沉的双眼如同被点亮的星辰，霎时亮得惊人。

圆脸的小厮在袖子里掏了半天，终于掏出一物递给那女子。

不过一只长草编的蝉。

贺青，你知不知道，我第一次见到你时，便觉得你像极了一只趴在树上的蝉。黑黢黢，暗戳戳。

呵，死都死了，还是这么讨厌。

女子笑了，笑着笑着却沉默了。

她想起无数次在那松针后看到的场景。

他静静地躺在床上，静静地看着窗外。收敛了所有的嬉笑，静得让人好好的突然就难过起来。直到他看见她，死灰一般的双目中陡然盛放出雀跃的光彩。

她想，我这辈子罪孽太重，此生尽了也只能入畜生道。若下辈子，还有缘再见。

陈晏，我便做你窗口的蝉。日日只望着你，从生至死，循环往复。

西风惊绿衣

✿ 别角晚水

——阿桉，我想我错了……相隔山海，两忘烟水，五内俱焚，六识湮灭，都不是此生最痛。现在才是。

一

小木头：

输给我有这么丢人吗？至于小心眼成这般？好话说了一箩筐，哄得嗓子都快冒烟了，你也不肯理我一理。

诚然你是被金子、银子、雪珍珠细细娇养出来的小侯爷，生来便是瑶环瑜珥，上一等的学堂，拜一等的先生，若论起做学问，我这个打小跑江湖的孤女估计再活八辈子也赶不上。可我毕竟虚长你几岁，比你多些别的见识，知道些你不知道的小玩意儿，这也不足为奇嘛！

比如每次你装作若无其事的样子，悄悄绕到我身边，用肩轻轻擦过我的肩，用指偷偷抚过我的指，待我望过去的时候，又迅速别开眼，自以为掩饰得极好，端庄正经地咳上一声，其实我都知道。

可你却不知道，在你瞧见我而眼睛亮起来之前，是我先认准了你，是我专门跑到你跟前去，又故意不挨着你坐，这样，你才能有机会触碰我。

再比如，你刚一碰到我就立刻缩回去的手，你难以启齿时的胆怯，你惴惴不安的真心，我也都知道。

但你依然不知道，我笑声轻，不是因为和你在一起不快活，而是我有多快活，只想让你一个人知道。

你不知道的事还有许多。

你不知道你已经躺在这张榻上七日了，唇色褪得几乎能融进月光里，惨白得只剩一团死气，浑身冰凉，我怎么焐都焐不暖。我戳你的颊，点你的额，揉你的脸，搂你的肩，把自己整个丢进你怀里，你就是不回应。

你不知道这一回我是真的生气了。我摔了一屋子的医书，我拼命克制，才没有在把那些庸医推到墙边的同时拧断他们的脖子。我就坐在你身边，问遍每一个来打扰我们的人，他们泪眼婆娑，说话的时候偏要带着抽泣。我忍着疼得快要裂开的头，好声好气地问你为什么还不醒，他们像看怪物一般向我投来眼神，里头全是廉价又莫名的怜悯。直到你爹来了，他托住我的臂，抖得比我还厉害，他急促地喘气，说：“桉儿不是睡着了。”

他说得很慢，分开听每个字都是清楚的，可合在一起，我根本就不明白这句话是什么意思。

你不是睡着了，那你这是怎么了？你合着眼，枕着我的膝，好说歹说都不睬人。我委实忍不住，起身顶撞了你父亲。我盼着你伸出手拦住我，意味深长地眨眨眼，眉梢扬到我心里去，再浅浅地叹息一声："阿莺，不得胡闹。"

可是你没有。你从我膝上滑落下来。我慌忙去接，你整个人都砸在我臂上。我们胸膛相抵，可我只能听见自己一个人杂乱无章的心跳。

在那一刻我想我是恨你的。

我漂泊惯了，无牵无挂，经历过太多是非浮沉，对许多事早就见怪不怪。我知道彩云容易散，明月不常圆，知道阳光未必会公平地洒向每个角落。如果胸膛里跳动着一颗滚烫的心，千万切记按捺住了，宁可烂在肚子里，也不要傻乎乎地交出去。所以我从来都很快乐，把颠沛流离当作常态，把严苛教习视为鞭策，哪怕出任务时沾上一身血气，是敌人或是自己的都无甚分别，直到遇见你。

你懂什么是江湖险恶？我同你说了一百遍，你还是赤红着一双清凌凌的眼盯着我的伤口，扰得我心烦意乱。好好的一个大男人没有半点儿魄力，不过是替我包个扎，手抖得比我还凶，连我早逝的娘亲都比你有力气。拜托，陆清桉，陆小公子，受伤的可是我！

明知我是个野的，不但妄图把我带回侯府藏起来，还嘴硬地说要保护我……你拿什么保护我？小病秧子，你自个儿的小命还要我来看顾呢！瞧瞧，我笑得伤口都快裂开了，你却只是哭。我说男儿有泪不轻弹，你说只因未到伤心处，得嘞，左右没法同你讲道理。

我不恨从小师门加诸我的百般折磨，不恨身上大大小小的从未彻底好透的伤口，不恨风刀霜剑，阴谋诡计，可我是真的恨你啊。你偏要死乞白赖地跟着我，固执地教我有伤必须说，有痛不必忍。你自以为是地把我从满地泥泞里拉起来，还永不餍足，非要我长长久久地只与你在一起。

我无法像对待敌人一般对待你，无法把你想象成嶙峋的骷髅或是冰冷的枯骨，无法在你用珍而重之的眼神望过来的时候依然保持清醒与克制，于是我屈服了，你得逞了。可是后来呢？你让我对人世间有了希望，有了留恋，可当我们两个只能活一个的时候，你擅自做主，把长宁侯府绝无仅有的灵药给了我，自己却像个木偶似的躺在那儿！

谁准你这样做？你不是最怕死、最胆小的吗？你这个自幼被父兄呵护，用金屋供着不知愁苦，平日里连喝个药都要哄上三回的小公子，怎么这会子阎罗殿都敢一个人闯？你既然知道伤口长在我身上你才会痛，如何就不懂将心比心？你不管不顾地两眼一闭，指望谁和你一样犯蠢，把别人的命瞧得比自己的还金贵？

他们一个个都束手无策，对你爹摇头，也对我摇头，摇着摇着，摆摆手，撂下一句："还是准备准备吧。"

准备什么？

我傅莺时潇洒一世，是江湖中人人称道的女侠，我是你的谁啊？我才不为你准备后事呢！

笨蛋，傻瓜，骗子！

你不是答应过我，在我压根就不敢期许有任何未来的时候，言之凿凿、信誓旦旦地承诺过，要陪我去看天山的白雪，大漠的红花，你为什么要食言？

我恨你入骨，恨不得立刻替你好好死上一回，哪怕下到十八层地狱里去，也要把你这个糊涂鬼带回来。

你知道什么？你什么都不知道。

你看，你输得不冤吧。

二

小木头：

我要丢下你啦。

愿赌服输，你别怪我。

我实在不能再看见你了，一眼都不行。我怕我会忍不住想起我们说好的，杏雨梨云、桃蹊柳曲、长河落日、孤帆远影……四时之景，各具特色，值得穷尽此生，与君同看。

只要我们都好好地活在这世上。

你定是不甘心的，明明约定了要一起游历名山大川，现在却被我远远地撇下了。你让我别小瞧你，你身体再弱，也能做到每一步都走在我前头，能牢牢地牵住我、守护我……我只需要踩着漫山的云雾，穿过遍野的花海，在你时不时地回头看我的时候对你笑一下就行。

可是不行的，清桉。死了就是死了，死了就什么都没有了，再不甘心又能如何？我不想小瞧你，我想好好地瞧瞧你，描摹你的眉眼，目光巡过你的每一寸肌肤，但是你先做了逃兵，是你再也不肯睁开眼。

所以我决定离开你，一个人漫游天下。

世人会怎样指着戳着我的脊梁骨厉声斥责，我早有预料。我是多么卑劣的女子啊，骗了清贵无双的陆小侯爷一颗真心，累他赔上一条性命，如此尚嫌不够，还要在此时不辞而别，将他践踏到底，忘恩负义，狗彘不如。

小木头，你也会这样认为吗？你若有知，一定会原谅我的吧？毕竟你从来都不舍得埋怨我太久。

我常常想，你也没有那么重要。在遇见你之前，我不也一直都是一个人吗？你一声招呼不打，瓢泼大雨里，那样蛮横地闯进我的生命，分明已经奄奄一息，眼里的光芒却始终不肯熄灭下去。

是什么促使我在那个雨夜将你从山崖下救起？我事后好好地思忖了一番，同你斗嘴时说的也并非全是假话。你固然君子如玉，仪态万千，可那日受困于乱石黄土之中，又逆着月光，纵使是天人临凡，冲击力也不过尔尔。后来这问题不了了之，你更在意日后我们的点点滴滴，于是我也就忘了告诉你。其实，比起你这张脸，我第一眼注意到的是你仰头看我的样子，像是在看穿透乌云的一道光，虔诚得让我自惭形秽。即便生于尘土，长于淤泥，微眇如我，也仍有机会成为谁的光吗？

我当然要救你。

我多喜欢昏迷时的你呀，不知自己情况凶险，乖顺地躲在我怀里哆嗦，任由我抓着手腕输真气。而一旦恢复意识，你就开始胡说八道，说自己是附近乡民，一时不慎，途遇暴雨滚落山崖，才为我所救。

你倒是好好地看看我的脸，上头那俩会发光的是眼睛，不是摆设！这里是大极皇城若清，而与你一道陷于山崖下的那匹白马背上的鞍鞯犹在，上面绣的可是千里之外照苍城特有的图腾。可见你是从照苍城一路马不停蹄地赶过来的，加之气度雍容，怎可能是区区乡民。眼见瞒不住，你又开始用拙劣的演技假装失忆，可知我忍得多辛苦才没有在当下就笑出声来？

你不会从来都没说过谎吧？就没人告诉过你，你一说谎便手指蜷曲，不停地抠手心，眼神软绵绵的，不敢同人对视，只知一个劲儿地低头当鸵鸟吗？我觉得实在好笑，小声地说一句“别抠手”，你就心虚得连手都不知往哪儿放。你太容易被人看透了。所以我岂会没有发现，你对我存了戒心，是因为当我试图将你背起时，你在我俯身的那一刻，窥见了那枚从我腰间垂落的青玉芙蓉佩。

那是由你的兄长，长宁侯府嫡长子陆之琮亲手打造的。尽管打造这块玉佩的技艺比起他及冠后名动天下的“十二琮佩”尚显稚嫩，可上头沁了朱砂写就的“景明”二字，却是放眼大极，再无第二人敢用，因为那是他的字。

你与他一母同胞，母亲因难产过世后，陆老侯爷未续弦，他便是你唯一的兄弟。其实，论及出生时辰，你早于陆之琮，原本你才应该是做大哥的，可因你自小体弱多病，他便将你认作弟弟，照顾得无微不至。陆之琮好静，喜玉石之性，琢玉技出神入化。他原不必涉足官场汲汲营营，但清闲散人既然让给你做了，他便再也妄想不得。有他负重前行，你才能过得不知愁苦，你们兄弟二人自然情谊甚笃。

可就在半旬之前，他死了，死得不明不白。彼时你正在照苍城中休养，闻讯后拖着弱不禁风的身体赶回来，路上跑死了三匹马，却只恨自己不够快。

你问我为什么会知道这些？是啊，我为什么会知道呢……那你又为什么怀疑我和你大哥的死有关？仅仅是因为我戴着他的玉佩吗？

你偷偷放走马，丢弃干粮，宁愿拖着我一起滞留崖底，终日以野果充饥。你百般猜忌，千般试探，甚至在我疲惫不堪地假寐时，数次抽出袖中软剑……你一定忍耐了许久，才没有在以为我睡死过去的时候，用它刺破我的喉咙。

我半眯着眼，窥见你犹疑不定的模样，正想着是不是不该再逗弄你，那群野狼便不请自来，助了我一臂之力。

青面獠牙的野东西，对付起来不比人容易。但我出师十年有余，在江湖中好歹也混出了点儿声名，若非被你这小傻子暗中藏起武器，打退它们也不至于这般吃力。我手无寸铁，又要护着你，身上难免挂彩。荒郊野岭，左右也没旁人，叫你转过头去你偏不应，我便只好当着你的面处理伤口。你倒好，见我身上新伤叠着旧伤，像是被砸了一棍子般不知所措，褪下自己干净的中衣给我不说，还非要扑过来替我包扎。你哭哭啼啼地道歉，语气慌张，手也颤抖，害得我这个伤员还得反过来安慰你。

你说对不起，可心里实在太痛了。你说你哥哥对你有多好，为你抵挡风雨，像阿娘一般地照顾你。你如今也成人了，可他仍把你当作孩子，每每你喝完汤药，他都不忘递来蜜果。但现在，他死了。你必须查明他的死因，必须为他报仇。你的声音发涩，已经开始哽咽。唉，陆小公子，你有没有想过，或许在这一点上，你我殊途同归?

你是娘亲早逝，我呢，父母健在，兄弟俱全，偏偏自己是多余的那一个。村里闹饥荒，我被爹娘用来和人贩子换了一袋粟米，由麻绳捆了带到城里。当然我也跑过几次，手脚都被打折了，那就等养好一些，接着跑，然后，我就遇到了你哥哥。那时，之琮少爷远不及你现在高，一举一动却已颇具威仪，比你可稳重多了。

他拦下追我的打手，替我赎了身，还差人送我去医馆疗伤。不瞒你说，我的确想过他是不是看上我了。毕竟我年长你们几岁，论相貌嘛，虽谈不上容色倾城，那句“清写芭蕉雪，秀盛芙蓉霜”可是你哥哥亲口说的，夸完还说他新雕琢的青玉芙蓉佩称我，直往我手里塞。

侍从小声地催促他该往照苍城去了。我想，那日他是急着要去探望你。于是，他只拍拍我的肩，像对兄弟，对亲友，对和他一样平等的人说：“姑娘，我予你玉佩，赠你盘缠，只因世道多艰，而你从不屈服。你不必自缚羽翼，以身相报，当继续无畏无惧，前方自有广阔天地迎你。”

是我看低了他。他若不承袭陆家爵位，大抵也会喜欢与我一般，肆意江湖，无所谓死在何时，死于何处，只为心中“义理”二字而死吧。

一别经年，我早就记不清你哥哥的模样了。我得知他的死讯，虽痛楚不及你之万一，但有一点坚持，却与你没什么区别，那就是无论如何，他绝不应该就这样死去。

我的小木头，现在明白了吗？跋山涉水，为他而来的，不止你一个。

三

小木头：

离开你已有月余。

没能和你同来大漠，确是此生憾事，毕竟距离你我再见之日，大概要等上一辈子。

这儿总是日月辉映，天地苍茫，足以同时容纳血红落日和皎皎新月。黄沙漫天，我寄居的客栈连门都关不紧。西北风没日没夜地吹，最容易偷懒的当数店小二了，反正无论怎么拾掇都难以将桌椅上蒙着的风沙清理干净，索性便撂开手不干了，由着风尘沙石先于客人一步享用食物，美其名曰西域特色。

幸好我最近嗜睡，一沾到被子就不愿出来，带的银两又多，店家也乐得殷勤，每日亲自将饭菜送上楼。我窝在房中用饭，门窗紧闭，倒不必和风沙争先后。

只是我免不得会想你。

和你在一起的这些年，我被你养成了一个十足的废物，连穿衣洗漱都不用亲力亲为，何况吃饭？当年我们刚从山崖下逃离，我受了伤，手脚不便，你照顾我吃食尚且有几分理由。可后来我都好全了，你却变本加厉，我的一日三餐你从不假手于人，做好了，还要上手来喂给我吃，喂一口，再温温柔柔地唤我一声“阿莺”。

我臊得脸红，你恍若未觉，仍是不厌其烦地唤我，还必须听到我应声才肯罢休，我少应一句都不行，喊你“陆小侯爷”也不行。我问你这又是闹的哪门子脾气，你支吾半天，才闷闷地答：“兄长在时，也曾是被人叫作陆小侯爷的。”

好家伙，搁这儿呷醋呢。我不就是说了一句“你承袭侯府后处事越发稳妥，颇有几分之琮少爷的风范”吗，有必要记到如今？

罢了，你不让叫便不叫呗。

叫你“小木头”，你也听腻了是不是？那喊你“阿桉”，你总该高兴了吧？那么，阿桉，无论何时，无论何地，如果我们果真心有灵犀，可以跨越生死，请你一定要牢牢记住，我希望你高兴。

我给你写了这么多的信，本就是想哄你高兴的，可是写着写着，连我自己都高兴不起来了。

我有什么资格恨你呢？我嘴上说着最舍不得让你孤单，可一次次把你抛下的还是我。我仗着你喜欢我，总是捉弄你，招惹你，一言不合就出走，连累你放着正经事不做，尽顾着哄我，寻我，等我……

阿桉，我真的没有你想象中的那么有骨气。我睡着了还在牵挂你，就连做梦都在后悔。

后悔在你倒下去之前，我们做的最后一件事竟然还是在斗气。我明知你对国公府的小姐并无私情，与她踏青也不过是寻常交际，同你们一道去的尽是高门闺秀、世家公子，我不该疑你，更不该恼你。可是你信吗？自诩洒脱的傅女侠，至死都不愿承认自己在“情”字上也会自卑，但当她望见那位小姐绮丽如花，和她一样眼中只有一个你的时候，还是会慌，会怕，会止不住地想，那位小姐是不是与你更般配，是不是比她更值得你喜欢？

终归你不仅仅是我的阿桉，你现在已经是能够独当一面的小侯爷了，你不该囿于儿女私情。可自私如我，又无耻、卑微地期望，不管身处何等境地，你都能坚定不移地选择我。

你做到了，于是我更加后悔。当我得知陆之琮之死另有隐情，我们当时以为的政敌倾轧不过是冰山一角，背后之人不仅掌握着滔天权势，还与江湖上臭名昭著的悬魂门勾结时，我竟一时意气，不曾同你商量，便自恃有武功独自前去。仇是报了，可我自己身中剧毒，还害得你猝不及防，匆匆赶来，为护我而经脉尽断，重伤垂危……

是我托大，有如此结局本是咎由自取。可你不同，你本该如松风水月，仙露明珠，点亮尘世，为天下苍生计，不该像个纸人一般轻飘飘地落在我怀里，我稍稍一动，鲜血就从伤处涌出来……我让你千万别睡，你还真就听话到底，濒死昏迷之际，呼吸脉搏都停止了，眼睛还勉力睁着，手紧紧地攥着我的，掰都掰不开。

你不在，没人替我掩住耳朵，于是我听得清清楚楚，长宁侯府声浪滔天的哀号声里，他们肝肠寸断地问，死的为什么不是我……

是啊，他们说得对，死的那个人，可以是我啊。

四

阿桉：

今日我闹了个笑话。

连着发了三日高烧，可算清醒了几个时辰。店家端了一碗粥上来，我瞧它炖得烂烂的，多少能养些胃，因此虽无配菜，也将就着喝了。谁料刚喝一口，我就被齁得直翻白眼。这玩意儿哪里是粥，原来是一碗芝麻糊。你知道我不喜芝麻，更不喜甜。若你在我身边，单就这口芝麻糊，我非要讹上你十顿八顿的珍馐美馔才勉强算完。

你一定猜得到吧，我的眼识和鼻识都已经不大好了，黑的认成白的，芝麻和粥的香味也分辨不出来。我破罐子破摔地想，还不如再等等，等我的舌识也罢了工，还能少受些罪。

痛觉倒是早早地鸣金收兵，在这次发烧之前，它就放过了我。最近一次痛觉发作，还是我刚从天山下来，赶往大漠的途中。痛楚毫无征兆地将我击倒，吞咽变得十分困难，总觉得喉咙里热热的，又带了点儿腥，大概是血。但咳是咳不出来的，那时的我连喘息都是碎的，身上没有伤，只是痛，一碰到哪里，就会骤然把身子蜷成一张弓，冷汗和青筋争先恐后地往外冲，我这辈子都没有这么痛过。

该怎么向你解释这一切呢？我师承断霜阁，江湖中鲜少有女子在我这个年纪就能学全门派要法——以一当百的，羡慕吗？拿命换的。断霜阁并非什么名门正派，如何肯对一个半路弟子倾囊相授？我是被喂了百八十种毒药，丢进密林七天七夜，活着爬出来之后，才被按着脑袋磕头拜了师。

我能活下来，是老天爷都懒得收我。身上那些毒素纠缠不清，竟达成了某种微妙的平衡，直到被你喂下那粒药……我怎么忍心告诉你，你舍弃自己的性命，却只是将我往黄泉路上推了一把——体内平衡被打破，衰败之势如摧枯拉朽，大限将至，无力回天。

我也曾一遍遍地告诉自己：陆清桉，他不重要；傅莺时，你该习惯一个人来去。即便那个世界再也不会有他的陪伴，暗无天日，诡谲莫测，你都要一个人撑下去，你可以的。

但其实不是的，我不可以。阿桉，我怕得要命。

每当午夜梦回，我望见奈何桥上残影重重，鬼门关前凄风苦雨，有罡风撕扯我的血肉骨骼，有铁狗和夜叉追着我咬……我多么希望前头能有一个你，我可以一头撞进你温热的胸膛，告诉你我不坚强，我不想死。我舍不得太多东西，舍不得尘世繁华，舍不得人间烟火，最舍不得的就是你。

幸好，六识逐步衰弱，渐渐地，我也不会再做梦了，日与夜，于我而言，都不分明，都不重要。

但是记住你的样貌很重要，我想带着对你的记忆去死。可就在这几日，我惊骇地发现，你的轮廓，你的眉目，通通变得不再清晰。我该怎样做才能把你留住？描摹一千遍你的模样够不够？写一万遍你的名字够不够？你救过我许多次，再救救我行不行？

阿桉，我想我错了……相隔山海，两忘烟水，五内俱焚，六识湮灭，都不是此生最痛。现在才是。

我相信，哪怕我成了一只冰冷的鬼，你也不会嫌弃我半分。可我永远都不能让你知道这些。从头到尾，我都不怪你。岁月有时尽，我遇到了这样好的你，足够让我笑着去想象下辈子。算算时间，我大抵还能活两个月，你呢，一定会长命百岁，说不定下辈子，等到我们重相见，我仍是乌发红颜，而你也依然是我的此间少年。

我从未写过遗书，不知这封到底算不算。但落笔的时候，除了你，我便想不出别的还有什么值得写了。可能是人之将死，到底眷恋红尘，我变得婆婆妈妈的，一点儿都不像江湖儿女……可是阿桉，我还是想好好地嘱咐你，不要伤心，不要自责，不要生病……你不是一直都想知道，去年七夕，月老祠中，我许了什么心愿吗？

我愿我的阿桉，我的如意小郎君，一生如意，逢凶化吉。

五

陆侯爷：

清桉今日安否？

您一定记得告诫医师，那枚金针是用来护住清桉心脉的，无论做什么，替他擦身也好换药也罢，都千万不能擅动。否则金针一旦稍有偏移，他被吊住的这口气立时便散了。

多谢您的信任，允我在如此焦灼的关头离开。寻药之路艰辛，所幸不负所托，我已觅得天山雪灵芝、大漠驼血散，配上从悬魂门抢回的护心丹，再以我这个毒人的一管血为引，他定会挺过去的。

烦请您见信后速至我处。我不能拿清桉的命去赌，救命之物，万不敢托于驿使，只得劳您大驾，亲自来取。

我当竭力撑到与您相见之日，但生死之事，从不由人。近日我越发频繁地陷入昏迷，醒转艰难。我唯恐彻底失去意识时您仍未至，因此不得不将心中牵念尽数写下，望您不要见怪。

若您亲至西域之时，我已身死，不必理会我的身后之事。我会将清桉治病所需之物藏于床下暗格中的秘匣之内，此机关由我亲自设计，断无第三人知晓，您尽可放心。

清桉伤重，纵有灵药，疗养仍需万分小心。我并非质疑您的爱子之心，只是事无巨细，总想着能替他多考虑些。他天生根骨不好，积弱已久，加上一身伤病，用药切忌过猛，用药后更需仔细看顾，片刻不得离人。

重伤之人时睡时醒，心律失常也非异事，遇上失温更是凶险万分。此时您万不可强行将他唤醒，应着人常燃暖炉，保持屋内温度，有节律地抚摸他的后脑，必要时教他将淤血咯出便好。

陆侯爷，虽我接下来所言实为不敬，但仍请您务必立誓，此生决不与陆清桉谈及我信中的只言片语。您如何杜撰我的去处都可以，说我刻薄寡恩丢弃他也可以，总之，决不能让他知晓真相，更不能让他恨自己。要恨，要怨，都只冲我一人来便好。

也请您……不到万不得已，不必告诉他我已不在人世。人死如灯灭，头七送别或是清明祭奠，对我来说都毫无意义，陆清桉好好活下去才是有意义的。

日前大意，相思难耐，写过许多书信，皆以火漆封缄，同置于床下秘匣中，我心志不坚，迟迟不忍销毁，劳烦您代之。

伯父，昔日我与阿桉情意正浓之际，他总想着带着我与您好好叙叙，他说，迟早要拜高堂的，却不承想，我原也没这个福气。此刻，您愿意受我一拜吗？

傅莺时敬上。

再拜。

梦里花已开，只愿卿归来

纵有千街万巷繁华夜，整座城的光暖不了掌心，只够照亮影成双。

梦里花已开，只愿卿归来

冷亦蓝

一、香陨

我应该死了的。

但现在这副模样，我说不清自己是活着，还是死了。

那日狩猎出游，我纵马驰骋，将一行人甩在身后，径直奔入密林，前方忽地掠过一抹白色，我以为是兔子，忙抽箭搭弓，拉得圆满之际，凝神闭气——

却不想黄雀在后，一支羽箭夹带着犀利的杀气从我耳边掠过。

我一惊，忙回头大呼一声："谁人放箭？！"

就在我回头的当儿，一支锋利的箭直直钉在我眉间，我听见了骨骼被犀利破开的声响，好像碎裂的珍珠化为粉末，我的头被重重往后推了几寸，竟然还能看得见。

不远处灌木丛中，有个人影一晃而过。

其实，并不疼。只是力气抽离了身体，我从马上摔落下来——绿草、白云混成一片，最终定格在一片蔚蓝，马儿在身边走来走去，我顶着一支羽箭，空洞地看着头顶的蓝天。

我应该死了的。迷蒙之中我做了个梦，梦见有许多凶恶之徒举着火把兵器来追杀我，母亲抱着妹妹站在不远处掩面哭泣，而父亲背过身去，不再看我。

歹人们如潮水般朝我奔来，四处的火光炽热无比，炼狱一般将我吞噬。

却不想我还能再醒来。

红绡软帐，女儿闺房，我从榻上起了身，却觉得身子硬邦邦的，手脚都不听使唤，勉强站起来，刚迈出一步，却一头栽在地上。

这一下摔得十分重，却一点不疼，想抬手支起身体，却发觉……

光秃秃的手腕上哪有手的影子，往稍远的地方瞧去，那只玉手正静静躺在房门口呢。

外面传来脚步声，门从外面被推开，一人出现在眼前，他弯下身子捡起那只手来，轻轻叹息一声："这首乌铸成的身子，看来你一时间还是不适应。"

来人是个年轻俊秀的男子，眉目如画，肌肤若雪，那副皮相甚是好看，但唇色有些苍白，有点病恹恹的样子，模样有几分眼熟，我却一时间想不起在哪里见过。

换了身子，好像连神志都有点恍如隔世起来……

似乎是察觉到我的疑惑，来人唇角牵起一丝笑意，慢慢走到我身边，伸出手掌，那手洁白纤长，骨节匀称，我盯着那手，就那么呆呆地看了半晌。

他低低咳了一声，见我仍未醒悟过来，便提醒一句："手给我。"

我把还在的手放在他掌心，他见了，笑意更深，放下这只，自己牵起我那只光秃秃的手腕来。

他把那只玉手轻轻地给我接上了，然后对我的手腕又反复看了看，道："动下试试。"

我的五根手指灵巧地运动，似乎比从前还要好用，那男子轻轻地扣住了我的手，敛了笑意，看着我说道："是我救了你，为你再造身体。你已经改头换面与旧日不同，要知恩图报，嫁给我做娘子。"

二、伉俪

救我的这人是这洛城城东天天摆摊写字的书生云天珩。我虽然换了皮相，却没换神志，当他说他在城东摆摊，我马上就想起这似曾相识的缘由了，开口道："你就是那个靠颜面为生的骗子？"

他的笑容有点尴尬，摸了摸鼻子："您是在夸赞在下这张脸尚能看否？"

能看。何止是能看，这位先生简直是洛城的一枝花。

城东有位貌美如花的先生，人长得比他写的字好看得多。这位先生可写的东西很多，诗词歌赋、对联状书无所不会，他还自称有异术，是非凡之人。我不止一次从妹妹口中听说，耳朵都要磨得起了老茧，终于有一天她强拉我去看，远远地指着那一长排如痴如醉等着先生写字的妇人，非要我去杀出一条血路，让先生为她写一句“小家碧玉”，要是能写成“天姿国色”，那就更好了。

我二话不说，塞给排第一位的妇人二十个铜钱：

"大嫂，你的字钱小女子请了，能否行个好，让我这弱不禁风的妹子先求个字？"

虽然后排怨声载道，但那妇人收钱也爽利，向后退了一步给我留了位置，我忙乐滋滋地推了妹妹去看，谁想那冷艳高贵的先生不轻不重地将签筒掷在桌上："姑娘自重，在下写字不卖身。下一位请。"

就这么生生地把我们姐妹给无视了。

我父亲是武将出身，告老还乡在这洛城做了员外，是远近闻名的财主。人人都知这程员外膝下无子，唯有我和妹妹两个女儿，一直被当作男孩养育，我自幼习武，虽是女子，却颇有几分男儿义气，何时受过如此欺辱！

我二话不说掀翻了摊子，还不解气，又把地上的笔筒捡起来，把剩下那一半的毛笔如同倒豆子一般哗啦啦扬在他头上，他躲闪不及，被我倒个正着，领口处还插着一支笔，看那毛色质地，似乎还是上等的狼毫。

我还记得他那时脸上红一阵白一阵的窘迫表情，他用手指着我："若不是在下打不过你，早，早就……"

见我瞪圆了眼睛，他一凛，慌忙草草收拾了东西就撤。

这让后面那一队妇人怨声载道，见我又瞪圆了眼睛，人群才悻悻散去。

回忆往事，令我感慨良多，想想自己昔日作为，我颇为自责，有点害羞地低了头，轻声道："你我初次相见不算愉快，你……怎肯救我，还肯娶我？"

云天珩的脸也红了一红，微微垂下眼帘，过了一会才低声说道："我是个文人，手无缚鸡之力，就想寻个你这般泼辣有担当的……以后我再也不怕受人欺负了……"

我差点气得背过气去。

三、寻凶

刚烈如我，断不肯就这样草草嫁人终此一生，我之前是怎么死的，是谁朝我射的冷箭，如此大仇不报，我无法安心地过我的小日子。

我把心中所想说出来，云天珩端着一盏银耳红枣羹过来："你我这般的日子不好吗？一定要冒着危险捉拿真凶？夫人慢点喝，有点烫。"

以前我总以为云天珩是个靠脸骗吃骗喝的家伙，除了那一身皮囊之外毫无可取之处，但每日我这首乌铸成的身体越来越好用，甚至能品尝滋味、感知痛楚，和常人无异，不禁令我越来越佩服我这夫君的本事——他果然是会几分异术的。

银耳红枣羹里应该是放了一些冰糖，微甜的滋味在口腔弥漫开来，我放下调羹，看着对面秀色可餐的夫君："我的死因若不能水落石出，怎能一心一意地跟你过日子？"

他微微垂下眼帘："也好。我也会助夫人一臂之力。"

从此云天珩的摊旁时常站着一位女子，每每有人问起这是谁的时候，他总会脸上有几分得意之色地回答："内子。"

结果找他写字的女子少了一多半，我几乎可以听见那些妇人少女芳心破碎的声音。

近来摊子生意甚是冷清，天珩却仍坚持每天出来，还硬要拉上我。出摊的第三天淫雨霏霏，细如牛毛的雨丝轻轻地敲着青石板路，这种天气让我浑身上下都不舒服，可云天珩不走，我也没法先回去。

中午时分，远处袅袅婷婷走来两个绰约人影，走近了，只见一个丫鬟殷勤地为一位妇人举着伞，那妇人仪态万千，容貌美艳，一身华服娉婷而来，衣角几乎未沾多少泥水，她来了就坐在卦摊前，语调温柔："先生，我想……问问我那苦命的姐姐。"

我看着她高高盘起的发髻，如乌云般耸立，红润的脸蛋，一副珠光宝气的样子，一看便知她近来过得很好。

我眼中泛起了雾气，背过身去，装作擦雨水般拭去脸上的泪。

那是我的妹妹啊。和我从小一起长大，我最为疼爱在意的妹妹，她曾经多少次哭着让我去收拾欺负她的孩童，而如今，举手投足如此雍容华贵，不必她说，我都知道她有多幸福。

她是嫁给了谁？

云天珩微微一笑："夫人何必挂怀。"

妹妹沉默了半晌，示意随身的丫鬟退后几步，才压低了声音问道："我只想问一句，我姐姐她，此时在何处？"

她说这话时，神色中有几分紧张，一双杏眼紧紧地盯着天珩。

我喉咙一紧，刚想要说些什么，天珩"哗啦"一声打开折扇，这声音打扰了我，也吓了妹妹一跳，紧接着，他不慌不忙地答道："死者已矣，泉下安息，一去不返。"

似乎是十分满意这样的说辞，妹妹脸上泛起笑意，眼角噙着一点泪花，她从袖中拿出一锭银子放在桌上："多谢先生指点。"

我呆呆地看着她渐渐消失在这纷纷如雾的烟雨里，身边的天珩早已收拾好摊子："娘子，回家啦。"

明知天珩是为了我才撒那样的谎，心底却仍是有淡淡的失落。我默默地跟在云天珩身后，心中挂念的，却是和父母妹妹一起欢声笑语的，那个家。

四、前情

我生前与镇上首富之子宁利亨订下过婚约，对于宁利亨，我曾见过几面，他仪表堂堂，谈吐不凡，家中还有一位兄长，父母却更疼这个二儿子，分给他大片产业，他自己能力也是不凡，独自一人打点着宁家钱庄，生意上风生水起，爱慕他的女子不可计数。

当时订下婚约时，母亲曾经抚摸着我的发丝说道："媛媛，你这夫君是万里挑一的人才，多少女子求而不得，他日你嫁过去，一定要温柔贤淑守本分，那些舞刀弄枪的事，就不要做了。"

我那妹妹更是艳羡得不得了，她曾经好几次偷偷跑去镇上偷看宁利亨，然后小脸红红地跑回来对我说："姐姐，姐夫真是天下第一的男子！"

我妹妹婉儿最爱美男子，虽然在她口中称得上"天下第一"的男人，没有十个也有八个，但也由此而知我这未来夫婿确实不凡。

妹妹无数次地跟我呢喃：我好希望我未来的夫婿如姐夫那般……

而现在，她终于如愿以偿。

我打听到，程员外的长女香消玉殒后，二女儿程婉儿替姐出嫁，半年前嫁给宁利亨为妻，夫妻二人鹣鲽情深、恩爱非常，洛城未出嫁的女子，无人不羡慕程婉儿的好运气。

"她哪里有什么好运气。"我面前的大嫂"呸"地一口吐出了嘴里的瓜子皮，"不过是死了姐姐，捡了个便宜！"

我有些木然地拜谢了这位大嫂，呆呆地走在雨里，抬头看向阴霾的天空，在心里问道："到底是谁杀了我？"

犹记得那天狩猎，我和妹妹起初在马上不相上下，之后她终于被我甩在马后，然后，我得意扬扬地进了林子——

再然后，我额头被箭射中，一命呜呼。

术士云天珩收集了我的灵识，花费整整一年的时间为我再造躯体，我的灵识附在首乌上，身体一天比一天更像常人，即便如此，我还是想要找出那天林中我死时的答案。

想起我曾经疼爱万分的妹妹，我怎么也不敢把她和杀我的真凶联系起来。

为了知道我身上曾经发生过什么，我以浣妇的身份进入程府，每天不动声色地与下人闲聊，终于和管家混得熟络，让我有机会出入大小姐生前的院落。

那院子大门紧锁，里面一片荒芜，长长的杂草掩盖了本来面貌。我打开锁走进去，看到里面有十八般兵器，我走过去随意拿起弓，轻轻搭上残破的羽箭，拉满——

身后响起一个颤抖的声音："是媛媛吗？"

我心一颤，手一抖，那支羽箭竟然破空飞去，"当"的一声钉在靶上，我忙转过身跪在地上："奴婢任性妄为，请老夫人责罚！”

是母亲。或者说，曾经是我的母亲。但现在，她只是程老夫人。

“你叫什么名字？”她擦了擦眼角的泪，问道。

“夫家姓云，您叫我灵灵就行。”

从此我侍奉老夫人左右，有随意打开荒园的权力，只因为老夫人她说，我和她那去世的苦命女儿很像。

五、隐情

我深受老夫人喜爱，老夫人允诺我可以连夫君一起带进程府居住，当我回家跟云天珩商量的时候，一向温柔随和的他却蹙紧了双眉，看着我说道："不行。"

“程家家大业大，老夫人许我住进大小姐的院子，只有我们两人。”

“那也不行。”他的声音不高，言辞中却有不容更改的坚决，“我也不许你住进去。你若还想做程家大小姐，我可以成全你。一纸休书放你回去，从此再不相见。”

他说这话时，我正在给他削苹果，听到“休书”时我手抖了一下，锋利的刀刃削到了指尖，殷红的鲜血流淌下来，我忙用白布缠上。

我竟然会流血。我默默地吃了一惊后，不动声色地继续做些家务。

云天珩草草吃了一口饭就躺下了。

我怕他生气，一连三天都没有去程府，只在家里陪着他。这几日他身子大不如前，也不怎么出去摆摊，我为他精心煲煮了滋补汤，他只是勉强喝几口便作罢了。

云天珩的身体本就不甚壮实，最近一天天愈加虚弱下去。我心里挂念着他，有时候在程府那边只待短短一会儿就回来陪他，有时候他半夜会说些梦话，大多是我不懂的词语。天珩说梦话也挺有趣，他的梦话十分清晰，好像平日里说话似的，有时候，甚至可以与他梦中对话。

这晚我听见他分明说道："媛媛，可记得你我初次见面？"

我心下觉得好笑，明明知道是他的梦话，却也想知道他会说些什么，便应道："难道不是我砸你的摊？"

“那时我刚成人形，渡妖师陵尘欲收我，是你杀出来将他打退。陵尘给你讲道理，你就斥回去：哪里有什么精怪，不过是个未经人事的孩子！他不服，你不容分说地把他打跑了。”

我一时间不知如何回应，心里只想着一件事：我的夫君到底是谁？

一想到他收集了我的灵识，有将我再造为人的本事，觉得他是妖修成人形这件事还是能解释得通的。

次日，我再去程府时，和其他人有意无意地打听城东写字先生的事情，婉儿曾经的侍女掩口笑道："那位先生啊，曾经三番五次地来跟老爷求亲，欲娶大小姐为妻。他虽然模样不错，但身份卑微，真是癞蛤蟆想吃天鹅肉。"

我心中一动，问道："后来呢？"

“他被老爷从府中打出去几次，彩礼也摔得七零八落，老爷曾怒道：‘想娶我的女儿？除非她死了！’”

那侍女说得神采飞扬："当时我在场，那先生被打得嘴角淌血，听闻此话之后反而笑了，他看着老爷说道：‘当真？那我就等她死了再娶她。’"

我的心不由得颤抖起来，心底里反反复复的，都是云天珩的声音在叨念着侍女的那句话：

那我就等她死了再娶她。

我死之后，终于成了他的妻。

六、离散

程老夫人招我去了荒园，我跟在她身后，低头不语，她步履蹒跚地走了几步，抬头对着我旧日的闺房叹息一声："你其实，是媛媛吧。"

我心底一惊，热泪忍不住夺眶而出，对着母亲的背影痛哭失声。

云天珩一直不许我与亲人相认，我已隐忍许久，此时此刻被母亲点破，再也没办法假装下去。

此时的我哭成泪人，这段时间以来的委屈一股脑儿地都发泄出来，竟然连一句承认的话语都说不出。

母亲轻轻拍了拍我的后背："我早觉得你神态姿势像极了媛媛，前阵子你三天没来，我差人去寻你，才知道你是云天珩的妻子，那么，你必是我女儿无疑。"

我一时间摸不清她话中的头绪，只是抓住她的手腕："是谁杀了我？"

她似乎吓了一跳，挣脱开我，后退一步，道："没有人杀你。"

我气得大吼："骗人！你分明是袒护婉儿！若无人杀我，是谁一箭射在了我额头？"

她叹息一声，摇了摇头："婉儿的射御皆你亲手所教，她又怎能朝你放箭？"

"那放箭者是谁？"

母亲拗我不过，最后只得说道："是云天珩。"

"你又骗我！"我想也不想地开口吼道。

"若你不信，可去开启媛媛的棺木，看那尸身额头上的箭，是不是朱漆雕篆，上面有他的名字，是他的专用之物，那箭，专取你的灵识。"

一时间天旋地转，正午，我浑浑噩噩地走出了程府，直到夜半时分才回家，满身泥泞，污秽不堪。

云天珩虚弱地倚靠在床边，看到我，眉头微皱："你这是去哪里了？怎么弄成这样？"

我冷笑着把一支篆箭丢在他面前："夫君，此物可是你的？"

他愣了一愣，垂着眼帘看着地上斑驳的箭，那上面隐隐还有他的名字："你那身子早已腐朽，何必扰乱自己安眠？"

我用手指着自己胸口："我没安眠。我在这里。寻不到杀我之人，我死不瞑目。"

云天珩看了我半晌，嘴角牵起一丝虚弱的笑意："没错。这箭确是我的。那日在林中，是我设计给你这一箭，只为取你灵识。你想知道为什么？呵，我爱你成狂，三番五次去府上求亲都被你父亲拒绝，既然常理无法得到你，那不如取了你的命，再造了你的身体，好与你长久厮守。我本就是精怪，你的身子也可以永葆青春，我们做一对不老不死的夫妻，地老天荒，岂不逍遥？"

"你怎能……如此待我！"昔日恩爱场景涌进脑海，我咬牙瞪着眼前之人，万万没想到心里一直恨的凶手正是枕边人，我随手拿起手边的刀，高高举起。

他看着我手中的凛冽寒光，仍是淡淡地笑："我这条命，本也是你救的，你要拿便拿去。"

刀在半空悬了许久，最终重重地落下。"啷啷"一声撞击在地上，声音清脆中带着沉闷。

他一双眸子看着地上的刀出神，一只手的手指飞快地掐来掐去，我与他如此沉默地相对了一会儿，他叹息一声："你走吧。我这人不值得你留恋。你如今花容月貌，青春不老。你去别的城，总能找到更好的人家。"

说着，他撕下衣襟，咬破食指写下一纸休书，掷在我脚下。

"虽然我对你强取豪夺，但今时今日，我放你走。"他躺在榻上，眼睛望着上方，"你我也算两不相欠。"

我颤抖着捡起休书，有湿气涌上来，眼前模糊一片，什么都看不分明。他的血迹在火烛之下好像漆黑的墨色，我没有勇气展开来看，攥紧在手中，哽咽着问道："你真的……放我走？"

他转了个身，用后背对着我："我对你已经开始厌了，你又恨我入骨。再留你，我也怕哪天夜里你趁我不备捅我一刀。你若再不走，莫怪我再把你灵识抽出，任其灰飞烟灭！"

云天珩……你不是爱我成狂，可这才几年，你竟对我厌了？说什么跟我做一对不老不死的夫妻……都是骗人的！

他似是不耐烦，背着身子不肯再与我讲话。我如同多余之人，矗立在房中半晌，终于摇摇晃晃地离开了这个我一直以为是家的地方。

可这里，毕竟不是我的家。

我心乱如麻，踉踉跄跄，不敢回头、不敢停歇，我就这样一路前行，远走天涯。

我站在与昔日住所相反的方向，泪如雨下。

七、因缘

我在离洛城千里之遥的小村庄定居下来。

那一纸休书被我深深藏在箱子底下，上面用层层的衣服被褥压住，仿佛只有如此，我才能彻底忘记那个人带给我的伤痛。

是的，我本来有慈爱的父母、乖巧的妹妹、无可挑剔的夫君，那人把我从本来幸福的生活中鲜血淋漓地剥离出来，把已经回不去的我抛在了原地之后，理也不理。

可是即便如此，我竟然并不憎恨。只是从此之后，我总会在梦里见到他，梦里的他没有最后那晚的冷漠疏离，他总是带着些笑容看着我，轻声说道："娘子，我在这里。"

好像我之前经历过的事情都是一场噩梦似的，我满腹委屈地扑进他的怀里："我梦见你休了我！"

他一如往常般轻拍我的肩膀："怎么会呢？我还要与你白头偕老……"

白头偕老。

每次都是这一句话将我从梦境中唤醒，醒了之后，我便再也无法入睡，一直看着东方发白的天空，直到旭日升起。

那之后过了很久，我没有想到，在这个遥远的村落里，会再见到我的妹妹。

她是跟着夫君到此地的，宁利亨因为私铸钱吃了官司，散尽家产之后虽死罪可免，但活罪难逃，他和妻子婉儿被流放边疆。这座小村并非他们此行的终点，在此歇脚之后，他们还要继续向北，在极寒之地停下，在寸草不生的冰原上艰难地讨生活。

因为赶路太久，她的一双脚鲜血淋漓，衣衫褴褛、邋遢不堪。我拿了点钱财给官差，在驿站里见到被锁着的妹妹和她的夫君，我给她准备了干净衣服，处理了脚上的伤口，又给她梳洗好，奉上精致的菜肴，她见状，忍不住哭了起来："你为何待我如此好？"

我给她倒了一杯热茶："你生得极像我一位故人。"

我有意跟她打探洛城的事情，话头不过是往那里引了引，她便自己哭着倒起苦水来："我是为我那死去的姐姐受此劫难的！"

她哽咽着讲了她的遭遇："我姐姐在出嫁前夕病死，我代她嫁入宁家，锦衣玉食没有几年就遇上这等事！"

"病死？"我手一颤，热茶险些打翻。

怎么可能？我明明是被一箭射在了额头！

"说起姐姐，她也是一个苦命之人。她在出嫁之前得了怪病，从额头上生出两只角来，状如牛角，夜晚时分时常嘶吼，如怪物一般。病了不久后她渐渐迷惑了心智，打人咬人，有一次险些掐死了丫鬟，甚至还对爹娘大打出手。她变成了怪物，父母没奈何，只能找人降她，却都不是姐姐对手，最后我们正要去请渡妖师陵尘的时候，正好被城东的先生云天珩阻拦，说他有法除掉姐姐。"

"云先生以一支箭取了姐姐灵识，我们以为从此相安无事，谁想那先生恋慕姐姐已久，私自留下她的灵识，为她再造身体，做了自己娘子。母亲发觉姐姐还在世上，便托人请来渡妖师，谁想我姐姐不在家中，只有云先生一人，虚弱地躺在床上。"

我心底抽痛，面上却仍装作不动声色："那写字的后来怎样了？"

"渡妖师陵尘认得此人。他本是首乌精怪，后来修成人形的血肉之躯。当初陵尘欲除他，因姐姐阻挠而得以逃走，这次再遇到分外眼红。可这算者虚弱得不堪一击，渡妖师这才知道，他是将自己首乌化作的血肉之躯连同修为都给了姐姐，他被陵尘打散灵识之前还说……"

"说了什么？"我用尽了全身的力气，都无法控制住心的颤抖。

"他说，他欠她的恩，此生都还尽了，但他欠她一个地老天荒，却要如何来还？注定，他还是欠她。"

茶杯在我脚下碎裂，我没法再听下去，就那么逃也似的仓皇跑了出来，任凭她在我身后惊疑地喊："姐姐，是不是你？"

我不是我，我的这副躯体，是他给的；我的这般生龙活虎，是他赠的；若不是他，我的一缕灵识还彷徨于天地之间，非生非死，寻不到方向。

好像是怕妹妹戳穿我的身份一般，我草草收拾了东西，又一次踏上旅程。

八、首乌

他本是深藏土中的一个首乌精怪。

他韬光养晦，深深埋在土里许久许久，忽一日，听见头顶上方传来兵器交接的声音。他心中好奇，便在花丛中鬼祟地探出头去，见得两个女子习武对打，一红一黄，如两朵花儿般，兵器翻飞，斗得正紧。

那着红衣的女子明显武功更胜一筹，一招一式英气十足，待收了招式，她倚剑而立的飒爽，让他一时间忘记了隐藏。

此后他时常钻出土来看她习武，直到那一天，他终于化出人形，以五六岁孩童的外貌，刚刚走了没几步，就被守候已久的渡妖师用缚妖索缠住，刚要动手结果他时，她怒气冲冲地将渡妖师打退，一剑劈开他身上的绳索：你算什么东西，敢在太岁头上动土！

渡妖师陵尘的解释她哪肯听，陵尘的法术只能用于精怪，武功远不及她，被掰折了拂尘、剪碎了缚妖索，陵尘气得无计可施，最后朝她扔了一张墨箓，那墨箓扑在她头上的那刻，就消失了。

很久之后，他才知道，那是一张多么歹毒的墨箓。

她被陵尘变成了怪物。额生怪角，丧失神志，不认亲人，只会攻击来者。家人怕了，原本想请渡妖师来降她，正赶上陵尘云游不在，于是花重金请了一群人，将她团团围住，以火烧之。但她武艺高超，逃出火海，神志迷蒙中，跌跌撞撞跑到他的卦摊："先生救我！我不想死！"

她不想死。

那时他被她父亲拒婚心灰意冷，却不想，她会亲自来找他，她对他说，救救我。

她之所以有今日，都是当年救他得罪了陵尘的缘由，此时此刻，他有什么理由拒绝，又怎能不倾尽一切来救她？

于是他充当方士，让其家人设了个出游狩猎的局，骗她入林之后，一箭中她额头，取其灵识。

他对她家人说他已经送她上路，却秉着私心，把她留了下来。他将自己百年首乌之躯让给她，自己栖身于莲藕，他的身体一天天垮下去，用不了多久便会命丧黄泉。

可他不悔。

他本想带她远走高飞，可她不弄清自己的死因，却执拗着不肯离开。

他算到渡妖师陵尘迟早要来，他故意气走了她，他用最后一丝力气在自己身上设下一道结界。

陵尘原本为灭她而来，见到奄奄一息的他，自负地痛下杀手，他的结界发挥作用，陵尘被反噬，当场被击碎灵识而死，而他，也因竭尽心力而亡。

他是一株首乌，却妄想与她白头。

终是不能长相厮守。

九、欢梦

我居无定所，四处漂泊。我随身的行李少得可怜，随时变换，唯一不变的，是那一纸休书。

那是云天珩留给我唯一的东西。

那上面的字以他的血写成，墨绿色的。因为那时候的他，把血肉之躯给我之后，又渐渐恢复成精怪本体。

休书之上只有寥寥几字：此情，愿忘。

我不知他当时是怀着怎样的心情写下这句话，在分别之时，他想对我说的最后一句话，竟然是让我忘了他。

我青春不老，我周转于不同地方，我做过很多行当，遇到很多人，但我，还是经常做梦，有时候大梦三天三夜，也不肯醒来。

因为梦里有他。因为梦里的我们，仍如以往那般幸福无忧。

梦里有三千繁华，梦里有鬓边簪花，梦里有美景如画，梦里偌大的天下，却只有相依相偎的两个人，携手天涯。

梦里你对我说：有我在，不怕。

黄河为裳带

莫卡

楔子

京都戚府阴云笼罩，家主日前突然昏迷，滴水不进已有数日，都中名医请遍也无起色，如今气息渐弱，一个女子叩开了戚府大门。

墨黑的飞檐画角拥着一簇红艳的照水梅，女子的容颜大半隐于摇曳花影，弧度优美的下巴如釉下白瓷。

“戚老爷如此，并不是病，也不是毒，原是欠了债。我特为故人来，替他们清了这桩债。”

第一章 简槃梦蝶 1

马车飞驰，简槃裹紧狐裘，掩住唇压抑地低声咳嗽。

她的脸色灰白如冷冬傍晚的天阴，绢帕下压着的嘴角却染了石榴汁般的艳红，她像一朵被灰烬掩埋的火花，每一次呼吸都是拼尽全力的挣扎。

“主人，”驾车的老管家担忧的声音透过厚重的布帘传来，“戚少爷我们去找就可以，下一个镇子您还是停下休息，我为您找一个郎中看看吧。”

轻轻摇头，简槃靠在绣枕上闭眸道：“管家，你知道的，只有我去，天运才会庇佑他，他才可能在这样惨烈的战事里活着被找到。”她顿了顿，指尖下意识地抚上心口一个微微凸起的绣囊，“这一身莫名其妙的天运所至，也许就是为了今日救他。”

马车厚重的布帘在飞驰中掀起一角，露出连年征战而荒败的边城街道。简槃恍惚记得，她遇到戚浮棠前，也曾路过这个镇子。

那时镇子上人声鼎沸，路边茶棚里，一个说书人醒木“啪”地一敲，正开说新段子——

“列位看官，不‘到’黄河心不死这话其实是一种误传，最初这说的是不‘见’黄河心不死！黄河呢，也并不是咱‘九曲黄河万里沙’的黄河，而是个年轻貌美的富家小姐。闺名就叫‘黄河’！”

说书人抑扬顿挫，讲起一个痴情故事：“有个穷说书人爱上了黄河小姐，每天在她家后花园矮墙外面说书唱歌给她听。小姐家里的人知道后，悄悄地打死了说书人，为讽刺他生前嚷着的‘一片真心’，就把他的心挖出来扔到草丛里。”

“怪事来了！这颗心在草丛里，每天‘咚咚咚’地跳，唱着和姑娘相遇时唱过的歌！任人害怕、厌恶、驱赶，它就是不肯死去。有一个修道人要超度他，用尽办法也没有成功。那颗心告诉修道人，‘不见黄河，心不死’，修道人只好带他去见了黄河姑娘，那颗心为心爱的姑娘又唱了一遍当年的歌谣，终于在她的怀里……安静地死去了。”

简槃猛地收回掀起窗帘的手，深蓝色帘角落下的刹那，她眼角的余光瞥见那说书人似乎抬头朝她看过来，冷冬惨淡的阳光落在说书人的五官上，如上了层透亮的釉，逆光看不清那釉下的彩。

一股森冷的血腥味毫无征兆地扑面而来，简槃的心猛地一悸，仿佛被一只冰冷的手攥住。她下意识地摸了摸心口挂着的一个绣囊，里面硬硬的触感传来，才稍稍驱散了那阵突如其来的空落和寒意。仿佛自己的心，也差点被挖走了似的。

那次入山是为了采药，车队在小镇补给之后便跟着向导朝云深处的大山前进。

一座在往日丰丰美美的山居然静静寂寂，似连石头都已渴死，简槃裹着轻暖的狐裘立在死气沉沉的林子里出神，忽然眉眼一挑，示意众人安静，自己朝着一处隐约有人声的矮林走去。

拂开一丛枯死的藤萝，一道黑亮如暗夜雪刃的眸光骤然刺入她的眼帘。

彼时荒山枯泉凄风冷云，简槃拥在毛茸茸富贵雍容的狐裘里，身后仆从肃立。而荆棘丛中，跪坐着一个衣衫褴褛的少年——戚浮棠。他面色因饥饿和愤怒而狰狞，干裂的嘴角被白森森的牙齿死死咬住，双手如同铁钳，正死死卡住一个矮小老头的脖子！

那老头一见简槃，如同见了救星，嘶声尖叫：“救命！姑娘救命！老夫是这座山的山神，快救救老夫！”

简槃微微一怔，随后曲起食指点着自己小巧的下巴，黑目红唇在苍白的脸上透出一股病态的妖艳，她惊讶地问那老头：“你果真是山神？那我问你，这山上的……”

她手一伸，手下伙计立刻递来一张草药清单。

她亲切地晃了晃单子："可都有？"

"你……你怎么能趁火打劫！"

自称山神的老头气得胡子直抖，但脖子上的力道让他只能妥协，喘着粗气为伙计们一一指点了药草的位置。

简槃不再理会他，自顾自从随行的包裹里翻出火折子，生起一小堆火。用匕首割下烤得冒油的鹿肉，拿胡饼仔细包好，然后递到仍死死掐着山神的戚浮棠嘴边，笑吟吟地问："要不要试试鹿肉胡饼？保证比你手里那老头的肉好吃。"

"我……"

少年早已饿得眼前发黑，脚下虚浮。拒绝的话尚未出口，脚下便是一个踉跄。

简槃伸手扶了一把，皱眉看那掌心一道横越整个手掌的疤痕，被粗糙的手指冰得一哆嗦。

"隔着狐裘都硌手。"她轻叹一声，手上用力，不由分说地将戚浮棠拉近，顺势用自己宽大温暖的狐裘将他整个裹住。

少年被她衣角上的清冽药香和女子的温暖体温包围，乱发和灰土遮住的脸上，从耳际延出一道红，一直蔓到脖颈。

第二章 简槃梦蝶 2

戚浮棠也曾是富裕人家的少爷，作为家中嫡子，他锦衣玉食地被娇养到十一岁。那年，戚府无病无灾的家主忽然暴毙。

来做法事的道士一见戚浮棠便大惊失色，说这位戚小少爷是七杀降世，薄亲缘情缘，八字极硬，乃天煞孤星之命。这话被族中那些觊觎嫡系家财的有心人听去，大肆宣扬。从此，戚家院子的池塘里浮上来一条死鱼，也会有丫鬟婆子惊恐尖叫："呀！小少爷又克死活物了！"

他的母亲因操劳忧思一病不起后，戚浮棠便被以祈福赎罪为名送至深山修行。

诡异的是，这座原本郁郁葱葱的山自戚浮棠来后三年，泉眼干涸，树木枯死，鸟兽绝迹。在戚浮棠收到他母亲病逝噩耗的这一日，绝望悲愤几乎将他吞噬。那个自称山神的矮小老头，拄着拐杖突然出现在他面前，牵着他的衣角，不是来救他，而是哭天抢地地哀求他："小祖宗！求求你行行好，放过这满山的生灵吧！它们都要被你克死了啊！"

戚浮棠眼前的世界在饥寒交迫和急怒攻心中忽明忽暗，仿佛飘起了黑色的雪。老头尖厉的哀泣如同毒针，狠狠扎穿他的耳膜。蛰伏在心底十几年的恨意，如同被第一声春雷炸醒的蛇蚁，轰然破土而出！

他从没害过人！那些人却将他捆了手脚扔进人迹罕至的深山！他从没杀过一禽一兽！这整座山的衰亡却算在了他的头上！天不怜他地不容他，好不容易出现个神仙，竟也不是来救他。一股狂暴的力量涌上双臂，他骤然发力，狠狠扼住了老头的脖子！既然所有人都认定他是煞星，是灾殃，那不如……就将这凶名坐实！

然而，他前半生所剩无几的、微薄的福德仿佛终于在这一刻赶到，一个人影出现在枯死的藤萝之后。那个病歪歪靠着枯树、仿佛风一吹就倒的女子，甚至懒洋洋打了个哈欠，然后挑眉，对满面消沉、浑身戾气的戚浮棠道："便是我养的八哥也比你聪明些。拿它最喜欢的坚果逗它说话，它还有不爱学的呢。怎么别人空口白牙说你是凶煞，你便信了，真要去杀人？那我说你与我注定相知白首不离，江水竭天地合也不可绝，你是不是也信呀？"

此时伙计们已陆续带着药材回来，山神大喊道："你得了老夫的指点，快让这个人放开老夫！不然老夫诅咒你们！"

简槃对着戚浮棠伸出手，掌心向上，带着一种奇异的笃定："要不，你放开那老头，跟我走？"

戚浮棠的手指微微松动，却犹豫着往后退了一步，声音干涩嘶哑："他们都说我是……七杀转世，克亲克友。靠近我的人……都没好下场。"

简槃垂眸一笑，如海棠垂丝一树风来："我说你命不该绝，跟着我，此后富贵无疆、福泽绵长。"她抬眼，目光清亮，直视着少年眼底的恐惧和倔强："你是信那些让你饿得要吃人的闲言碎语，还是信给你鹿肉狐裘的我？"

"……我……我也会克死你。"少年低下头，声音几不可闻。

"那算了。"简椠闻言，竟利落地转身，招呼伙计们收拾东西，准备下山。

车队重新启程，行至入山前那个小镇停下补给。简椠才慢悠悠地把头从马车车窗探出去，笑眯眯地瞧着那个一路紧紧跟来、满身尘土、眼神却固执地盯着她马车的少年："不是不信我吗？"

戚浮棠倔强地将脸别到一边，耳根通红，声音带着委屈的哽咽："你……你如果带了我走，就不许放弃我……不然……不然，我就克死你！"

简椠故意露出随时要反悔的犹豫模样，看着少年眼中瞬间涌上的水光和强忍的倔强，终于忍不住扑哧一笑，眉眼弯成了月牙儿。她伸出手，用力将他拉上了温暖的马车。

车轮辘辘，碾过小镇的石板路。街边茶棚的说书人醒木再响，正说到一段新奇的星宿故事——黄道十二宫中主吉的红鸾星君与星河之外孤煞的七杀星君。

"三十三重天上最美的地方是星河……"

第三章　黄道十二宫故事贰

星河最美的地方是黄道十二宫红鸾星君的星域，那里常年有九十九匹云霞织锦从三十三重天上倾洒而下，从人间飞来九千九百九十九只喜鹊在当年被西王母一簪划断的星桥铁索两边叠出一座乌泱泱的鹊桥——地仙月老管理人间男女的姻缘，红鸾星君龙吉则司掌着天界神仙的姻缘。

龙吉星君容貌华美、身世显赫，穿朱槿色的星君袍，站在暗水流澌的星河边，若焰生舒光，繁芳藏明。

星桥上挂着盏记不清何年从何人那里得来的梅花灯，星霜缠成的光球挂在照水梅明媚的花枝上，古朴雅致。

落在龙吉肩上的喜鹊踩踩跳跳地衔着她的长发衣角，引她走上鹊桥玩耍，她怕惊了喜鹊，便将手里无聊便爱丢着玩的爆竹收起来，看烟花一般绚烂的星花在鹊桥下幽暗的星河里瞬生瞬灭，化作银色的流星落往人间。

鹊桥对岸走来一个男子，眉目锋利，身带煞气，满天星斗随他行来如被风吹灭的纸灯般挨个暗了下去。

"红鸾星君，本君有个问题想要问你。"

他说话时一字一个冰疙瘩，明明有事相求，却一副随时要拔剑的模样。

"七杀星君若是想问何时能结束孤星之运，在这天地间结一段姻缘，本君占着这红鸾星位时……"

龙吉将自己的梅花灯提在手里，曲起食指抵在唇上轻笑："怕是不能。若是要问为何，只需掬一捧星河水照照自己可止小儿夜啼的情貌便知。"

每一百一十一年，红鸾星与七杀星的星轨才会交汇一次，每一次七杀星君都要走上鹊桥来向龙吉问自己的姻缘，而每百年怼这不善言辞的天界煞神一次，便是龙吉在这脉脉星河边最大的乐趣。

她背过身偷笑，边笑边忍不住偷偷拿眼瞧七杀，终于乐极生悲，向来沉默到有点呆的七杀星君从后面大踏步追上来，一身戾气吓得搭鹊桥的喜鹊纷纷逃散。

龙吉脚下悬空慌乱扑腾，被冰冷的大手揽入怀中。撕裂的霞光，弥漫的星霜，四散的鹊鸟，都被一抹将她包裹的玄色遮掩。

专业牵红线搭鹊桥已渡仙侣九百九十九对的红鸾星君，因为调戏无姻无缘的天煞孤星七杀，在星河上塌了桥，同七杀双双栽向人间。

说书人说到这里，伸手去摸醒木，简椠将帘角放下，冲戚浮棠一笑，敲了敲车壁，车队便缓缓前行了。

第四章　简椠梦蝶 3

如果不是简府的后墙下面有简府的管家领着两排仆侍恭候，戚浮棠是无论如何也不能相信有人回自己家得翻墙的。

"管家，后院那个洞让人打高一点用藤萝之类的掩上，我下回就从那儿回来不行吗？"

简椠爬完墙只觉心虚气短，有人上前撑住她，她转头，看到戚浮棠黑亮的眸子里凝着关切，心里轻轻一动。

"主人，"管家板着脸，声音刻板，"没有哪府的主人会从自己家的狗洞进出。您体弱，更不该如此。"

他严厉的目光扫过扶着简槃的戚浮棠，带着审视。

简槃在黄良镇很有名气，她年幼时镇子上发了瘟疫，整个镇子唯有简槃没被感染，她顽皮丢进药锅里的野草，却阴错阳差是对症良药，救了整个镇子。她少年时家中闯进一个重伤的青年，随后大批铁甲兵士进城搜人，连那青年后来回忆，也不得不承认，有很多次他都觉得自己藏不住命将休矣，那些搜查他的人却像瞎了一样，自顾自从他和紧张拽住心口绣囊的简槃边上越过。追兵泄愤离去时，砍伤了简槃最心爱的一只小白狗。简槃搂住血淋淋、早已僵硬的小狗大哭，那小狗居然就在她绝望的哭声中，奇迹般地重新睁眼，微弱地“汪汪”叫了起来。

自此，黄良镇便流传开了关于简槃“得天运而生”的传说。简府每日门庭若市，将要科考的书生、即将远行的商人、多年无子的夫妻……求仕途、求富贵、求子嗣，千百种香火愿望把简府前后的大门熏得比城隍庙还热闹，门板都浸透了香烛的味道。

“简槃你好狠的心肠！如果我儿子出了事，我一定不会放过你，定要你杀人偿命！”

一个蓬头垢面、形容枯槁的妇人突然从人群中冲出，扒着简府刚刚合拢的大门，撕心裂肺地哭喊咒骂。她的儿子患了重病，大夫们束手无策，病急乱投医的妇人日日上门苦求简槃为她儿子祈福。简槃始终闭门不应，妇人的哀求渐渐变成了绝望的哭骂，仿佛她儿子的病痛全是简槃造成的。

那凄厉的恸哭像一把钝刀子，割在戚浮棠心上，让戚浮棠想起与自己母亲相依为命的日子，他轻轻拉住简槃的袖子，低声道：“不过是祈福，若能略安那妇人的心也是好的。”

简槃斜眼看了戚浮棠一眼，那眼神复杂难辨。最终，她叹了口气，命人将那哭得几乎昏厥的妇人和她奄奄一息的孩子领进庄园，单独安置在一处僻静的小院。她亲自从大夫们开好的方子里挑出一张，让下人去仔细煎煮了给孩子喝下，并破天荒地应了戚浮棠的请求，在院中为孩子默默祈福。

奇迹般的，不过三日，那原已气若游丝的孩子，居然真的睁开了眼，能喝下米汤了！病情肉眼可见地好转起来。

戚浮棠开心地跑去告诉简槃，她正坐在窗边看书，闻言只是微微一笑，刚想说什么，脸色却骤然剧变！一口滚烫的鲜血毫无征兆地喷溅出来，正落在戚浮棠崭新的月白衣角上。她的脸色迅速灰败下去，仿佛所有的生机都在瞬间被抽走，软软地倒了下去。

那些传说中被遗忘或者从没人在意的细节是：简槃每一次动用这所谓“天运”后，都曾大病一场，仿佛那每一次莫名的天地偏袒，都是以减耗她自身命数为代价。

醒来时，简槃已身处她远离镇中心、更为僻静的庄园中。然而，那妇人孩子得救的消息像长了翅膀，吸引了更多绝望的人。每天在简府外撒泼哭嚎、以头抢地者络绎不绝，甚至有人前仆后继翻过简府的高墙、砸破紧闭的大门，妄图将简槃强行绑回自己家中去“赐福”。

简槃躺在软榻上，习惯性地、几乎是本能地，伸手摸向心口的绣囊。指尖触到里面那块硬硬的、温润的木块，一丝微弱却真实的安全感才缓缓升起，抚平了她惊悸的心跳。

她侧过身，枕着右臂，目光落在软榻下。那里铺了一方厚厚的软垫，上面蜷缩着一个少年。他睡得并不安稳，埋在膝间的下巴绷出同龄人没有的冷硬线条。简槃沾着暖意的手指，带着一丝怜惜，轻轻探出去，在那紧绷的线条上，戳出一个柔软的半月痕迹。

戚浮棠猛地惊醒，一双眼睛在初醒的懵懂中迅速凝聚起野生族类般的警惕和凶狠。待看清是简槃，那凶狠瞬间化作了湿漉漉的惶恐和后怕。

他一把抓住简槃还未收回的手，力道大得让她微微吃痛，强抑的哭腔里满是自责和恐惧：“我错了！你告诉我我会改的！你不要拿自己的命教训我。”

简槃看着他惊慌失措的样子，苍白的脸上勾起一个安抚的笑容，声音却很虚弱：“吓着啦，小狼狗？”

“我有名字。”

戚浮棠执拗地看着她，仿佛宣告一个重要的仪式。他松开她的手，粗糙的指尖带着积攒了十几年的小心翼翼，带着一种近乎虔诚的郑重，一笔一画把自己的姓和名交付在简槃温软的手心。

指尖划过掌心的酥麻感让简槃轻轻缩了下肩，合拢手指将那名字关在手心，也攥住了少年交付的信任和依赖，笑道："戚浮棠，这名字可真痒。"

第五章　简槃梦蝶 4

厚重的棉帘掀起，一个宫侍打扮的男子躬身倒退着出来，脸上带着恭敬却难掩倨傲的神色，同快步穿过厅堂的戚浮棠擦肩而过。

自那一年破例救助那对母子后，简槃天运所倾的声名如沸水难止，一路直达天听，京都的天子——那位当年为简槃所救、回京夺下大位后就想将她接进宫的尊贵青年，在被拒绝的多年后，心思再次活络。每隔几日，宫中便有内侍前来"示好"，送来的珍贵贡品堆满了库房。

简槃将宫侍送来的盘龙贡茶饼徒手掰了切碎碾末，用茶罗筛了，同橘皮、盐粉、葱、姜、薄荷一道拿茱萸纹铁柄茶则舀进刚刚沸的乳泉石池水中，待沸波鼓浪，加一瓢水进去，一沸之后舀出第一碗茶汤盛进素净的瓷盏，动作行云流水，带着一种漫不经心的优雅。

她饶有兴致地玩赏了红汤青瓷"焕如积雪，晔若春敷"的茶汤后，递给一边的管家，笑道："尝尝，贡品。"

管家看着那碗气味奇特的浓汤，胃部一阵抽搐，连连摆手，威武不能屈。

一只修长的手伸过来，接过了那碗空悬的茶汤。戚浮棠看也不看，仰头便灌了下去，豪迈得如同饮下鸩毒。滚烫、咸涩、辛辣、怪异的滋味瞬间充斥口腔，他眉头都没皱一下。

"好喝吗？"简槃歪着头，好奇地问。

戚浮棠诚实地摇头，略长的额发随着动作擦过薄薄的眼皮。

两年的锦衣玉食将当年荆棘堆上衣衫褴褛的少年堆砌成了长剑轻裘快马京都的英俊羽林郎，颦笑都风流。

简槃将银剪放在暖炉上烤去寒气，招他上前，她指尖暖暖的檀香落在戚浮棠眉心，似要抚平他的忧思。戚浮棠顺从地低头，两人距离瞬间拉近，四目相对，呼吸相闻，泠泉一样清澈细小的心绪自那一年山光初逢流淌至今，涌在他望向简槃的眸底，明亮，炽热，如同暗夜中执着燃烧的玄烛。

管家在边上咳嗽："戚少爷已至舞象之年，再将他养在深宅中怕是要耽误前程了。京都那边……"

"哐啷。"

简槃仿佛被烫到般，将银剪丢回，拉了戚浮棠往外走。

"管家这些年越发唠叨了，咱们私奔吧。"

正月十五金吾不禁夜，火树银花合，星桥铁索开，简槃表现出一个财大气粗的财主本质，指点山河一般支使戚浮棠为她买来荔枝膏、萱草面、澄粉水团、乳糖槌等各色果子面点，各色点心小吃堆满了他的怀抱。

"昨天不还嚷着胃疼？"

戚浮棠无奈地看着她跃跃欲试的模样，解开自己厚实的披风，仔细将她裹得严严实实。等简槃手里的小吃吃了一口，就囫囵塞进自己嘴里，不让她多尝。

简槃跳起来去抢，已比她高了一个头的戚浮棠气定神闲地道："省省力气吧，你跳起来也打不到我下巴。"

"戚浮棠！"

"嗯。"他应着，嘴角噙着笑。

"小、狼、狗！"

戚浮棠将口中的糖葫芦咬碎吞掉，舔了下唇边艳红的糖渣，漫不经心地应道："汪。"

他自然而然地把自己温暖的掌心塞进她挥舞的右手，牢牢握住，往她嘴里喂了颗金丝梅，笑道："我们去南柯楼吃拨霞供吧，兵部刚给我发了银钱。"

简槃一愣，嘴里的蜜饯仿佛瞬间失去了滋味。她抬眼看他："兵部？年后……你要走了？"

戚浮棠点点头，目光投向远处喧嚣的灯火，又很快转回，专注地看着她："嗯。年后便随大军出征。"

简槃手中的点心已经空了，热气和香甜被正月的风带走，指尖只剩下黏腻的冷。简槃低下头，轻声道："你的银钱还是留着娶媳妇吧。"

"我把银钱都留给你，"戚浮棠的声音低沉下去，带着一种前所未有的郑重。他俯下身，温热的额头轻轻抵住她微凉的额，气息交融，目光如炬，"你做我媳妇，可以吗？"

她指尖的冰冷被完全拢在他宽大、带着箭茧、并不温软却异常坚定沉稳的手掌中。戚浮棠的声音更低，带着滚烫的承诺：“我会带着军功回来，堂堂正正地站在你面前。我会跟皇上请旨，让他为我们……”

后半句承诺被简槃翻涌的咳嗽淹没，她靠在车壁上想，那天戚浮棠说出誓言的模样必然英俊得让人叹息，她才会同意了放他走，才会有而今他的生死未明。

她握了握心口的绣囊，猛然掀开车帘，让人牵马来，却并不去拉马缰，只扬鞭一挥，便俯身抱住马头，紧紧抓住马鬃，任马随便奔跑。

颠簸让病弱的简槃昏死过去，神志稍明时她勉力睁开眼，没见到想象中的惨烈战场。

马停在一处陌上小院外，细长的阳光钻过疏疏墙篱，一树梅影横在地上，梅影那头站着两个人。

伤了腿却眼中充满惊喜的戚浮棠和一个微笑扶着他的朱槿衣衫女子。

他们朝她慢慢走来，简槃的心咚咚直跳，她猛地握住心口上的绣囊，心中蔓生荒凉，她恍惚觉得，也许穷她一生，也走不完与戚浮棠之间这一树花影的距离了。

第六章　简槃梦蝶 5 之报恩妖假扮龙吉星

戚浮棠受了很重的伤，他记得那场惨烈的战斗，断旗残兵中，避无可避的箭雨让他猛地瞪大双眼。

千钧一发之际，天边忽然铺开一道红霞，惨白的天被撕开一道口子，一身朱槿衣裳的女子凭空出现，广袖挥起万丈星火，瞬息吞噬了漫天箭雨。

“吾名龙吉，黄道十二宫红鸾星宫主人，见七杀星君星轨暗淡将有死劫，特来相助。”

“七杀……星君？”

简槃歪在软榻上，右手紧紧揪着绣囊仍觉心口十分不舒服，听戚浮棠说着他和那女子的因缘，满脸荒谬。

“如何荒谬？你我初见之时，不就有一个矮小老头自称山神？既有山神，红鸾星君和七杀星君也没什么奇怪。我一见龙吉便觉她面善得很，她那一身衣裳，她所描述的星河，仿佛都在我梦里出现过。”她出现后，他身上那股自小被人指摘的、自己也说不清的煞气，似乎平息了许多，不再那么躁动不安了。

简槃眉心皱起，七杀转世，曾经是戚浮棠最忌讳痛恨的，而今他提起时竟有些沾沾自喜的意味。

龙吉为简槃端来一碗茶，看向简槃的目光有细碎的喜悦和汹涌的情绪，如仲秋暮时浩渺的星河。

“听闻简姑娘身体不好，岐黄之术我亦略通，不如……”

“不必麻烦了。”简槃避开龙吉摸向她脉门的手，目光只定定地看着戚浮棠，声音带着疲惫的沙哑，“我要休息一下。”

戚浮棠有些错愕，但还是顺从地起身，细心地为她放下床幔，掖好被角，等她睡稳，便追着龙吉跑了出去。两人在窗外一阵窃窃私语，简槃的心猛地沉入冰窟，她昏昏沉沉地睡去，又在一阵猛烈的心悸中忽然醒来。

“我的绣囊！”

心口空空，简槃猛然坐起，惊惶翻寻一无所获，她面如死灰地揪住床幔发愣，前厅一阵轻笑，简槃如失魂魄，光着脚踩到地上。

前厅隐隐传来一声极轻的笑，带着一种如释重负的意味。

“这绣囊她从不离身，你说只是借来一看，便能将她治好，可不要食言。”

戚浮棠在煎药，龙吉坐在一方桌后，桌上躺着简槃熟悉的绣囊，里面简槃视若珍宝的东西被龙吉托在掌心——竟是一方小小的惊堂木。

“这惊堂木在我们说书人这里有两个名字，其一名止语，止语一敲，书将开场，看官噤声。”

“啪。”

止语轻轻敲击在方桌上，张嘴欲言的简槃和戚浮棠的声音便都像被夺走一般。

冷冬的阳光为龙吉素净的脸上了层透亮的釉，伪装的釉色裂开，露出她真正的脸——她根本不是什么星君龙吉，而是简槃曾在小镇见过两次的那个说书人！那个讲述“不见黄河心不死”和“红鸾七杀星宿故事”的说书人！

“我当然不是龙吉，你才是，谁让七杀星君太难接近，好在他的神魂依然会对你有反应，哪怕只是张相似的脸。”

第七章　简椠与戚浮棠的故事开场

“书接上回，有个说书女子爱上了书香门第家的公子。两人住得又近又远，近到只隔着一条河，远到隔开了一岸贫瘠一岸富贵。”

那一日是正月十五，火树银花不夜天，花灯旋转灯如昼，说书人和喜欢的公子携手走尽繁华的街道，公子将她送到河的那头，在她额头上印下轻轻的一个吻。

夜空上大朵绚烂的烟花炸开，倒映在河水里，将这条贫与富的界线粉饰得美好无忧。

这女子陷在这样的美景和心上人的怀抱里，白天收到的公子家的警告都抛在了脑后。

她静静地靠在公子的心口，愿白驹过隙就此白头。

“我当走了，明日家中有事，后日我再来看你。”

公子摸了摸她的脸，掌心有一道横越整个手掌的疤痕。

“等等。”

她将之前在市集上买的炮仗塞进公子的手里，笑着说：“这里灯火暗，你边走边扔炮仗，我好知道你到了哪里。”

她踮起脚在公子的唇上啄了一口，背着手退开，笑盈盈地唱起家乡的歌谣：“送郎送到水河边，我送小郎一把炮仗。郎走一里放一个，郎走两里放一双。一直放到郎君门上……”

歌声渐渐低落，这情人间火热的歌谣凉凉地跌进正月的河水里，漾起了凄怆的尾音。

黑暗中忽然有人冲出来，一把捂住她的嘴巴，在渐行渐远的爆竹声响中，匕首插进她心口，红艳的血浸透了她从不离身的惊堂木，她被丢在冰冷的雪中时，已经无力呼救，失去血色的唇却微微颤抖，还在喃喃轻唱：

“看不见情郎哟，我听见炮仗响……”

很快，单调的爆竹声也被淹没在绚烂的烟火中，那被她心口热血染红的惊堂木发出萤火般闪烁温润的光。弥留之际，她见惊堂木化作一个女子叹息般同她道：“你的命数天定，我无能为力，但你的血助我修得人身，我可以实现你一个愿望。”

“我……说过那么多……热闹的故事，我也想给自己一个圆满的结局。我希望这隔开贫富的河水逆流，我来富甲一方，换他孤苦无依，我会倾我所有，不让他受一点伤。”

惊堂木的声音停顿了一下，目光从遥远的回忆中收回，落在眼前面无人色的简椠身上，带着一种神性的悲悯和了然：“于是，一个新的故事世界诞生了。在这个世界里，你为自己创造了一个身份——富甲一方、得天运眷顾的简椠小姐。而那个世家公子则成了需要被拯救、孤苦无依的少年郎……”

惊堂木抬起止语，对简椠温和笑道：“这世界是你说的书，你在基本剧情之外有额外的愿望要实现，就会更多地消耗你的神魂，所以便会大病。你的故事已经结束了，如今再滞留在这故事里，只会让你魂飞魄散。这惊堂木在说书人这里还有第二个名字——醒木，醒木一敲，大梦当醒。”

简椠惊诧地张开嘴，戚浮棠俊美的脸上带着一道煎药时抹上的灰，他还没有反应过来发生了什么，见简椠光着脚，便大步上前将她抱起来要送她回房。

醒木利落地敲在桌上，平地卷起一阵凉风，戚浮棠怀中神情惊惶的简椠和木搭的简陋小院，都如轻烟倏忽飘散。

戚浮棠眼睁睁看着自己身上的战袍也散成烟，露出金绣的禅衣，禅衣下因久病而无力枯槁的手腕，松弛的皮肤，桌台上的铜镜里印出一个从病榻上惊坐起身的长须苍老的中年男人。

“简……简……”

他粗喘着，轰走围上来的仆侍，抓住眼前朱槿的衣袖，央求道：“还给我……”

那女子娴静地坐下，指尖把玩着那方刚从说书女子的故事里找回的本体惊堂木，心情很好地看着眼前可怜的戚老爷，笑道：“戚老爷突然得病，是因为说书人将你的神魂编进了故事里。她花了好些年才编好一个和你花好月圆的故事，你却早已娶了门当户对的望族妻子享尽富贵荣华——当年她在河边殒命，你便正驾了马车，连夜出城同你家人会合，去临城给你未过门的妻子下聘。在星河外独撑天地煞气枯守暗渊的七杀星君何等丰神俊朗，傲骨铮铮，成了凡人，有了痴、嗔、贪三不善根，便如此狼狈。”

第八章　黄道十二宫故事开场

凡人简槃的故事结束了，红鸾星君龙吉的故事却还没开始。

龙吉是天昊大帝与西王母的爱女，是天庭里备受宠爱的小公主。

爱花的龙吉在百花会上见着一个神君，周身环绕不祥的黑色戾气，冷峻如淬毒的寒剑，众仙见了他都远远绕开，他也只一个人沉默入座，略进了杯酒便告辞。

七杀星君，传说承天地煞气而生，独居在天河之外星光不到的暗渊里，主天地战事，一个和吉星红鸾完全不同的神君。

一步两步，蹦蹦跳跳，年少好奇的小公主臂间挽着枝梅仙送她的照水梅，跟在七杀后面溜出百花宴。

玄衣星君背影微顿，略侧眸扫她一眼：“再往前，就是暗渊了，黑得很，回家去吧。”

龙吉眸子一转，笑嘻嘻道：“这天宫是我家的，星河是我家的，星河外面的暗渊也是我家的，我如今去暗渊，可不就是回家。”

她嗒嗒跑过七杀身边，双手背在身后倒退着往前走，笑吟吟地问：“七杀星君，你可是要去暗渊，到我家玩耍呀？”

变故陡生。

独角三头尖齿流涎的凶恶怪物骤然自黑暗中冒出，生长在暗渊里的星煞兽狡猾地避开不好惹的七杀，将有着美味祥瑞之气的龙吉包围起来。

年轻气盛的红鸾星君眉间一凝，掌中闪出她那把瑶池水炼就的瑶池白光剑，轻斥一声便朝这群她并不了解的怪物砍去。

星煞兽抵角昂首，发出万鬼齐哭般尖锐的号叫。

龙吉耳中轰然，四肢百骸如遭雷击，浑噩之中感到被人抱住，一只冰冷的大手捂住她如被火灼的右耳，将她的脑袋压进怀里。

她看到七杀空着的左手凝出黑色的箭，五指抓放，凭空张开尖锐箭雨。星煞兽的咽喉被刺穿，瞬间化成了暗渊浓稠墨色的水。

七杀星君低下头看着龙吉，受了惊吓的小星君紧紧靠在七杀心口，被星煞兽重创的耳中天地皆静，唯能感到七杀沉稳的心跳敲在耳膜上。

冷漠星君俊美的眉目间都燃起了星火一样的着急，冰冷的手指划过她的耳朵，薄薄的嘴角掀合。

她惊惶摇头，冲他大吼：“我听不到！”

七杀安静下来，感觉到怀里的小姑娘揪着他衣襟的手在紧张地发抖，耳朵听不到，眼前暗渊的黑暗让她更加慌张不安。

七杀顿了顿，抬手捉来几条纱缎般在空中飘荡的星霜，缠成一团莹润的光球，挂在她手中的梅枝上。

小小的梅花灯仅能照出一步之遥，却古朴雅致得让龙吉移不开目光，龙吉看到七杀摸了摸她的发顶，读出他叹气道：“没事了。”

这个看着如仙人掌一样的星君，却像花朵一样温柔。

七杀星君将龙吉带回他那无论是星兽还是仙神都不愿靠近的黑寂大殿后，便自己孤身出门取药。

几回星辰轮转，他踉跄着推开殿门，半天没能站起来。

龙吉赶去扶他，却被他一把抱紧，黑曜石的眸底沾染了不祥的黑气，他忽然抽出龙吉袖中的瑶池白光剑在自己手掌上狠狠一划，留下一道纵横整个手掌的伤口，趁着疼痛带来的片刻清醒将腰间的一个葫芦塞进她手中，然后将她丢出殿外，任龙吉啪啪砸门，也闭门不出。

有星官发觉星河之外忽有煞气冲天，镇压煞气的七杀星星芒羸弱，众星君从星河赶来，同龙吉一块砸开了殿门，发现七杀星君浑身缠绕着快要成形的邪气，早已在殿内昏迷。

那星煞兽由从人间冲上三十三重天的求不得苦所化，借暗渊之水托生，它的毒只有它哭泣出的血可以治，七杀为了得到这泣血，散去护体仙气，以身为饵埋身在对仙神身体侵蚀极大的暗渊。

“你、你为什么要对我这般好？他们明明都说七杀星君冷心冷情、孤高不羁……”

“因为，你是自我镇守这不祥煞气之后，第一个对我笑、主动同我说话的人。”

龙吉眼中泪珠堆叠，她强忍住，哽咽着问：“你是不是傻？”

“嗯。”

七杀唇边浮现春水点皱般的笑纹，他抬起缠满绷带的手，想为她擦去眼泪，又怕唐突，只好将手摊开，她哭一滴，他便接一滴。

龙吉哭得更厉害，泪珠汇集在她小巧的下巴，像铜壶里滴落的星河千年寂静时光，坠进七杀手心。

怎么会有这么傻的人，怎么会有这么好的人。

七杀的邪气入体一直难以痊愈，他并不在意，每天依旧出门斩杀弥漫在星河之上的煞气，却常常旧伤未愈又添新伤。

龙吉去求自己的母后，问六界之中有什么仙药能救治七杀，西王母深深看了她一眼，告诉她七杀的伤不用她管，她该下凡历情劫，辅助她星格里命定的夫君在凡间成就大业后，一同重返黄道十二宫。

龙吉急得不停咳嗽，西王母眉间凝起，令人将她带下去。

“龙吉星格之上的那个人并不是你，你身上的煞气已经对她的身体造成了伤害……按我们说好的那样，你带她去昆仑找一味药骗她，之后，除了每一百一十一年星轨相交，你都不要再见她了。”

殿门之后，玄衣星君沉默地走出，正见着龙吉蹲在星河边发呆，他走过去，将右手递给她，龙吉抬头，猛地扑进他怀里。

昆仑山上有雾障，七杀和龙吉只得在昆仑山前落下云头。

一只山核桃咕噜噜滚到龙吉脚下，和六岁孩童一般大小的松鼠从一座城门后追着山核桃跑出来，龙吉一惊：“妖怪！”

在暗渊吃的亏让她对异类十分敏感，掌心一翻，瑶池白光剑就指向了那松鼠妖。

“吱吱吱？上仙饶命！山核桃送你了！给你小柿饼！盐……盐松子也给你！”

在昆仑山脚下有一座住了无数精怪的妖精城，名唤菩提城，传说数百年前，有位昆仑山上的上仙，寻得南极仙山上的灵石若干，以无上法力，经百年修得此城，又在城门上留下仙符铭文，凡心怀叵测身有戾气者皆不得进。因而这城里的妖怪无法无天惯了，这只松鼠精也没想到今天遇见的神仙这么小气，会跟它抢一只山核桃，胖胖的毛绒脸怕得皱成一团，抖着小短爪从腰间的小竹篓里一把一把往外掏自己的宝贝果干。

昆仑山上飞下一只火凤凰，一个昆仑女弟子在火凤凰上对两人行礼：“昆仑二十三弟子，奉首座师兄之命，为两位星君引路。这菩提城里的小妖怪从不做害人之事，请星君高抬贵手。”

七杀弯腰捡起地上的山核桃，拂去上面沾着的一些灰尘，摊在手掌中，递给瑟瑟发抖的小松鼠。

小松鼠怯怯地看他，在昆仑女弟子的撑腰下，用短胖的爪子小心捧回心爱的山核桃，跳到女弟子的肩头委屈地蹭一蹭，摆着蓬松的大尾巴跑回菩提城。

三人正要上山，那松鼠又从城中跑出，头上顶了一个更大的竹篓，里面满满的新鲜的山果。

昆仑女弟子与龙吉站在一边，看小松鼠羞怯怯地把那竹篓塞进俊美冷漠的七杀星君怀里，轻声道：“两位这次上昆仑求的天山水是为了去戾气进这菩提城玩耍？七杀星君身上的伤看着很不妙。”

龙吉不敢置信地问：“天山水不是可以救治七杀的奇药？”

女弟子奇怪地看着她，肯定地摇头：“昆仑并没有这奇药。能化解七杀星君所受邪气的，唯有曾在星河边受求不得苦千年的织女星在牛郎星修成正果同她同归星宫之时流下的那滴泪，而这织女泪已在西王母离开昆仑时带往天宫了。”

龙吉立刻掉转云头直奔星宫，西王母已等待她多时。

“这药六界之中也不过一滴，非大功德者不能得。龙吉，你若当真想要，便去凡间嫁给你命定的夫君，助他兴一方盛世。”

龙吉跪在大殿中央，神情坚定，对着她的母后叩首：“恕龙吉不能。龙吉愿发下大愿，即日前往三十三重天看守星河，渡千对仙侣共结姻缘，以此功德换取织女泪。”

仙神所发誓言，落地生根，西王母也只能无奈叹息。

殿外，七杀手里拿着一个小瓷瓶，默默出神。

“是那小松鼠送你的吗？”

“嗯，说是昆仑特产，要尝尝吗？”

龙吉觉得那昆仑下的菩提城很是新奇，又是七杀递的，便欣喜接过，喝了一口。

“唔，感觉就像是普通的水，是不是那小松鼠从昆仑山下面的河里舀的……”

“嗯。”

昆仑之下有一条河，飞鸟不渡，游鱼不浮，名曰弱水，饮之忘情。

七杀把一袋用将陨之星的星尘做成的爆竹放进龙吉手里：“以后你一个人来往星河，记得带着这爆竹，爆竹声能赶走星兽，我与你隔着星河看不见你，可是听到爆竹响，知道你在，也是好的。”

七杀冲龙吉温温一笑，轻轻吻了吻她的脸：“再见了，我的小公主。”

两人的星轨从他的脚下分开，从此他用一百一十一年远离她，也用一百一十一年走向她，他离开她的每一步，都是在向她走来。

我喜欢你。

我愿你平安喜乐。

我愿你远离所有的悲苦伤痛。

包括我自己。

尾声

菩提城门口蹦蹦跳跳地跑出一只小松鼠精，一身玄衣的星君将它腰间的小竹篓放满山核桃，然后将一枝照水梅递给它。

“星君，你为什么不亲自去给她？”

“因为我离她太近，她会生病。”

菩提城算卦的乌龟精的摊子边上，近来新添了一个专为过往仙神妖魔算姻缘的摊子，摊主穿一身朱槿长衫，推得一手好星盘。

龙吉觉得自己这次和七杀一起掉到凡间其实很划算，化身个说书人阴错阳差就在故事里把星格上该助的皇帝助了，如今没有婚事相逼一身轻。

虽然同七杀在凡间的孽缘让她颇为介意，为躲七杀来到这六界混杂的菩提城，不过这城中热闹得让人来了就不想离开，城中的妖怪也十分热情，她刚来就得到了一只小松鼠的芳心，每天偷偷来给她送梅花，还把胖胖的身子藏在完全遮不住它的帆布后面探头探脑。

“不知道它几时能修得人形，若是个俊美少年郎，看着这一片诚心，本星君也不是不能考虑。若是母后知道我打算嫁给一只松鼠，不知道会不会再罚我守星河……说起来，我当初是为了什么去守星河要得那织女泪？母后说织女泪十分珍贵，它能化去求不得苦生成的邪气与天地间的煞气，这么个东西，我要来是为了什么？”

小松鼠听了龙吉的喃喃自语，吓得连滚带爬地把这话带给守在城外的七杀，哭着同他道：“星君我不要小核桃了，你也别再让我去送花了，我、我不喜欢女孩子的。”

于是那天傍晚，菩提城里新来的卦师收摊子时，便看到那让她纠结得不知该如何是好的七杀星君向她走来：“我在天宫时，听闻红鸾星君曾发下要渡千对仙侣的大愿，如今因七杀之过，还差了一对，七杀愿以身补过，同红鸾星君凑成最后一对仙侣，成就这大功德。”

龙吉想起他作为书香门第公子时的那般作为，冷笑看他。

被菩提城城门上“心有戾气者不得入内”的仙符反噬的七杀却撑不住吐出一口血来，高大的身子跪倒在地。

龙吉吓了一跳，急切地扶住他，口不择言道：“你怎么了小狼狗？”

笑意一点点氤氲进了戚浮棠眸底，如雪地里忽绽的二月梅，冷漠的孤煞星君看着他曾以为穷尽一生也不能靠近的女子，用他被瑶池白光剑划伤过的手掌，牢牢握住她的手。

在漫长的时光和缥缈的星河里，红鸾星和七杀星相遇又错开，龙吉失忆，同心有不甘的七杀一起落入凡尘，第一世成为说书女子与世家公子，凄惨散场；在惊堂木的报恩下，得以在大梦中以简槃与戚浮棠的身份再续一世姻缘，依旧惨淡收场，兜兜转转在这能容六界的菩提城，一个卦师和她捡到的小狼狗也许终于有了相守的可能。

“汪。”

君如行云

✲南书百城

一

入冬以来，邢衍愈发不喜欢走衙门前的这条街了。

西边战乱一起，难民皆往这毗邻的阼城内涌，一窝一窝沿途乞讨，逢人便扑上去拽人衣袍。遍野饿殍，哪怕他怀有千金，挨个挨个地让人揪着裤腿讨命，也是杯水车薪，救不过来。

可偏偏，这是回家必经的路。

手握佩剑，邢衍硬着头皮出衙门，还没走出去几步，冷不防就被一个小叫花撞了满怀。

才将豆蔻的少女，瘦小的身体笼在不合身的袍子里，巴掌大的小脸上干瘪得只剩眼睛，怯怯地望着他，声音细小又微弱："我……我很饿……"

邢衍在心里长叹一口气，帮小姑娘稳住摇晃的身形，就要伸手去怀里摸钱袋。

孰料钱袋暗扣还没解开，背后就传来清清朗朗一声笑："我当是哪家姑娘，刚从我这儿讨走一支金钗，折身便又在街上拦人——却原来，是只山中跑下来的小妖？"

邢衍微怔，目光落回怀中，却见少女被人识破，有些懊恼地咬一咬唇，化作一只圆尾松鼠，倏地朝旁侧灌木丛中灵巧一跃，便不见了。

他还没回过神，方才开口的女子已经徐徐行至自己面前，不急不缓地，躬身遥遥朝他一揖。

下一刻，和风带起她遮脸的白纱，露出女子赛雪欺霜的一张脸。映着背后一片绵延的青山，她眉眼含笑："好久不见了，邢公子。"

邢衍点头："记得。"

在他看来，他救人是出于职务之责，无可厚非，本就于松萝无恩情可言，又谈何酬谢？是以当年，他拒绝得十分果断。

她轻笑："父亲听说西北战乱，担心阡城天高地远，朝中的救济来得慢又多有不周，索性差我带些药材来城内施粥赠药，为病重的家母祈福。"

邢衍想了想，又问："可姑娘方才在街上，是如何看出那小丫头……"

松萝狡黠地眨眨眼："她的尾巴都露出来了，你没看见吗？这天灾荒年，山上的小精怪也不好过日子呀。"

"不过现在好了。"放下碗，风声缓缓，她眼底笑意闪烁，"我来了，公子便不必再忧心了。"

二

邢衍更年轻一些时，千里追凶，曾随师父到南方办案。

江南烟雨总多情，有水有酒的温柔乡，立在伞下的姑娘家个个长着双欲语还休的眼，一个抬首一个回眸，顷刻就要将人醉死在那眼神里。

也是这样的地方，才合该有那桃花色的案子。

——千里追凶，他追的是个采花贼。

四方搜集线索，邢衍循着踪迹一直追到城南。月色清明，他在程家医馆捉住采花贼的同时，撞见角落里少女一双惊慌失措的眼。

那是程家的小女儿，程松萝。

时隔四年，邢衍从那时满楼红袖招的少年变成了眼前气场沉稳的青年，松萝却仍是当年模样，多日赶车也不见仆仆风尘，依旧是皓腕凝霜，眉眼间落落的风华。

阳春面端上桌，他忍不住问："西边打仗不安稳，姑娘怎的一个人，挑这时候来了阡城？"

松萝笑笑："松萝此行，专是为公子来的。"

他一愣："为我？"

"公子可还记得，当年公子救下松萝，松萝曾许诺为公子做一件事，却被回绝了？"

三

松萝不曾虚言，的确是抱着悬壶济世的心思来救人的。

她在城东设粥棚，掺药入粥熬药膳。可惜寻常人不懂得，只道这粥又苦又难喝，入喉还带着似有若无的腥味。

不过两天，便出了事。

邢衍拨开人群时，只看到松萝窘迫又无助地被围在中间，一个须发皆白的佝偻老人正拽着她的衣袖，言辞不善："莫要诓我，老朽眼瞎心不瞎，你们这些朝廷派来的人，究竟是拿什么肉来熬的这粥？"

她挣脱不了桎梏，又碍于对方身份不敢用力撕扯，露在外面的一截小臂不知怎么被泼了粥，裙子上稀稀落落染着污物，玉藕似的小臂被烫出一片红。

邢衍心头无名火起，几乎下意识，刀就出了鞘："谁在闹事！"

目光触到森森刀刃，众人唏嘘，四下而散。

松萝还没反应过来，碰到他眼底未及收起的杀气，也是一愣："邢公子？"

邢衍回头看她，提着的一口气微微一松。刀落回鞘，发出沉闷的声响："吓吓人而已。"

"饥荒一起，常有易子而食。还曾有伪善的富人，以人肉做粥布施。”他抿抿唇，“他们也是怕了，没什么恶意。”

松萝叹口气：“我知道的。”

顿了顿，他道：“时候不早了，在下先送姑娘回去吧。”

日头未落，松萝觉得时间明明还很早：“你不回衙门了吗？”

邢衍没有说话，上前一步，帮她将被人扯开的袖子仔仔细细挽回去。离得近了，她甚至能听见他落在自己头顶的呼吸。

松萝突然觉得脸发烫，半晌，听他说：“你在这里，我今日便不回衙门了。”

她被这一句话砸得晕晕乎乎：“为何？”

“不安全。”

她不肯放弃：“只是因为不安全？”

邢衍转而陷入默然，又不说话了。

收完东西，他领着她过长街，夕阳映在青石板上，往他肩上投下一片赤色余晖。半天，他慢慢道：“若寻常人不懂，便不必再费心做药膳。”

松萝以为他这是让自己不要再摆粥棚的意思，刚要辩解，又听他道：“粥棚仍要摆，只是明日，须得我陪着。”

松萝一怔，旋即反应过来，心头竟涌上几分喜悦：“你是说，你要跟我一起去？”

邢衍默不作声地点点头，松萝喜不自胜，下意识抱住了他的胳膊：“那真是太好了！邢公子，阮城的百姓得是修了多大的福分，这辈子才能遇见你啊！”

邢衍低头看着她攀在自己小臂上的手，微微皱眉。

少女肌肤如雪，露出来的一截手腕细白如藕，却落着刺目的红印。

松萝见他又不说话了，迟迟反应过来，以为是自己的举动引起了他的不悦，悻悻地将手收回去。

收到一半，被他握住：“疼吗？”

她一愣：“什么？”

“被烫到的地方，还疼吗？”

松萝有些发怔，她独自在山中生活那么多年，从有神识起便与其他的精怪争，没东西时便抢，起初总被欺负得伤痕累累，后来慢慢地习惯了，也学着变得百毒不侵。可从来没有一个人，这样握着她的手，有些担忧又有些懊恼地问她，你疼吗？

“我……”

“算了，是我不该这样问。”邢衍打断她，“应该直接带你去医馆。”

她哭笑不得，只是被他牵着，也忘了拒绝。

在外买了药，邢衍带松萝回家，又帮她将药研了。邢家府上人丁薄，好像这一代也只得邢衍一个独子，入夜之后便显得尤其空寂。

映着摇晃的灯光，松萝乖乖伸手让邢衍上药，听他嘱咐：“这些日子莫要碰水，换药时叫我，出门时叫我，遇上需要用手的地方时叫我……”

她忍不住笑起来，晃晃胳膊：“我伤得没那么重，不信你看？”

她的伤口确实愈合得比寻常人快，才一会儿工夫，就不怎么见红肿了。

邢衍仍是摇头：“不要留疤。”

松萝抬眼望去，年轻的公子侧脸浸在暖色的光里，眉眼俊秀，杀伐之气尽掩，朗如日月入怀。她心下微动，试探着问：“公子这些年，一直是一个人吗？”

“是。”

“你的家人呢？”

他不说话，敷好药，兀自站起身：“姑娘今日受累了，早些休息吧。”

“邢……邢公子。”出门之前，他听到她小心翼翼的声音，“如果公子不嫌弃……以后松萝做公子的家人，可好？”

四

夜色深如泼墨，窗下一灯如豆。

邢衍望着桌案上铺开的纸砚，执笔的手久久悬在半空，却是无论如何也落不下去。

灯影晃动，窗外有清风袭入。他看着空旷的宣纸，有些出神。

他想起四年前在江南，自己审讯犯人至深夜，出门时却在空旷的街边瞥见个缩成团的人影，举着灯笼近观才看出是个少女，拍醒了，对方一脸惊喜地揉着眼，捧出怀里的食盒："我想邢公子在里面待了那么久……一定还没吃晚饭吧。"

那时候的心和现在一样，软得一塌糊涂。

只是……啪嗒一声轻响，一滴墨脱笔而出，落在纸上。

邢衍微微回神，唇畔浮起苦笑。

四年前不是好时机，现在也不是。偏偏缘分的事，竟也当真无人能说清。

把写完的信托人寄出去，不待邢衍坐下，便被县令复又叫回了衙门。

"邢衍。"那位大人背着手在庭中走了一个来回，许久，面色凝重地问，"你可知这军中，起了瘟疫？"

五

松萝其实早有预料，只是没想到，竟来得这样快。

一旦有灾民死亡，尸体未及时焚烧染了病，瘟疫便会一传十、十传百，以可怕的速度蔓延出去。

"我派了人守好水源，把染病的人隔离开，快马加鞭上报朝廷。"邢衍眉头不展，"你明日便收拾东西，回家去。"

"我不走。"

邢衍眉峰一聚："不要任性。"

"每一次都是这样。"她抬头，无畏地迎上他的目光，"四年前在江南时，你就以危险为由把我推开，现在又用同样的理由……这一次，我说什么都不会走了。"

邢衍怔了怔，竟觉得自己有一瞬间，在她眼中看到明亮的永恒。

他闭眼，发出长长的叹息。

粥棚重新搭起来，熬粥的人换成了邢衍。布施之余，松萝一刻不停地翻古籍旧志，想找救治瘟疫的法子。可随着涌入城的难民愈来愈多，尸山也越堆越高，送出去的药都未能正中要害，皆是治标不治本。

忙到深夜，邢衍从炉中扒拉出两个煨熟的红薯，剥开一个递给她："吃了取取暖。"

松萝忙不迭接过，刚想说什么，便看到天边燃起隐隐的火光："那是什么？"

"火。"

"在烧什么？"

邢衍沉默了一下："死尸。"

松萝微怔，转而也陷入沉默。半晌，她回过头："邢公子，你有什么愿望吗？"

邢衍想也不想："希望天下太平，再无战乱。"

她有些好笑："自己呢？跟你自己有关的呢？"

"那就……"他想了好一会儿，"不再与家人分开了吧。"

夜里很安静，松萝靠着邢衍打盹。

偶尔有人路过，邢衍将余下的食物分给他们。

夜幕低垂，星子摇摇欲坠，小憩一闭眼，就到了后半夜。像是预感又像是必然，伴着流淌在死寂之下的危险气息，邢衍猛地睁开眼。

城破了。

六

邢衍赶到衙门时，已人去楼空。县令早已携家眷离开了阡城，他一咬牙，把松萝藏进柜子里："我回去取母亲的牌位，你在这里等我回来。"

"我跟你一起……"

"在这里等着！"邢衍厉声打断她，"我会回来的，你保护好自己！"

室内没有燃灯，松萝蜷在角落里，眼前像被罩住，对时间也失去了概念。不知过了多久，她觉得天已经快要破晓，耳边遥远的兵戎声也已渐息，她的腿被压麻了，只能爬出去。尽管早已心有准备，但铁骑踏过的街道依然让人心惊，仿佛只是一夕之间，整座城池都倾颓了下去。

她从死人堆里将邢衍拖出来。

其实邢衍很谨慎，无论去时还是返回的路线都不会与人正面撞上，但他算错了一件事，面对鲜血和尖叫，他仍然做不到无动于衷。

"我真是太讨厌这些人了！"松萝艰难地把他背起来，"为了救他们把你搞成这样……你干吗要救他们！"

他伏在她肩上，半晌，发出微弱的一声笑："可你不也被我救过？”

松萝见他醒了，惊喜之余又有些没好气："谁让你救了！”

他咳了咳，平缓道："这天灾荒年，山上的小精怪也不好过日子啊。"

松萝一愣，心头浮起三分慌乱："你……"

他早知道自己是精怪。那时他想送她回去，修书一封往江南，得到的却是“程家女儿从未离家”的回复。

“你那时候加在粥里的，是自己的血吧？”他侧眼看她，“寻常人不懂，你早预料到了这场瘟疫。可即便如此，仍救不了他们。”

他的血把她的裙子都浸湿了，声音却分外清明。松萝突然有些怕："邢衍，你别说话了……”

“我以前有个妹妹，生得好看，教养也好，就……”他顿了顿，却没有停，“像你一样。”

“后来她被人糟蹋，自尽了。”

“我从阡城往江南，日夜不休地追。”八千里云和月，踏不尽岁暮千山雪，“路上我也在想，到底为什么，我为什么要这么执着？仅仅是为了我妹妹吗？”

“后来见到你时，我突然就明白了。我不想再让那样的事发生在任何一个人身上，她们都不是我的家人，可她们也都有各自的家人。”

“天下人，人人与我毫无干系，人人与我……息息相关。”

落下最后一个字，邢衍许久没有再发出声音。半晌，松萝苦笑："你这个人，真是太不讨人喜欢了。初见时是这样，现在也是这样。"

是，她哪是什么程家医馆的小女儿，她是山中承日月之泽而成精的松萝，真身让那不懂事的程家小姑娘采了去，这才循迹而来的。

人世她本无意多待，结果那采花贼误将她当作了程家小姐，这么一耽搁，就等来了邢衍。

松萝对世人本无半点儿怜悯，那日她刀刃都落到采花贼脖颈间了，正欲下手，邢衍却破窗而入。一身黑衣的青年，带着满身银白的月光，眼里盛着一片海晏河清："姑娘莫慌，在下是来保护姑娘的。有在下在，姑娘不必怕。"

她望着他，突然什么都不想解释了。

“有公子在，松萝自然不怕了。”她眼眶发热，“那时我那样对你说，是含着满心欢喜的。可你护了那么多人周全，为什么始终不能替自己想一想？”

邢衍回光返照一过，连说话的力气都没有了。

他不知道自己是在哪儿，这地方光线暗，有一线天光从破开的穹顶漏下来，正映在松萝脸上。他看见她在笑，可眼中却仿佛有泪，就快要落下来。

“邢公子，阿衍。”松萝抱住他，把脸埋进他的颈窝，“我要走了，你抱抱我吧。”

眼前苍茫一片，却有无垠的力量，源源不断地灌进自己体内。邢衍突然清醒过来，仓促地想推开她，却发现她的四肢已经变成了翠色藤蔓，正绵延着，将自己包裹起来。

“对不起啊邢公子，我不是来赈灾的，我只是算中了你命中有此一劫，才想来救你的。”她埋在他怀中，“我原先总是想，世人与我何干？我从来都只爱你。”

“可你也是世人，那我爱你，就是在爱世人了。”光芒渐盛，她的脸也渐渐埋进了那片光。她是千年的松萝，止血愈伤，若想耗尽修为去救人，哪里是什么难事。

盛极的光芒里，邢衍抬起手臂，慢慢抱住她："你那一年放在食盒里的松仁云片糕，做得很不好吃。"

“可是，我很喜欢。”

松萝笑着笑着，突然落下泪来。

七

那一年，史载天降祥瑞。西北战事陷入胶着，军中得了瘟疫的将士却在一夜之间悉数痊愈，士气一时大振，堪有破竹之势，连夺三座城池。

邢衍合上史书，闭上眼。

松上萝，愿君如行云，时时见经过。

她从此长眠于他的血脉，与他融为一体，他的每一次心跳，都会有她的声音。

百年之后，这副残躯化作一抔黄土随百川入海，他也还能乘着江流，带她看尽世间山河。

那便也算是……同去同归了。